北の土地神と桃の嫁入り

Kita no Tochigami to Momo no Yomeiri

伊達きよ

Illustration コウキ。

Presented By Kiyo Date
Kouki

Contents

Kita no
Tochigami to
Momo no Yomeiri

キタ（北の御方）
春や夏がほとんどない北の果ての土地神。
とある理由で冷酷な化け物のような
見た目を装っていたが、
実は陽気で一途な神。
趣味はサーフィンとモモを愛でること
モモ
花の精霊としては珍しい男体で、
長年嫁に貰ってもらえず、
自分に自信がない。
でも素直で純真で一生懸命な
桃の花の精霊

Character
雪虫
キタの御使い。モモが大好き
ミナミ
花の精霊の嫁入り先として
大人気の南の土地神。
キタの親友

初出一覧

北の土地神と桃の嫁入り	書き下ろし
北の土地神と桃の祝言	書き下ろし

北の土地神と桃の嫁入り

一

「どうか、俺を嫁に貰ってください」

「えぇ？　そうは言ってもねぇ……」

仕立ての良い着物を上品に着こなした黒髪の偉丈夫《いじょうぶ》は、苦笑いを浮かべて腕を組む。そんな男の前でモモは地面に這いつくばるようにして、額を土に擦りつけた。

「ナリはこんなですが、働き者だと自負しています。掃除に炊事に草刈りに大工仕事、なんでもやれます！　損はさせません！」

「いや君、市場の叩き売りじゃないんだから」

嗜《たしな》めるようにそう言われて、モモはしょんぼりと肩を落とす。

「でも、あの、あの……必ずお役に立ちます。なので南の土地神様……どうか」

それでもどうにか言葉を絞り出してみたが、相対する南の土地神は「うーん」と首を傾げてしまった。

「私は別に、役立つお嫁さんが欲しいんじゃないからなぁ」

思わず「ごもっともでございます」と言いそうになって、モモは唇を噛み締める。「なに！　料理も洗濯もできる？　そりゃあいい。よし、君を嫁に貰おう」なんて神は見たことも聞いたこともない。そもそも、神の家には「御使《みつか》い」がいくらでもいるのだ。手伝いの手は間に合っている。神が嫁に求めるのは、そう……。

「私、可愛いお嫁さんが欲しいんだよね。女体の」

ずばりとそう言い切られて、モモは三白眼のつり目をきゅっと見開いてから、眉根を下げて俯《うつむ》いた。見下ろした胸はぺたりとしていてガリガリ、そのくせその下に伸びる足は筋張っていて、どこからどう見てもたおやかではない。

「俺は、男体なので……」

「そう。候補にも入れません。すまないね」

あっさりとそう言い放って、南の土地神は颯爽《さっそう》と去っていった。「花園」の方へ歩いていくついでに、白百合の精霊に「君、麗しいね。お嫁に来ないかい?」と声をかけているのが聞こえてきた。光栄ですわ、と笑う白百合の精霊が満更でもない顔をして、そしてちらりとモモに向かってほくそ笑んでいるのが目に入る。

『残念ねぇ』

口をぱくぱくと動かしてそう言う白百合の精霊が、可憐《かれん》な見た目に反して実は自尊心が高く高慢であることを、モモは同じ花の精霊としてよく知っている。

何か言い返してやろうかと口を開きかけて、閉じる。なにもかもを諦めるように項垂《うなだ》れてから「ぐぬ」とモモは歯を食いしばった。

*

ここは、八百万《やおよろず》の神が住まう世界。いわゆる「人間」の暮らす世界とは薄皮のような膜を一枚隔てた場所にあり、数多《あまた》の神々や精霊がおおむね平和に暮らしている。

暮らしの様は人間の世界とさほど変わらない。なにしろ神々が人間の世界に降り立つことも少なくないので、人間側に「寄せている」のだ。神は人間のことが好きなのである。

とはいえ、神は神なので、そう人間の流行に乗っかっている暇はない。そして人間とは時間の感覚が違いすぎる……ので、現在の「八百万の神の世界」は、人間界とは数十年から数百年のずれがあったりもする。が、寿命という概念がほぼほぼない神からしてみれば、それも誤差の範囲だ。

モモはそんな世界で暮らす、桃の花の精霊だ。植物の精霊が生まれる土地である「花園」と呼ばれる場所で、他の精霊たちとそれなりに仲良く過ごしている。

「モモって本当に身の程知らずねぇ。南の土地神様に『嫁に貰ってくれ』だなんて」

「そうそう。あんたが願える立場じゃないのよ？　嫁っていうのは土地神様ご本人が選ぶの」

いや「仲良く」というのは多少語弊《ごへい》があるかもしれない。それなりに馬鹿にされながら過ごしている。

花園の中央に広がる「生まれの庭園」。まだ精霊になる前の様々な植物が生き生きと繁るその庭で、モモは生気のない顔を俯けていた。周りには華やかな女体の精霊たちが思い思いにくつろいでいる。

「神様は目に美しいものがお好きなのよ？　モモのその顔と体じゃあ……ねぇ？」

巻き髪を美しく結《ゆ》い上げた薔薇《ばら》の精霊がくすくすと笑って周りに同意を求める。他の精霊たちは鈴を転がすように笑いながら「ほんとほんと」と頷《うなず》くだけだ。誰一人、モモを庇《かば》う者はいない。モモははたはたと涙を流しながら「うるさいやい」と悪態を吐くと、膝を抱えて蹲《うずくま》った。

「南の土地神様は嫁が多いし、俺一人くらい置いてくれないかなって思ったんだよ。……庭の、すみっこにでも」

南の地は温暖な気候で花も育ちやすい。そんな地の土地神の境界内には、それはそれはたくさんの花が咲き乱れているという。それでもって、屋敷にはわんさと精霊たちが暮らしている、と。

「ああいうのを、人間界では『はぁれむ』って言うのよ」と精霊の誰かに教えられた覚えがあったモモは、新たな嫁探しに訪れた南の土地神に直談判をしに行ったのだ。「はぁれむ」のすみっこの方にでも植えてもらえないでしょうか、と。しかしどうやらそれは、過ぎた望みだったらしい。

ぐすぐすと鼻をすするモモを見やりながら、華やかな一団は「あーぁ」という顔をする。

「南の土地神様は女好きだしねぇ。しかも美形のみ。

モモじゃまず無理なのよ」

「……ん。南の土地神様にも言われた」

花の精霊とは、押し並べて可憐で、綺麗で、美しい。たおやかな女体の精霊が多く、男体の多い土地神と大変相性がいい。しかしモモは、花の精霊にしては珍しく「男体」だ。男体で、かつ、三白眼の瘦せぎす。あまり「美しい」とも「可愛い」とも言われない、花園では浮いた存在だ。

ちなみに、これまで花園にも数人男体の花の精霊がいたが、どれも可憐な見た目をしており、あっという間に嫁に貰われていった。つまりは、そういうことなのだ。

「諦めて花園に残ったらどう?」

「それじゃあ、花を咲かせられないじゃないか。そんなの、そんなの……」

花園には、様々な花が咲いている。元はただの花であるが、花園の管理人（花の精霊たちを生まれから嫁入りまで見守る、文字どおりの管理人だ）たちがそれを長い長い月日をかけて世話することで、ただの植物が精霊へと生まれ変わるのだ。その花の種がどこからやってくるのか、また、どうして精霊になるのか、その理由は誰にもわからない。ただ花は「生まれの庭園」に自然と芽を出すし、管理人は花を育てるし、そのうちに花の精霊が生まれる。それがこの花園の、自然の摂理なのである。

花の精霊は、生まれ落ちたその時、手の中に自身の化身である種を握っている。年頃になると、その種と共に神に嫁ぐのがならわしだ。花の本能とでもいうのだろうか、精霊たちは皆「自分の花を咲かせなければならない」という使命感にも似た気持ちを抱いている。

八百万の神が住まうこの世には、数多《あまた》幾多の神が存在するが、花が咲くのに必要な「土」「水」それから「光」を有しているのは土地神だけである。なので、花の精霊のほとんどは土地神に嫁ぎ、その夫の地で花を咲かせる。それこそが、花の精霊の役目であり幸《さいわ》いなのである。

花園に残ることもできるが、そうすると自分の花を咲かせることはできない。花園の庭園は、これから生まれてくる精霊のための植物しか植えることができないからだ。一度生まれてしまった精霊は、花園の地に種を植えることは許されないし、植えたとしても花は咲かない。自分の花を咲かせたいのならば、新たな土地に根ざすしかないのだ。

「じめじめしくしくと、相変わらずモモは陰気だなぁ」

俯くモモを見やり、カラッとした性格であるひまわりの花の精霊が面倒そうに腕を組む。と、なんの花の精霊か、ふと思いついたように「ねぇ」と声を上げた。

「陰気といえば、ほら、北の御方《おかた》はどう?」

「あぁ、北のぉ?」

「え、どこの神様?」

訳知り顔の椿の花の精霊が眉をひそめて「いやぁだ」と頬に手を当てる。どうやら「北の」という言葉にピンと来る者と来ない者がいるらしい。モモはピンと来ないので、流れる涙はそのままに「え?」と顔を上げた。

「北の土地神様よ。北っていっても、本当に北の北、北の果ての御方様よ」

「北の果ての、御方様」

ずび、と鼻を鳴らしながら、モモは口の中で土地神の名前を転がす。北、というのは植物にとってあまり人気のある地域ではない。

土地神はこの世にたくさんいる。南の土地神のように大きな地を治める神もいれば、ひとつの山やほんの小さな田畑を治めるだけの神も。大きさは様々でも、土地神は土地神、種を撒《ま》ける地があれば花の精霊はどこにでも嫁ぐ。しかし、やはり植物とはえてして肥沃《ひよく》な土壌に新鮮な水、そして暖かな日差しを好むもの。その精霊であるモモたちも、もちろんそういったものを好むし、だからこそ南の土地神が人気なのだ。

北、という大きな単位の名を冠するということは、かなり広大な地を治める、名のある土地神なのであろう。それこそ、南の土地神と同じくらいに。

「今まで一人も嫁を貰ったこともないらしいし、モモを置いてくれる場所ならいくらでもあるんじゃない？」

「でもほら、神のくせして妖怪みたいな見た目って聞いたわよ。暗くて、陰気で、精霊嫌いって」

「あそこは年中寒いし、屋敷に閉じこもって出てこないんでしょ？」

ここぞとばかりに噂話を並べた精霊たちが、一斉に「いやぁだ～」と身を震わせる。

「そんなところにお嫁に行きたくないわ。私の花が根腐れしちゃう」

「その点、南の土地神様は素敵よね。お顔も整っているし」

「やだスミレったら、面食い」

きゃいきゃいと姦《かしま》しく笑い合う精霊たちは、モモのことなどとっくに意識の外だ。「お茶でも飲みに行きましょうよ」と言い合いながら、建物の方へと消えていく。

誰もいなくなった花園の庭で、モモは一人座り込んだまま「すん」と鼻をすすった。

「北の……御方様なら、嫁に貰ってくれるかも、しれない？」

モモの小さな呟《つぶや》きは、誰にも届いていなかった。花園に咲く幾百幾千もの草花だけが、「そうだね」と同意するようにそよそよと揺れていた。

二

「さっ、むっ、いっ……！」

モモは、大きな荷物を両脇に置いて座り込み、がたがたと震えながら縮こまっていた。もはや指先の感覚がなく、はぁ、と吐きかける息すら冷たく感じる。

顔を上げれば、あたりは一面真っ白な世界。びゅうっ、と強く風が吹いて、モモは肩をすくませぶるりと身を震わせた。年中ぬくぬくと温暖な花園で育ってきたモモは、雪を見ることすら初めてだ。が、初めてにしてすでに雪のことが苦手になっている。

「はぁ……、っはぁ」

ぎゅっと握り締めた両手を口の前に持ってきて息を吹きかける。しかし温まるのはほんの一瞬だけで、すぐ後には余計に湿気が冷えて、まるで手に氷が張りついているかのような心地になる。

(なんで開けてくれないんだろう)

手を擦り合わせながら、背中を預けている「門」を振り返る。立派な切妻《きりづま》屋根が設《もう》けられた棟門《むなもん》は、ぴたりとその門を閉ざしていた。何度かどんどんと拳でその扉を叩いてみたものの、反応はない。右を見ても左を見ても塀がどこまでも続いており、人の気配はまったくない。

「北の……御方様」

モモがちっぽけに見えるほどに立派な門を持つこの屋敷は、雪が吹き荒《すさ》ぶ北の地を治める「北の土地神」の住まいだ。

モモは「ずびっ」と鼻をすすってから、両膝の間に冷え切った顔を埋めた。

＊

「北の御方」の存在を知ってから、モモはすぐに筆を取り手紙をしたためた。

突然文《ふみ》を送る無礼を詫びつつ時候の挨拶《あいさつ》を述べ、そしてできるだけ丁寧に『どうか私を嫁に貰っていただけないでしょうか』と思いの丈《たけ》を綴《つづ》った。気がつけば便箋十枚の大作になってしまったが、『ご縁がございましたら嬉しく思います』と結んだその手紙を、モモは祈るような気持ちで飛脚《ひきゃく》精霊に託した。

するとなんと三日もしないうちに返事があったのだ。おそるおそる開いた半紙には、『是《ぜ》』と書き記してあった。

その時の気持ちをなんと表現しようか。モモは文字通り飛び上がって、そして床に倒れ込んだ。そこらじゅうをころころと転がって柱にぶつかり、他の精霊に「やぁね、お嫁に行けなくておかしくなったの？」と冷たい目で見られながら。それでも、モモはひたすら喜び飛び跳ね回った。

もちろん、不安がなかったわけではない。なにしろ相手は噂に聞く「北の土地神様」だ。陰気で冷酷、花を愛《め》でる気持ちもないので嫁は貰わず、最北の地で屋敷にこもっている……。モモとて花の精霊なので、寒いのは苦手だ。それこそ寒さで枯れてしまったら、元も子もない。

いつもはモモが嫁に行けぬことを茶化してくる他の精霊たちですら、「あんた、大丈夫なの？」「さすがにどうかと思うわよ」「自暴自棄にもほどがある」と心配（というにはいささか言葉が荒いが）してくれた。

しかし、モモの心に迷いはなかった。自らの花を地に根付かせることこそが、花の精霊の誉《ほまれ》であり、なによりの幸福。小さい頃から心に決めていた、モモの夢なのだ。

たしかに北の土地神は陰気で冷酷ともっぱらの噂だが、それでも神様は神様だ。それに調べたところによると、かなり長いこと「北の地」を平和に治め続けているらしい。ということは、そう悪い神でもないのだ、多分。

嫁に行くと決まってからというもの、モモは毎日毎日、「北の地」に想いを馳せ、まだ見ぬ土地神を思い、手紙を送り続けた。北の土地神からは毎回返事が来るわけではなかったが、それでも時折気まぐれのように便りが届いた。

手紙はいつも簡潔で短く、北の土地神の人柄が透けて見えた。きっと、噂どおり無口で物静かな神なのであろう。

（文のやり取りは得意そうではないのに、それでも返事をくださる）

そこにあるのは、北の土地神の優しさではないのだろうか。モモは「こちらは寒い。暖かい格好をしてくるように」とだけ書かれた文を、指で撫でる。

肉付きが薄く長い指は、どう見ても女のそれではない。自分が男体の精霊であることはすでに伝えているところではあるが、こうも「男らしい」ということを北の土地神はきっと知らない。なにしろ、北の土地神は一度も花園を訪れたことがない。モモが嫁に行くと決まった後も、だ。

モモは、嫁ぐことへの不安よりも、北の土地神が自分を受け入れてくれるかどうかの心配の方が大きかった。

北の土地神はモモの顔を知らない。もしモモを見て「これはちょっと……」という表情を浮かべられたらどうすればいいだろうか。

（いや、それも承知で受け入れてくれたはずだ。多分、きっと、おそらく……）

とにもかくにも、嫁に行った暁《あかつき》には精一杯神に尽くそう。モモは手紙を畳んで大事な宝物入れに仕舞い込んだ。

そうしてようやく迎えた「北の土地神」へ嫁ぐ日。モモは意気揚々と「花園」を出て、そして……凍死寸前になっていた。

＊

屋敷の前に到着して小一時間、何度門を叩いても誰も出てきやしない。あまりにも何も反応がないから、誰か住んでいるのかすら怪しく感じてくる。いや、土地神が自身の治める地に住んでいないわけがないので、いるにはいるのだろうが。

なんにしても、到着してからこっち何度も何度も門を叩いたり、「誰ぞいらっしゃいませぬか！」と大声で呼んだりしているのだが、まったくもって反応はなし。

周りには何もなく、ただただ一面の雪景色。

ここまでは、花園の用意してくれた馬車に乗ってやってきた。馬とはいっても精霊なので、雪で走れなくなるということはない。日が昇る前に出発して、到着したのは昼も過ぎて夕方近く。門の前にモモを降ろした花園の小間使いは「それでは」と行儀よく頭を下げてさっさと帰ってしまった。彼の仕事はモモを送り届けることで、その先は関係ない、ということだろう。

一人残されたモモには、花園に帰る手段もないし、助けを呼ぶ道具もない。

門を見上げて右の塀伝いにざくざくと雪の中を進んでみたが、ついぞ果てに辿り着けず。今度は左に進んでみたが、雪に足を取られて転んでしまって。モモはついに諦めて門の下に蹲《うずくま》った。屋根のおかげで頭に雪を被《かぶ》らずにすんではいるが、足元には雪が迫っている。地面は湿っていて、尻がじわじわと冷たい。

「……俺と結婚するの、本当は、嫌だったのかな」

だから出てこないのかな、とモモは心中で呟き、じわりと浮かんできた涙を、ぐぃと袖で拭《ぬぐ》った。

実のところ、その考えは何度も頭に浮かんでいた。

そもそも結婚の際は神が自ら「花園」に迎えに来るのが普通だ。神と手を取り合い「花園」を後にする精霊を、モモは何度も見てきた。幸せそうに微笑みながら、自身の「種」を夫に託す精霊の姿を……。

モモは、ぶるぶると震える手を開き、そこに握り締めたモノを眺める。桃色の硝子《ガラス》玉のようなそれは、モモの化身である、「桃の木の種」だ。

夫である神に、夫の治める土地に植えてもらう。それこそが、花の精霊の「結婚」だ。モモは長い間、自身の種が土の中で芽吹く瞬間を夢見てきた。今日こそ、その夢が叶うと思っていたのだが。

「……っ」

モモは、ぎゅう、と種を握り締めて、涙を堪《こら》えた。花の精霊は、寒さに弱い。このままでは存在自体が消えてしまうかもしれない。

ビュウッ、と一際《ひときわ》強く冷たい風が吹いて、モモの体を嬲《なぶ》る。モモはひたすら小さく小さく身を丸めて、その風をやり過ごそうとした。

だんだん、だんだんと意識が薄れていく。視界を占める雪のように、ふわふわ、ほわほわと、白く、濁っていく。

（北の御方……、北の、お……）

種だけは離さぬように強く握り締めたまま、モモの体は、次第に横に傾《かし》いでいった。

三

「ふんふんふーん」

「……ん」

えらく美声の鼻歌が聴こえて、モモは薄《うっす》らと目を開いた。美声の鼻歌、なんて変な言い方だが、事実、とんでもなく音がいい鼻歌が聴こえたのだ。

「あ、モモちゃん起きた？」

「……モモちゃ……、ん？」

聞き慣れない名前の呼び方に、驚いて目を見開く。と、目の前に、浅黒い肌に、金の髪を持つ男が座っていた。モモは暖かい何かに包まって横になっていた。

きょろきょろと忙しく視線を動かして状況を確認する。モモは大きな寝台の上に寝かされているらしい。

「あ、あえ?」

モモは数度目を瞬かせてから、ゆっくりと身を起こした。

寝台も大きいが、部屋もかなり広い。灰色を基調とした部屋はところどころに暖色の灯《あか》りが灯《とも》されており、なんだか洒落《しゃれ》ている。壁には見慣れない絵が掛かっていて、銀細工の縁取りが眩《まぶ》しい姿見も珍しい。モモは地上の流行《はや》りには疎《うと》いが、これはいわゆる「今時《いまどき》」というやつではないだろうか。

「寒くない? 毛布いる?」

ほけ、とあたりを見渡していると、男が尋《たず》ねてきた。

「あ、や、十分暖かい……です」

混乱しながらも、モモはゆるゆると首を振った。

男は金色の髪を揺らし「まじで? 無理してないか?」と言いながら、モモの顔色をじろじろと窺《うかが》っている。しばらくして、本当に大丈夫そうだと判断したのだろう、両膝に手を乗せて頭を下げると、「はぁ〜〜……」と盛大に溜め息を吐いた。

「や、モモちゃんさ、ガチめにビビるからサプライズとかやめよう? 門の前で雪だるまになりかけてるモモちゃん見て心臓凍りかけちゃったし。俺のハートがフローズン」

「ふろ……?」

「や、や、ごめん。一番は俺が悪い。俺が『あっち』まで迎えに行けばよかったんだよね、うん」

ひと息に話されて、モモは目を白黒させた。何がなんだかわからないが、とりあえず「いや、俺の方こそすみません?」と若干首を傾げながら頭を下げる。

……と、肩にかけてあった毛布がストンと落ちた。

「どわっ?」

なんと、毛布の下から現れたのは裸だった。モモはあせあせと毛布を拾って胸元で合わせる。そして、唇を震わせながら男を見上げた。

「えっ? えっ?」

「うん?」

唇どころか全身を震わせるモモを見下ろし、男は顎《あご》に手を当て首を傾げる。モモの気持ちなど何もわかっていないらしいその目は、ただきゅるんと輝いていた。

「はっ、はだっ、はだかっ?」

「あぁ、ごめんごめん。俺が全部脱がせちゃった」

「は? はだ、ぬが……」

毛布の中で手をわきわきとさせるが、男からは見えないし、見えていてもこの悪びれなさは変わらなかっただろう。男は、そういう雰囲気を纏《まと》っていた。

「だってさぁ、全身びっしょびしょだったんだよ? もうね、パンツまで濡れ濡れ。やらしい意味じゃなくね、びちょびちょよ」

あっけらかんと言い放つ男を、モモは顔面蒼白で見つめるしかない。おそらく色を失っているであろう下唇を、ぎゅっと噛み締めて俯いた。

「うっ……」

「う?」

「……すみません、北の御方様」

羞恥心よりなにより、一番に湧き上がってきたのは、夫になる神への罪悪感だった。

花の精霊たるもの、夫以外の者にむやみやたらと肌をさらしたりはしないことが常識である。なのに、モモはやすやすと他人に、しかも初対面の、わけのわからないちゃらちゃらした男に肌を見せてしまった。情けなさと申し訳なさで吐き気すらする。うぇ、と泣きそうになりながら肩を落としていると、何故か男が「いいっていいって」と笑った。

「謝らなくていいからさ。その代わり、もうサプライズはなしな?」

「……………は?」

噛み合わない会話に、モモは手元の毛布を見下ろしていた視線をゆるゆると上げた。

「ん? 手紙には明日の日付を書いてたっしょ? 弥《や》

生《い》の三日に嫁に来ます～って」

思い切り首を傾げたモモを見て、男の方も首を傾げる。

「は？　え？」

「え？　なになに、どした？」

思わずよろけて、寝台に手をつく。

まさか、まさかと首を振ったその時。ふと、視界の端にパッと明るい色が映った気がして、モモは顔を上げて首を巡らせた。

「……っ、あ……！」

寝台のちょうど頭側、モモの背後に面した大きな窓があった。窓の向こうには広い広い庭が広がっており、その真ん中に鎮座《ちんざ》した木は、大きく枝を巡らせ盛大に花を咲かせている。

「あ、見た？　見ちゃった？　そそそ、アレは俺からのサプラ～イズでぇ～す。いや、モモちゃんが種握ってたからさぁ。早く植えた方が喜ぶかな～、って。……どぉどぉ？　感動しちゃった？　頑張って咲かせてみたんだけど、俺」

花の精霊の種を咲かせられるのは、夫である神、ただ一人だ。

誇らしげに花を咲かせる桃の木から、ゆっくり、ゆっくりと視線を外して、モモは男を見つめた。

浅黒い肌、すっきりと刈り上げた襟足は黒いのに、ふわふわとウェーブがかった髪の毛はきらきらと眩しい金色。形の良い眉に、緩く垂れたまなじり。ともすれば人を小馬鹿にして笑っているようにも見える釣り上がった口元。隙間から見える犬歯はキュッと尖っており、柔和《にゅうわ》な中にも獰猛《どうもう》さを見せる。

「ま、……え、まさか」

先ほどからぐるぐると胸の中で渦巻《うずま》いている疑問を口の中で数度転がして、唇を湿らせる。それからようやく、モモは言葉を絞り出した。

「北の、御方……様……？」

男は、親指と人差し指とを小さくクロスさせて顔の横に持ってくると、「はぁい！　北の土地神でぇす！」とウインクを飛ばしてきた。

モモの頭のてっぺんから、すぅ……と音を立てて血の気が引いていく。先ほど雪の中で味わったものとはまた違う種類の、気が遠くなる思いだ。モモは真顔のまま、ぱたりと後ろに倒れ込んだ。

「あんれぇ、モモちゃんどしたの？」

という、のんきな声が聞こえた気がしたが、モモは何も答えることができなかった。嫁入りに緊張し寒さにやられ。さらに、知らない男に救われたと思ったら、それが夫となる土地神だった。

「モモちゃん？　モモちゃ〜ん？」

なにもかもが衝撃的すぎて、すべてを受け入れるだけの容量もなくなって。モモは目を回すように気を失っていた。

四

北の土地神は恐ろしい土地神。冷たい北の地の空気のように、冷酷で思いやりなく感情に乏しい。見るものすべてを凍り付かせるという冷たい目は鈍《にぶ》く灰色に濁っており、それらすべてはおどろおどろしい被り物で覆われているという。

（そういう……、御方だったはずなのだけど）

「モモちゃん、気分はどう？　やっぱ花の精霊って寒さに弱いよね。ごめんね〜、うちの屋敷どこもかしこも寒くて。火鉢と暖房増やすから元気出して」

どこから取り出したのか、大きな火鉢を抱えた「北の土地神」が、寝台に座るモモを心配そうに見やっている。モモはふかふかの背当て（クッション、というらしい）から身を起こし「あ、いえ、すみません」と頭を下げた。

ついで寝台を下りて立ち上がろうとすると、大きな手のひらで押し止められた。

「ちょちょ、なに起き上がろうとしてんの。まだ寝ててよ。倒れて丸一日意識なかったんだよ」

そう。衝撃の出会いからすでに丸一日が経過していた。というか、起きたら一日経《た》っていたのだ。目を覚ますなり、どうやらモモの寝顔を見ていたらしい北の土地神が「モモちゃ〜ん大丈夫？」と眉尻を下げて詰め寄ってきた。ということはやはり、あれは夢ではなかったのだ。

「あの、北の御方……でいらっしゃいます、よね」

「ん？　ん〜……ノンノン」

胸の前で手を合わせながら、ぎくしゃくと問うてみる。と、寝台に腰掛けて長い足を組んだ北の土地神が、これまた長い指を優雅に振った。

「えっ、違うんですか？」

「言い方が堅苦しいの。北の御方、なんてめちゃくちゃ他人行儀じゃん？　俺たちもう伴侶なんだから、そこはもっとこうフレンドリーに呼んでもらわないと」

「フレ……？」

北の土地神、ではあるらしいが、呼び方が気に食わないらしい。……と言われても、モモにはどうしようもない。

「キタさん」

「えっ、き……北の御方？」

まさか「きたさん」と呼べということではあるまいな、と北の土地神を見上げる。北の土地神はモモの困惑など知らぬような顔で、左右の足を組み替えながら笑っている。

「キタさん」

「あ、え……キタ、さま……？」

辛うじて、敬称を変更してごにょごにょと名前を呼ぶと、北の土地神はその鼻梁《びりょう》にくしゃりと皺《しわ》を寄せた。

「キーターさん」

「……キタ、……さん、さま」

「ふっ、なんじゃそりゃ」

消え入りそうな声でそう呼べば、北の土地神改めキタはにっこりと美しい笑みを浮かべた。周りの雪を溶かさんばかりの麗しい笑顔だ。神とは押し並べて顔の造形が整っている。そう、キタはこんななりだが、やはり神なのだ。

今更ながらその事実に思い至って、モモは「はっ」と息を呑んで自分の格好を見下ろした。着流しは柔らかく肌馴染みがいい。明らかに一級品だ。モモはその着物のあわせをキュッと寄せてから、これまた上等な造りの寝台の上から飛び降りた。やたらとふかふかの寝台に足を取られて、まるで転がり落ちるような格好になってしまったが、構っていられない。

「モモちゃん？」

驚いたように目を見張るキタの足元で、三つ指をついて深く頭を下げる。

「キタさん……様。体調が優れなかったとはいえ、ご寝台をお借りして大変失礼いたしました。挨拶のひとつもせず。数々のご無礼、どうかお許しください」

「だから、さん様ってなに。いいよいいよ、気にしてないし」

キタは至極《しごく》あっさりとモモの謝罪を受け流す。しかしモモはそうもいかない。北の土地神と認識していなかったからとはいえ、その寝台に寝かせてもらった上に失礼な態度を取ってしまったのだ、しかも、嫁に来たその日に。

土地神は「神」だ。心から敬い、尊《たっと》ぶべき存在。それは嫁となっても変わらない。いや、嫁であるからこそますますそうであるべきなのだ。

（なのに俺ときたら……）

く、と唇を噛み締めていると、キタは「いいのに〜。ちょっと、顔上げてよ」と困ったように首を傾げている。

……と、その時。

「ふわ、ふわ」

ふわふわ、と聞き慣れない軽い音が部屋の入り口付近から聞こえてきた。モモは思わず下げていた顔を上げて、そちらを見やってしまった。そして、きょとんと目を見張る。

「……は、え?」

ふわっ、ふわっ、と列を成して進んできたのは、白い「毛玉」だ。大きさは手のひらにのるほど、全身が白い毛に覆われた球体のそれは、よくよく観察してみると目玉のようなものが見え隠れしている。目玉があり、意志を持って動いているということは、生き物なのだろうか。

ふわふわの列の後方から、木の盆が現れた。よく見るとその下にはやはりふわふわがおり、盆を持ち上げて歩いている(足が見当たらないので正確には歩いているのかどうか不明だが)。盆の上には蓋をされた湯呑みと、彩《いろど》り鮮やかな茶菓子が載っていた。

「あ、あぶな……」

ふわふわと上下に揺れながら進む彼らにには、その盆はあまりに重そうに見えて、モモは思わず膝を崩して手を差し出した。が、ふわふわたちは絶妙な力加減でそれを支えてのたのたと進み、ふんわりと軽い動作で盆を寝台横にある小さな机にのせた。どうやら、モモが手を貸すまでもなかったらしい。

「えっと……」

「そいつらは俺の『御使い』。雪虫の御使いだよ」

ふわふわと盆を見比べていると、モモの戸惑いを察したらしいキタが教えてくれた。

御使い、とはその名の通り神が使役するモノのことだ。物でも生き物でも、神の御力を与えることにより、それは特別な力を得て神に従う御使いとなる。乗り物にしたり、身の回りの世話をさせたり、用途は様々だが、大体の神は「使い」を使役している。

「雪虫」

見たことはなかったが、雪が降る先触れとして現れる虫であると、本で読んだことがある。キタの力を与えられているので、本物の雪虫とは姿形が違うのであろうが、たしかにどうも「雪」っぽい。

両手を椀《わん》の形にして差し出してみる、と、何匹（匹、で数え方が合っているのかはわからないが）かの雪虫が「ほわわ」と言いながら乗ってきた。手のひらがくすぐったくて指先をぴくりと跳ねさせると、「ほわ～……」と鳴きながら雪虫がころころと転がっていった。

「あ、あ、ごめんなさい」

謝罪しながら転がり落ちた雪虫を拾うように掬《すく》う。と、他の雪虫もわらわらとその手をよじ登ってきた。

「俺の力でできてるから、俺の分身みたいなもんなんだよね。だからモモちゃんのことが大好きなんだよなぁ」

「え？」

手のひらで雪虫を転がしていると、キタが思いがけないことを言った。顔を上げると、キタはにっこりと笑ってモモを見ていた。

「俺もこいつらも、モモちゃんが大好き、ってこと」

「えっ、あ、えと……」

生まれて初めて言われた言葉に、どう反応していいかわからない。熱い頬を隠すように顔を俯け固まっていると、雪虫がぽろぽろこぼれ落ちて、一匹だけが手のひらに残った。

（……ん？）

その一匹をじっと見つめていると、何故だか懐かしいような気持ちになる。

（なんだろう、この感じ）

見つめ返すように、雪虫もじっとモモを見上げている。何か言いたげなようにも見えるし、何も考えていないようにも見える。神の使いというだけあり、どことなく不思議な存在だ。

しばしそうやって見つめ合っていると、キタが「あ」と声を上げた。

「それ、モモちゃんにだってよ」

それ、とキタが指した先は、先ほど雪虫たちが運んできた盆だ。

「モモちゃん用に湯呑みを作ったんだって。ほら、桃の花が描いてあるっしょ?」

見てみると、たしかにその湯呑みは白地に淡い桃色の花が描いてあった。筆で、すぅ、と撫でたような枝に円《つぶ》らな桃が愛らしい。

「えっ、湯呑みなんて作れるんですか?」

「うんうん。土を捏《こ》ねて形作って干して焼いて、色付けに絵付け。ぜーんぶ雪虫がやるよ。その練り菓子もね、こいつらのお手製」

「へぇっ?」

見たところ、雪虫に手らしきものは見えないが、どうやってそんな細かな作業をしているのだろうか。まじまじと雪虫を見下ろすと、ふわふわ〜と鳴いた彼らはころころと左右に転がっていった。どうやら照れているらしい。

モモはぱちぱちと瞬いてから、そっと湯呑みに手を伸ばした。よく見ると、ちゃんと手作りらしくちょっと歪《いびつ》な形をしている。

(本当に、手作りなんだ)

茶の横に添えられた練り菓子も、花の形をしていた。桃色の花弁に真ん中が黄色。こちらも桃の花を意識して出してくれたのであろうか。

モモの胸に、じわじわと温かいものが広がっていく。

モモは膝を折った体勢からさらに前屈みになり、雪虫たちにできるだけ視線を合わせるように低く顔を下げた。

「え、あの、あ……、ありがとう、ございます」

良き言葉を選ぼうとしてみたが、結局出てきたのはありきたりな感謝の言葉であった。

　モモにとってこの北の地が見知らぬ土地であるように、彼らにとってもモモは未知の存在であったろう。しかし、こうやって歓迎の心を示してくれている。

　手の中の湯呑みはほどよくほかほかと温かい。同じようにぽかぽかと心が温もっていくのを感じながら、モモは深々と頭を下げた。

「あの、これから、よろしくお願いします」

　言い終えるのと同時に、雪虫たちがふわふわと跳ねる。

「こちらこそよろしく〜、だってさ」

　キタが、雪虫たちの気持ちを代弁するように教えてくれた。本当にそう言っているのかわからないが、そうならいいな……とモモも素直に思えた。

　ほわほわとした気持ちで口端を持ち上げると、キタが「はぁっ」と叫ぶ。何事かと肩を跳ねさせて振り返ると、彼は眉根を寄せてわなわなと開いた手を震わせていた。

「モモちゃん笑ってるんだけどっ？」

「え」

　何かいけなかっただろうか、とバッと両手で口元を隠す。

「家に来て初笑いじゃないっ？　やー、記念すべき瞬間じゃん」

　ちょっと「すまほ」ないの、と雪虫たちに尋ねているキタは非常に残念そうな顔をしている。

（すまほ、ってなんだろう）

　心の中だけで首を傾げながら、注意深くキタたちを見守る。キタは残念そうに口を尖らせているし、雪虫たちはただ楽しそうに「ほわ〜」ところころ転がっている。

　どうやら、モモが笑ったことを咎《とが》めているわけではないらしい。モモはドキドキしながら口元の手をそろ……と下ろす。

「はー、写真撮りたかったなぁ。モモちゃんの可愛い笑顔」

「か、可愛い？」

あまりにも自分にそぐわない形容に、びっくりしてキタを見上げる。キタは「当たり前」というように「うん」と頷いた。そして座り込むモモに視線を合わせるように、自身も腰を屈めると、モモの手を取った。

「これからさぁ、たーくさん俺たちの思い出残していこうね？　俺、アルバムとか作るのも得意だから。記念日ごとに作ってこ？」

「んぇ、あ、……はい」

両手を持ち上げられたまま「ね？」と同意を求められて、モモは右斜めの方向に、こく、と遠慮がちに頷いた。キタの背後ではまるで祝福するように雪虫たちが跳ね回っている。

なにがなんだか……、本当になにがなんだかよくわからないが、どうやらモモは北の御方と、その御使いに受け入れられた、らしい。

（なんで？　なんでっていうか、どうしてっていうか……なんで？）

どうしてこうも熱烈に歓迎され受け入れてもらえているのかわからない。わからない、が、こんなにも歓迎されて、嬉しくないはずがない。

（可愛い、なんて生まれて初めて言われたな）

花園には、「可愛い」精霊たちが山ほどいて、モモがそう形容されたことは一度もなかった。むしろ「痩せぎす」「男体って感じ」「たおやかさがない」「可愛くない」と散々な言われようだったくらいだ。

モモは、自身の胸がほこっと温かくなるのを感じた。それは先ほど湯呑みを贈られた時と似ている、が、また違う。なんとも言いがたい、温もりだった。

「す、末永く、よろしくお願いいたします」

気がついたらモモはそう言っていた。

どうして「末永く」なんて大それたことが言えたの

か。頭の上に特大の疑問符をのせたまま、モモはぺこりともう一度頭を下げた。

五

北の土地神の屋敷に到着して三日目。モモは広い部屋の中をぐるりと一周見渡してから、途方に暮れていた。

「えっと……この部屋は本当に、俺が使っていいんです……使っていいの？」

「ふわっ」

雪虫には、最初は敬語で話しかけていたのだが、彼らはどうやら主人と同じく気軽な関係を望んでいるらしく、次第にそれでは返事をしてくれなくなってしまった。

どうにか敬語を取っ払って言葉をかけると、嬉しそうにふわふわと飛び跳ねていた。北の土地神もその御使いも、なかなか対応が難しい。……が、今はそれよりなにより「この部屋」が問題だ。

「えっと、その、これも……？」

「ふわ」

これ、と桐の箪笥《たんす》を指差すと、雪虫が上下に揺れながら返事をする。まるで「そうだ」と言っているような動きである。

モモは「んん」と唸《うな》った後、箪笥の一番上の引き出しを引いた。中にはたとう紙に包まれた着物がたくさん入っている。試しにひとつ開いてみたら、とんでもなく上等な着物が入っているのが見えて、モモは慌ててぱたんとそれを閉じた。どう考えてもいち精霊が着ていいような代物《しろもの》ではない。

「ここに入ってる着物も？」

「ふわ」

あっさりと肯定されて、モモは二段目、そして三段目の引き出しを引く。そこにももちろん、たとう紙が重ねて詰められていた。

「この着物も？　これも？」

「ふわ」

まったく動じずふわふわと頷く雪虫に、ならばと四段目と五段目も引いてみせる。

「まさか、この帯や小道具も全部なんて言わない……よね？」

「ほわわ」

中にある帯や草履《ぞうり》も、モモがこれまで見たことがないくらい上等で手が込んだ造りのものばかり。簞笥の引き出しに掛けた手がわなわなと震えてしまった。

「じゃ、じゃあまさかあっちの文机も、鏡も、時計も、置物もっ？　全部俺のものなんて……い、言わない、よね」

部屋のあちらこちらに点在する、見るからに「上質なあつらえですよ」と主張する家具をそれぞれ指してみるが、雪虫はやはり当たり前のように頷いた。

というよりもはや、モモが冗談でも言っていると思っているらしい。「もう～いい加減にしてくださいよぅ」と言わんばかりにふわふわほわほわ笑っていた。モモが本気で怯えているとは思っていないようだ。

がくり、と項垂れ手をついた畳ですら、とんでもなく質がいいのがわかる。い草《ぐさ》の香りが心地よく、へりの部分は見事な金糸が使われていた。まさか本物の金なのでは……、とモモは思わずついていた手をバッと引き上げる。

「う、うぅ～……俺には贅沢すぎる」

モモはもはや半泣きになりながら、広い部屋の隅に寄り、膝を抱えて誰にともなく後ろ向きな言葉を漏らした。

「このままここで寝起きすればいいじゃん？」

キタには「この部屋にいてよ～」とねだられたが、

モモは頑《かたく》なにそれを拒否……というより遠慮した。何故かというと、もちろん失礼だからだ。

嫁に来る日を間違えた上に夫の部屋で寝こけて、これ以上迷惑をかけたら申し訳なさで枯れてしまう。

夫である神に「一緒の部屋で過ごしていいよ」と許可されているのに断るなんて、とは思いつつも「今はまだ勘弁してください。身と心が持ちそうにありませんので、どうかどうか」と正直にお願いし、その案はどうにか却下された。そして、代わりに与えられたのが、この部屋だ。

広大な北の土地神の屋敷、その南端に位置するこの部屋は、差し込む日差しがぽかぽかと暖かい。真ん中には陶磁器でできた火鉢が置かれており、部屋全体を温めてくれている。桐の箪笥も、漆《うるし》塗りの文机も、細かな彫り装飾が施された衝立《ついたて》もなにもかも、モモが部屋に入った時には既に用意されていた。

花園にいる頃も部屋は与えられていたが、あるのは必要最低限のものだけであった。男体ということもあり、女体の精霊とは部屋を分けられていて、ほとんど一人で使っていたが、それでも「広い」と感じたことはなかったのを覚えている。

花園はいずれ嫁に行くまでの仮の住まいであり、その部屋も貸し与えられたものに過ぎなかった。どれだけ暮らしても「ここは自分の部屋」という気にもならなかった。

「俺には、分不相応すぎると思うんだけど」

花園での部屋を思い出すと、よりいっそうそんな気持ちになる。

正直な感想を溜め息まじりにこぼすと、部屋のすみにかたまっていた雪虫たちが顔を合わせた。ひそひそ、というようにほわほわ話し合って、そしてモモの前にやってきた。

「ん？」

「ほあ」

雪虫の一匹が、文机の上に飛ぶ。ふわ、ふわ、とゆっくり落ちたそれは、机の脚に細工された模様を指した。

「あ、これ」

畳の上を膝でにじにじと移動してそこを見ると、小さくだが桃の花が描かれているのが見えた。

「桃の花……」

「ふわっ」

呼ばれて振り返ると、今度は衝立に雪虫がのっている。その彫り細工も、よく見ると満開の桃をあしらったもので。さらに、火鉢にも、簞笥の引き出しの取っ手にも、あらゆるところに「桃」が存在している。

「これ……、あの、湯吞みと同じ、ってことか?」

問いかけると、雪虫たちが一斉にふわふわと合唱を始める。つまりそう、それらは彼ら……そしてキタからモモへの贈り物ということなのだろう。

手をついた畳のへりにも桃の花弁の柄《がら》があるのが見えて、モモはへたりと膝を揃《そろ》えて座り込んだ。

「全部、俺のために? 俺が嫁に来るから?」

雪虫たちはおそらく「ここはあなたのために用意した部屋だから、遠慮なく使ってほしい」「ほらほら、あなたのしるしがたくさんでしょう。嬉しいでしょう」と言いたいのだろう。声は聞こえずとも、さすがにその気持ちは伝わってきた。

「俺のため……」

申し訳ない、もったいない、自分なんかのために、という気持ちと一緒に、どうしても嬉しい気持ちが湧き上がってきて、モモは緩みそうになる口を必死で引き締めた。

どうしてだかわからないが、この屋敷に来た当初から、キタはとてもモモに好意的だ。そしてその御使いである雪虫も。キタ自身が、もともとそういう気質の神なのかもしれない。情に厚く、優しく、懐《ふところ》が深い。

いや、なんにしても……。

（俺なんかにも、こんなに良くしてくれて、ありがたい。ありがたくて、そしてもう……）

とんでもなく嬉しい、と心の中で呟いて、モモは手触りのいい畳を撫でた。こんなふうに用意してくれるなんて、嫁としてとても歓迎されているようではないか。

そしてそこでようやく、自分の態度が間違っていたことに気がつく。

「ありがとう、……雪虫、様」

まずはきちんと感謝の気持ちを伝えなければならなかったのだ、と素直に礼を口にする。と、一度は「ふうわ～」と目を細めて頷きかけた雪虫たちが、ぷるぷると体を振った。

「えっ、どこで怒ったの？　えっと、ありがとう、じゃなくて……、雪虫、様？」

何が嫌だったのかとたしかめるように言葉を重ねると、「様」と呼ばれたところで雪虫たちがやんやと飛び跳ねた。どうやら主人に似て、敬称を付けられることを気にする性質《たち》らしい。

モモは「ふ」とこっそり吹き出しながら「雪虫、さん？」と呼びかけた。しかしまだ不満そうに、雪虫はそっぽを向く。

「ゆ、ゆき……雪虫？」

そんな呼び方をしてもいいのか、と胸をどきどきと高鳴らせながら呼んでみると、ようやく雪虫たちが嬉しそうに「ふわ」と跳ねた。ぽてぽてと跳ねながら、モモの手に登ってくる。

「わ、わっ」

手で受け止めると、雪虫がその中でころころと転がる。何匹かはまるでモモの腕を遊具のようにして滑り降りていった。羽根のように軽いので重くはないが、毛糸でくすぐられているようにむず痒い。

「はは、雪虫、雪虫……、これからよろしくね」

改めてそう言うと、雪虫たちも「よろしく」と言うようにころころ転がる。その愛らしい姿に胸をきゅんとさせながら、モモもまた畳の上にゆったりと転がった。

見上げた天井にも、柾目《まさめ》の上等な木が使われている。こんなところまで。いや、神の屋敷なのだから当然……と考えるモモの周りで、雪虫も心地よさそうに寝転んでいる。

（色々、色々不安はあるけど……とりあえずは、やっていけるような、気がする）

「陰気」という噂と違った（というより正反対な）夫、予想以上に寒い土地、初日からの失態、そしてどこか愛らしい御使いたち。

不安も戸惑いも尽きないけれど、泣き出したり、逃げ出したくなったりするほどではない。というより、北の土地神たちはモモを歓迎してくれている。

（良い嫁だと思ってもらえるように、頑張ろう。彼らの気持ちに応えられるような、立派な嫁になろう）

そのために何をすべきなのかはまだわからないけれど。それでも、こんなモモを嫁に貰ってくれたうえに、こんなに歓迎してもらっているのだから。何もせずにはいられない。

「さて、……じゃあゆっくりしている場合じゃないな」

モモは腹に力を入れて身を起こす。と、腹の上でうとうとと微睡《まどろ》んでいたらしい雪虫たちが「ふわ～」と声を上げてころころ転がっていく。モモは「あ、ごめん」と謝りながらも、いそいそと箪笥の方に進み、小物入れの段から襷《たすき》を取り出す。そして、片方の端を口に咥《くわ》え、するすると袖をたくし上げた。

「さて」

襷掛けで袖を押さえた後、モモは未だ転がる雪虫たちに視線を合わせるように膝を折った。

「雪虫」

「ふわ？」

改まった態度のモモに、雪虫たちが「どうしたどうした」とわたわたしている。そんな彼らに向かってモモは「あの」と切り出した。

「何か俺にできることはない？　俺、体も丈夫だし、手先は器用な方だし、結構なんでもできるよ」

「ほわぁ〜？」

むん、と力こぶを作るように腕を持ち上げてみせる。と、モモを見上げた雪虫たちは揃って体を傾けて、一番端のやつが、こてんと仰向けに倒れた。

＊

雪虫たちはモモの発言になにやら戸惑っている（というより、困っている）様子だったが、重ねて「今しなきゃいけないこと、ない？」「俺も何かしたくて」「じっとしてられない」と言うと、「どうしようか」といったように顔を見合わせた。

しばし悩んだ（おそらく）後、雪虫たちはモモをとある場所に連れて行ってくれた。そこは……。

「お風呂？」

風呂場だった。いや、風呂場というには大きすぎる。まだ脱衣所しか見えていないが、洒落た鏡や上等な手拭いが準備されているのはもちろん、ちょっとした休憩所も設けられており、籐《とう》でできた椅子の横には水差しが置いてある。もはや温泉場といっても過言ではないほどだ。

（なるほど、ここを掃除するということか）

モモは内心でポンと手を打ち合わせて、いそいそと脱衣所を進んだ。浴室へ繋がるだろう引き戸をガラリと開けると、もうもうと湯気が立ちのぼっている。

「わぷ……、あれ？」

覗《のぞ》き込んだその先は、やはり温泉のようだった。檜《ひのき》造りで良い匂いのする浴室は、花園にあった何人もがいっぺんに入れる大浴場よりももっと広い。

その浴槽には溢《あふ》れんばかりのお湯が満ちており、桶《おけ》や木の椅子も揃えて置いてある。すっかり、入浴の準備が整っている状態だ。

「掃除は？」

はて、と首を傾げると、雪虫がぷるると震えながら飛び上がる。浴室に入ろうとしたモモの足を押し返そうとしているようだ。

「えっ、あ」

他の雪虫も跳び上がり、モモの肩にほわりとのった。そして、「ほどいて」と言わんばかりに襷の上で何度も飛び跳ねる。

「あ、服を脱がないとあっちに行っちゃ駄目なのか？」

そうだ、と言わんばかりに雪虫たちが跳ねるので、モモは「なるほど」と襷を解いた。

（この屋敷の決まり事なのかな。徐々に覚えていかないと）

神にとって「風呂」は穢《けが》れを落とす大事な場所である。そんな場所に、汚れた服を着て入ってはならないのかもしれない。

モモはするりと服を脱いで、裸になった。きちんとすべて綺麗に畳んでから、「よし」と立ち上がる。脱衣所に置かれた大きな姿見に、痩せぎすの自分の体が映る。それを見ないふりをして、もう一度浴室への扉を開くと、今度は雪虫たちも止めなかった。

まずは身を清めるべきか、と桶に水を注ごうとする……と、これまた雪虫たちに止められ「ふわっ」と湯を示された。言われるがまま、湯を汲《く》んで体にかける。

「ふわ！」

これまた、今度は乳白色の石鹸を指されて、モモはそれを手に取り泡立てる。なるほどこれで体を綺麗にしろ、ということか……と、浴室の隅でしっかり体を綺麗にする。体を洗う間に、何故か頭にとろりとした液体をかけられて、雪虫たちにごしごしと洗われてしまった。まるで雪虫のような丸い泡がぼとぼとと落ちてくることに驚きながら、とりあえず身を任せる。

「こんなに泡立つ石鹸なんて初めてだ」

いささか間抜《まぬ》けな感想を伝えると、雪虫たちは「ほわっほわっ」と楽しそうに笑っていた。モモは照れ臭くて、髪の水分をぎゅっと絞る。

体も髪も、ついでに顔も手足も綺麗に洗ってしまって。さぁ今度こそ掃除を……、と思ったら、今度は「浴槽に入って」と誘導されてしまった。たしかに湯は溜まっているけれど、さすがにキタの許可なく入ってはならぬのでは、と思ったが、雪虫たちはそんなこと知らぬとばかりに勧めてくる。

(真《ま》っ新《さら》な湯は体によくないから、若い者が先に入って湯を円《まろ》やかにすることもある……って、本で読んだことがあるな)

なるほど、と思ってモモは自分の体で毒を吸い取るようなイメージで、湯に浸《つ》かる。……が、しかし。

「ん、くぁ〜……」

そんな覚悟は、ほどよく温く、驚くほど心地よい湯の中で、とろとろと溶けて流れて消えてしまった。

(なんだこれ、すっ……ごい気持ちいい)

思わず目を見張るほどの心地よさだ。モモは両手で湯を掬い上げて、ぴしゃ、と頬にかけてみた。頬はじんじんと熱を持って、内側と外側からぽかぽかに温まっていく。

「き……もちいい」

思わず声に出して、モモは顔を天井に向ける。白くぼやけてはいるが、天井は高く、天窓がわずかに開いてそこに湯気が吸い込まれていくのが薄らと見える。

こんなふうにゆっくりと熱いお湯に浸かったのは、いつぶりだろうか。花園では男体のモモが湯に入れるのは一番最後だったし、その頃には湯は冷め切って、ただのぬるま湯になっていた。

自分が男体で生まれたことへの不満はなかったが、一度くらい温かなお湯に浸かりたい、と思っていたことを、今さらながら思い出す。

（まさか北の果てで叶うなんてな）

ふ、と息を吐き出してから、自分が何のために浸かっていたのかを思い出す。

（はっ。……えっと、体の油が少しでも出るようにした方がいいんだっけ？）

湯に浸かった脚の、太腿あたりを、きゅっ、きゅっと両手で揉み解す。ついでに肉付きの悪い腹や、胸のあたりも。

しばらくそうやって体を揉んでから、モモは「ふぅ～」と長い息を吐いて足に力を入れた。掃除に加えて、先ほど使った椅子や桶も綺麗にしなければならない。

（なんだか普通に風呂に入ったような形になってしまったな）

立ち上がると、ざばぁ、と湯が落ちる。雫《しずく》となってこぼれ落ちるそれを見ながら、モモは浴槽を出ようとした。と、その時……。

――ガラガラッ。


軽い音を立てて、脱衣所に通じる扉が開いた。

雪虫ならば、もう少し控えめな音がするはずだ。目を凝《こ》らしそちらを見やると、大きな体をした人物が、ぬっ、と湯気の中から出てきた。

「あ、キタさ……」

「ウワ――っ！」

モモの言葉は、大きく野太い悲鳴にかき消される。浴室のせいか、わんわんと音が響いて、モモは思わず耳を押さえた。

「うっ、キ、キタ様？」

「なになにモモちゃんっ？　モモちゃんじゃん！　えっ、裸だっ？　マジでどうしてっ！　……どうしたっ？」

現れたのは、夫であるキタだった。何故か「なんでどうしてっ」と喚《わめ》きながら、顔面を両手で覆って隠し、しかし時折指の隙間から目を覗かせ、また隠す。モモの方が「どうしたんですか」と言いたい気持ちで、ぽかんと口を開いてその姿を見ていた。

「わぁ、まさかお風呂で待っててくれてると思わなかった、ありが……」

「あっ！　そ、掃除もせずにすみません。湯には浸かっておきましたので、少しは円やかになっているかと……」

少しだけ呆然《ぼうぜん》とした後、我に返ったモモは素直にそう謝る。そしてざぶざぶと湯から上がると、頭を下げながら浴室から出て行こうとした。神である夫が風呂に入るというのに、邪魔をしてはいけないだろうと思ったのだ。

「ちょいちょいちょい、えっ？　ちょっ待ってモモちゃん」

「は、はい」

怒られるのだろうかと思って、びくっと肩を跳ねさせると、キタは「あれ、えー？」と言葉を濁した。

「一緒に入ろうと思って待っててくれた、とかではなく？」

「一緒に……？　そ、そんな、まさか」

恐れ多いっ、と慌てて首を振ると、キタが「え、嘘」と顎を引いた。

「俺はこう、夫婦になって初めての嬉し恥ずかしちょっとエッチなむふふイベントかと思ってたんだけど」

「えっちな、むふふいべんと？」

こて、と首を傾げると、キタが「ぐっ」と言葉を詰まらせる。

「なにそれ可愛い……、じゃなくて。え、じゃあこれってただのラッキースケベ？」

「らっきいすけべ？」

初めて聞く単語に、はて、と今度は反対側に首を倒す。と、キタが手拭いを持ち上げ「あぁ〜……」と顔を覆った。

「了解。了解じゃないけど了解。ちょっと素で喜んじゃった自分が恥ずいわ」

言われてみると、キタの褐色の頬がほんのり桃色に染まっているのがわかった。何がどうしたのかわからないが、どうやら恥じ入っているらしい。モモは「はっ」と顔を上げた。

「す、すみません。俺が何か失礼を……キタ様は一番風呂をご所望でしたか？」

「んや？　一番でも二番でも何番でもいいよ。俺はモモちゃんとお風呂に入りたかっただけ」

「俺と？」

ぱちくりと目を丸くすると、向かい合うキタの方もこれまたぱちくりと目を見開いた。

「え、なんで？　モモちゃん俺のお嫁さんじゃん。大好きなお嫁さんだよ？　新婚さんだよ？　あ〜、一緒にお風呂入りたいな〜あわよくばいちゃいちゃしたいなぁってなるでしょ？　なるよね？　なるよなぁ？な？」

後半は足元にいる雪虫に問いかけて、キタがなにやら懸命に言い募っている。雪虫たちはおそらくキタのためにせかせかと椅子や桶を準備していて、聞いていない。いや、聞こえていて無視しているのかもしれない。キタが「ちょ、まじめに聞けよ〜」と喚いていたので。

「あー……、ねぇモモちゃん、もう上がる？　もうちょっと一緒に入らない？」

「キタ様と、俺がですか？」

モモは掃除をするだけのつもりだったのだが、キタはモモがここに純粋に入浴に来たと思っているようだ。どうやら夫婦で一緒に入りたいと思ってくれていたらしい。

（失礼じゃ……、嫌じゃないのかな？）

少し悩んだものの、キタに「お願いお願い」と両手を合わせてねだられたのなら、断る理由はない。先ほど、一緒の部屋で過ごすことを拒否したばかりだし、ここで断るとさらに失礼を重ねる気がした。

「えっと、俺でよければ、お背中お流しします」

「ひゃ～！」

せめても、とちょっとした世話を申し出てみれば、キタが両手を口に当てて、悲鳴を上げた。

何か失礼なことを言ったかと、びくびくっと肩をすくめると、キタは目を爛々《らんらん》とさせてその場で足踏みしていた。

「やば……、今のめっちゃよかった。ね、もっかい言って」

「えっ？　お、お背中お流しします？」

これでよかっただろうかと繰り返すと、「うぅーん」と唸ったキタが、高い鼻梁の先を指先で摘《つま》んだ。

「ヤバい、鼻血出そう」

「えっ！　だ、大丈夫ですかっ？」

驚いて、一歩前に出てキタを見上げる。鼻のあたりは綺麗なもので、何か怪我をしたようにも見えない。モモはホッと息を吐いてから、眉根を寄せた。

「体を温めて大丈夫ですか？　どうかご無理はなさらず」

心配で、潜《ひそ》めたような声音になってしまう。と、何故かぶるるっと身を震わせたキタが「こわい」と真顔で呟いた。

「え？」

「嫁が可愛くてこわい。助けて」

「え？　……え？」

無表情でそんなことを言うキタの方が恐ろしい、と思ってしまって、モモはぶるぶると顔を振った。夫に対して失礼なことを考えてしまった。

モモはどうしようかと悩んだ末に、「えっと、あちらに」と木の椅子を指し示した。キタは「うん」と素直に頷いて、そこに腰掛ける。

話を誤魔化《ごまか》した感じにはなってしまったが、とりあえず大人しく従ってくれたので良しとしよう。モモは雪虫が用意してくれた新しい手拭いを湯で湿らせて、石鹸をのせた。

「どうですか？　痛くないですか？」

「ぜぇんぜん。いい感じ、超気持ちぃい」

モモは両手に力を込め、キタの背中の上でごしごしと手拭いを動かす。

キタの背中は他の肌と同じように、ほどよく小麦色に焼けている。が、首筋のあたりを境目に、ほんの少しだけ色が違っているように見えて、モモは内心で首を傾げる。着物の丈とは微妙に違う。なんでどう焼けたのかはわからないが、珍しい焼け方だ。

「そういえばモモちゃんさぁ」

「えっ、はい」

ふと話しかけられて、モモは顔を上げる。形の良い、骨張った肩甲骨を小さな泡がゆっくりと滑り落ちていくのが見えた。

「今裸なのは恥ずかしくないの？」

「？」

問いの意味がわからず、モモは手拭いを握り締めたまま無言になってしまった。

「ほら、起きた時は恥ずかしそうだったじゃん。布団被ってさ」

重ねてそう言われて、モモはその時のやり取りを思い出す。

「あぁ、あれは恥ずかしいというより、その……。あの時はまだキタ様をキタ様だとわかっていなかったので、慌ててしまいました」

「俺が俺？」

「はい。夫以外にはみだりに肌を見せてはいけないので」

「……なる、ほど？」

キタの言葉に合わせて、背中の筋肉がわずかに動く。見事に均整のとれた体は、造形の整った精霊を見慣れたモモから見ても、やはり美しい。

「夫であれば恥ずかしくないの？」

「はい」

キタが何を言っているのか、その真意を理解できない。

(もしかして)

ひとつだけ思い当たることがあり、モモは「あ」と声を上げる。裸の話をするのは、裏側に「本当に言いたいこと」が隠れているからかもしれない。

「もしかして、俺の体はその、全然魅力が足りないから、あの……」

モモの体は、男体だ。しかも痩せぎすで骨張っている。「抱き心地悪そう」「せめてもうちょっと太ったら」と他の精霊に散々言われてきた。

モモ自身も自分の体をどうにかしようとしてきた。ご飯をたくさん食べたり、男らしくならないように背を縮めようとしたり。しかし、モモの思った通りには体は育たなかった。背も決して低いとは言えず、たおやかさもない。どうにか自分を小さく、それでいて丸みを帯びたように見せようとした結果身についたのは、情けない猫背だけだ。

「……すみません」

花園で散々言われてきたことを、今さらながら実感して、モモは視線を下げる。

「え、なに、モモちゃんなんで謝ってんの」

「え？」

「しかも魅力が足りないって、んなわけないじゃん」

キタが髪から水滴を落としながら、体を捻《ひね》って振り返る。本当に驚いたような顔をしており、その目には「どうして？」という感情しか見えない。

「全部まるごと、可愛いモモちゃんじゃん」

「全部……？」

キタは水の滴《したた》る前髪をぐいと押し上げて、モモに向かって顔を突き出す。

「ぜ〜んぶ、だよ」

いっ、と歯を剝《む》くように口を開き一音一音、キタが「全部」を繰り返す。

間近で見たキタの目は、深い灰色と紺色が混じり合ったような色だった。まるで北の大地の、雪降る日の空のような。昨日この地に着いて、初めて見た空の色だ。

「あ……、はい」

モモは気圧《けお》されるように仰け反りながら、こく、と首を上下に動かした。キタの顔が近づいたせいだろうか、心臓のあたりがとことこと騒がしい。神の、いや、誰かの顔をこんなにも間近で見るのは初めてだ。

（頰が熱い。なんだろう、湯気にあてられたかな）

とりあえず目の前のキタの体を洗わねば、と手拭いを一度桶で洗い、再度石鹼を付ける。泡立てたそれを手に持って、太腿の方へと伸ばす。

「おわ」

キタが少し上擦《うわず》った声を出した。モモは驚いて「おわ？」とキタの言葉を繰り返す。

「え、……いいの？　そういうサービスもありなの？」

「？　はい、もちろんです」

滾《たぎ》る何かを抑えたような、潜《ひそ》めた声で問われて、モモは「もちろん」と頷いた。

「え、でもそんな嫁に来てもらったばっかりで悪くない？　嫌じゃない？」

「キタ様のためにできることであれば、俺はなんでもしたいです」

体を洗うことなんて、悪いことでもなんでもない。モモは先ほどから微妙に高鳴っている胸を落ち着けるようにすぅはぁと息を吸って吐いて、夫に向かって微笑んだ。

「モモちゃ……」

「足の先まで、きちんと綺麗に洗わせていただきます」

そう言って勇ましく手拭いを握り締めた、途端《とたん》、キタの表情が、すぅ……と消える。

「あ、え？」

「……だよな、知ってた」

一体、キタは何を理解したのだろうか。急にがくりと項垂れてしまったキタが心配で、モモは彼の太腿に手を置いたまま、下から覗き込んだ。

「キタ様？」

「……っ、キタさん、ね」

一瞬息を詰めたキタが、片頬を持ち上げて笑う。緩く弧を描いた髪型はモモからしてみれば不思議な形だが、何故だかとてもキタに似合って見える。

「モモちゃんさぁ、氣《き》、って知ってるか？」

「氣、ですか？」

「き」と呼ばれるものは、この世に数多幾多存在するが、神であるキタが言う「き」はひとつしかないだろう。モモはすぅと息を吸った。

「神の身の内に溜まる、精力のことです」

花園で教えられたことをそのまま伝える。と、キタがへにょりと笑って「あぁ、よかった」と前屈みに上半身を倒した。

「うんうん、知ってるな。知ってたらいいわ」

何か含みのある言い方だったが、その真意はモモにはわからない。モモは軽く首を傾げて、黙っていた。ここで深く問いつめるのも失礼かと思ったのだ。

氣、とは先ほどモモが言った通り、神の身の内に宿る精力のことだ。丹田《たんでん》を中心に円となり集まったその精を、神は定期的に発した方が良いとされている。その方法は……。

「ま、氣についてはおいおいね」

「あ、はい」

キタの言葉で思考を遮られ、モモは顔を上げて頷いた。

それから、キタに「洗うのは背中だけでいいよ」と言われたので、モモはその通りにした。自分にできうる限り丁寧に気持ちを込めて洗うと、キタはとても喜んでくれた。

キタが自分で体の正面を洗い終えた後、二人でゆったりと湯に浸かった。

外にも岩風呂がある、と教えてもらったが、今は寒すぎるので時々しか使っていないらしい。

「温泉に入る前に凍っちゃうからね」

とキタが言うので、モモも思わず笑ってしまった。

さらに「今の時期は裏の山から降りてきた動物が入ったりしているよ」と教えてもらって驚いたり、「温泉に落ちたのに溶けない雪があるな、と思ったら雪虫だった」という冗談に笑ったり。少しだけキタと距離が近づいたような、不思議な風呂の時間であった。

この偶然の鉢合わせ以来、キタは時々（というには頻繁に）モモを風呂に誘ってくれるようになった。最初は緊張していたものの、そのうちモモも慣れていって。いつしか、二人仲良く風呂に入るのが当たり前の日常となっていった。

六

本当にそうなのか、と疑う気持ちもあったが、やはりキタは「北の土地神」であった。一緒に暮らせば「神」としてのそのすごさがわかる。日常の中で、キタはその力を当たり前のように使っていた。

キタが意図をもって瞬きをすれば雪が降るし、やむ。ふぅっと息を吹いて風を吹かせるのもお手のもの。天候だって思いのままだ。もちろん、その土地に合わせた上限下限はあるだろうが。いくらなんでも、いきなり北の地を南国の気候にはできまい。

そもそも、神以外に御使いは使役できない。雪虫たちが意思を持って動き、キタの命に従っている時点で「そう」なのだ。

モモはキタが力を使うたびに「わっ」と感心したし、キタはそんなモモを見て嬉しそうにしていた。

日々は穏やかに進んでいた。


「キタ様？」

北の土地に来てから早十日。モモは屋敷の中をうろうろと彷徨《さまよ》っていた。ここか、と思って障子《しょうじ》を開くも、その向こうの部屋は無人だった。いや、何匹か雪虫が転がっている。モモがすぱんっと障子を開けたので、びっくりして飛び上がっていた。空中に舞い上がった雪虫にモモは頭を下げる。

「あっ、驚かせてごめん。あの、キタ様来てないよね？」

尋ねると、顔を見合わせた雪虫たちがふるふると震えた。

「ん、そっか」

モモが何をしているかというと、そう、夫であるキタを探しているのだ。

足元に雪虫が数匹ころころと転がってきて「どうしました？」と言わんばかりに見上げてくる。モモは少し迷ってから「あの、キタ様を知らない？」と聞いてみた。モモの問いかけを聞いた雪虫たちは、さらに他の雪虫を呼んだ。どうやらみんなで目撃情報を募っているらしい。

ひとしきりほわほわと話し合っていた彼らは、そのうちぞぞぞっと一ヶ所に集まると、自分たちの体を使って右方向の矢印を作った。

「あっち、ってこと？」

指で右を指しながら確認すると、雪虫たちは「ふわ～」と言いながらバラバラに弾けた。どうやらモモの認識で正解、ということらしい。

「ありがとうね」

礼を言うと、雪虫が「ほわっほわっ」と言いながら飛び跳ねる。そして、数匹がモモに先立つように右方向の廊下へ進み出した。

「もしかして、案内してくれるの？」

「ほーわっ」

どうやらそのつもりらしく、ぴこぴこと床の上で跳ねている。モモはもう一度「ありがとう」と丁寧に頭を下げて、彼らの後についていった。


キタの屋敷は驚くほどに大きくて、広い。主に過ごしている本邸……の他に離れが二つ、外に石蔵もある。中庭、裏庭も広々としており、いつも良く手入れされていた。その裏庭の一番奥には小高い山があり、頂上には社《やしろ》がある。

その社には、北の土地神の御神体が祀《まつ》られているのだという。社のある山一帯は禁足地となっているため、伴侶であるモモですら社そのものを見たことはない。階段は長く上の方は木に覆われていて社の屋根すら見えることはないからだ。それでも、最近は朝一番に社へと続く階段の下で「今日も一日平和でありますように」と毎日拝んでいる。自身の化身である桃の木を眺めるのと合わせて（これも毎日の楽しみだ）、モモの日課になっていた。

「こんな雪の中参らなくていいって。御神体どころかモノホンがここにいるんだからさぁ」

とキタは言うが、その言葉に甘えるわけにもいかない。なにしろモモは嫁なのだから。

（最初が失敗続きだったからな。頑張って挽回しないと……）

そう。嫁に来て初っ端《ぱな》から、モモはいくつかの失態を犯していた。嫁に来て早々に倒れ、主人であるキタの寝台に寝かせてもらったことや、キタをキタだと思わず失礼な態度を取ってしまったこと、などなど。が、その中でも一番の失敗は「嫁に来る日の間違い」だ。モモは、予定より一日早く嫁に来てしまったのである。というより、キタに伝える日を間違えていた。

（あぁとんでもない、とんでもない）

モモは自分の失敗を思い出して、内心で「ぎぃやあ」と頭を抱える。この屋敷に来てからこっち、モモはことあるごとにその失敗を思い出しては恥ずかしくてごろごろと転がっているのだ。

もともと、モモは嫁に行く日を「弥生の二日」としていた。そのつもりで準備を進めていたし、花園の管理人にもその旨伝えていた。しかし何故か、キタへの手紙には「弥生の三日に嫁に行きます」と書いていたのだ。確認のためにキタに見せてもらった手紙には、たしかにモモの筆跡で「三日」と書いてあった。いくら嫁入りに緊張していたとはいえ、あまりにもひどすぎる間違いだ。

モモは平身低頭キタに謝罪した。床に額を擦りつけんばかりの勢いで「すみませんでした！」と。しかしキタの方はあまり気にした様子もなく、「いいのいいの」と首を振ってくれた。それどころか……。

「俺が花園まで迎えに行けば起こらない間違いだったんだから」

と、謝ってくる始末だ。精霊に頭を下げる神など見たことも聞いたこともないモモは、とにかく驚いて「いえ、お、俺が……」とぺこぺこ頭を下げ続けた。二人して「俺が」「いやいや俺が」と言い続けて、結局どちらが悪いか決まらないままだった。

それはさておき、たしかに嫁を花園に迎えに来ない神は珍しい。少しだけ気安くなったキタに、モモは失礼を承知で問うてみた。

「あのキタ様、ちなみに、その……花園にいらっしゃらなかった理由はなんだったのでしょうか」

心の底に抱いていた不安にも似た疑問を、握り締めた手の先を白くするほど緊張しながら問うたモモに、キタは「ん？」となんでもないことのように答えた。

「いやぁ。俺、花園がめちゃくちゃ苦手でさ」

「苦手？」

「うん。あっこ行くと必ず『結婚しろ～』『嫁を貰え～』って追いかけ回されるからさぁ」

モモは目を瞬かせてから「なる、ほど？」と微妙な返事をした。

土地神は花の精霊の大事な嫁入り先だ。キタも例外ではなく、嫁を娶《めと》って花を咲かせてやってくれ、と言われていたのだろうか。管理人に追われるキタの姿を想像していると、キタが苦い顔をしてそっぽを向いた。

「……俺んとこに来るのは大変だってわかってるのにね。それでも結婚を勧めてくる花園が嫌いなの」

「大変？」

キタの言葉の中の気になる単語を拾い上げる。と、キタは「あ」と声を上げて、肩をすくめた。

「や～……ほら、うちって寒いからさ。お花ちゃんたちには激つらい環境なんだって」

たしかに、暖かいに越したことはないが、モモはそれでも咲けている。その気持ちを汲み取ってくれたのだろう、キタが柔らかい笑みを頰にのせた。

「モモちゃんは、大丈夫」

断言されて、モモはキタを見つめた。

「大丈夫だから」

もう一度、安心させるような優しい声音でそう言われて、モモは「はい」と頷くしかない。神の御業《みわざ》かどうかわからないが、キタの言葉には不思議な説得力があった。

花園との事情はさておき、キタはモモが嫁入りの日取りを間違えたことは気にしていないらしい。

キタが「もういいよ。気にしないで」と言うのであれば、それ以上モモが詫びるのもおかしい。なので、直接的な謝罪はやめて、態度で示すことにしたのだ。誠心誠意嫁として務めてさせていただこう、と。

そして今はその一環で、とある「許可」を得ようとキタを探しているわけなのだが……これがなかなか見つからない。なにしろ屋敷が広すぎるのだ。雪虫について、てくてくと歩いても、なかなか目的のキタに辿り着かない。モモは長い廊下を歩きながら、ふ、と廊下に面した硝子戸《ガラスど》の外を見やる。

（あぁ、……綺麗だ）

中庭が望めるその硝子戸からは、そこに咲く桃の木がよく見える。毎朝庭に下り立って拝むように眺めているが、こうやってふとした瞬間に目に入ってくるのもまた嬉しい。モモは雪虫について歩きながら、嬉しさを噛み締めるように微笑んだ。

どういう仕組みかわからないが、中庭には雪が降っていない。いつもぽかぽかと暖かく、春のような陽気が漂っている。桃の花が咲けるようにキタが力を使ってくれているのだろう。

てくてくと歩を進める、と、中庭に面した硝子戸が途切れ、今度は別の窓から一面の雪景色が見えた。まるで違う世界が繋がっているようにも見えるが、同じ屋敷内の景色だ。

（雪も、ちょっとだけ見慣れたなぁ）

外には相変わらず真っ白な雪が積もっていた。屋敷の中は快適な温度が保たれているが、外はもちろん寒い。先ほど社の下にお参りに行った時も、寒くて寒くて体の芯から冷えてしまった。まぁ、ここが北の地だということを鑑《かんが》みれば、当たり前の気候である。

モモはごそごそと懐に手を入れる。と、そこから小さな雪兎が現れた。もちろん、本物の雪で作った兎ではない。白い毛皮に紅い硝子玉の目、柊《ひいらぎ》の飾りのついた「雪兎型懐炉《かいろ》けぇす」だ。ふわふわとしてとても手触りが良く、両手で包むとぬくぬくと温かい。

与えてくれたのはもちろんキタだ。「はいこれモモちゃんに」と懐炉と共に与えてくれたので、外に行く時は必ずそれを懐に入れている。キタのくれた懐炉はつるんと丸く黒い石で、それを腹の中が空洞になった雪兎の人形に入れて使うのだ。

（キタ様って、噂話で聞いた姿と、見た目の姿と、中身とがてんでバラバラな御方だな）

きしきしと廊下を踏み締めながら、ふとそんなことを考える。

噂では、北の土地神はとんでもない冷血漢のはずだったのだが、実際に出てきたのは色黒でちゃらちゃらとした明るい神だった。そしてちゃらちゃらしているように見えて、驚くほどに優しい。

（うん、キタ様は優しい神様だ）

懐に仕舞っている雪兎にソッと手を置く。と、ぬくぬくとした温もりが「そうだね」と言ってくれているようだった。

「ほわっ」

ぼんやりとしていたら、足元で小さな鳴き声がした。気がつけば玄関先に立っていて、雪虫が草履の側で跳ねている。

「あ、外に出るんだね」

「ほわわ」

雪虫は数回跳ねると、器用に玄関戸を引いて外に飛び出した。モモもまた草履を履いて外に出る。玄関先には、先ほど窓から見たのと同じ雪景色が広がっており、モモは両手を口の前に持ってきて「はぁ」と息を吐く。懐の雪兎がいっそう温かく感じられた。

「まさか屋敷のお外にいらっしゃったとは」

どうりで見つからないはずだ、と思いながら、モモはさくさくと雪を踏み締めて雪虫の後をついていく。

しばらく歩いていると、いくつか並んだ石蔵の前で雪虫が止まった。ほわほわと鳴きながら、立派な造りのその蔵の入り口を指している。どうやらその中に、キタがいるということらしい。

「ここに？」

「ほーわっ」

頷くように飛び跳ねる雪虫を見ながら、モモはその蔵の入り口をソッと窺う。重そうな木の扉はわずかばかり開いており、その隙間からなにやらガチャガチャと物が擦れたりぶつかったりする音が響いてくる。が、中で何をしているかはわからない。

モモは、すう、と息を吸って「あのぅ」と蔵の中へ向かって声をかけた。

「キタ様、こちらにいらっしゃいますか？」

「ん～？　あれ、モモちゃん？」

トンッ、ガンッ、となにやら音がした後、ギギギ……と重たい木の扉が横に引かれ、嬉しそうな顔をしたキタがひょっこりと顔を出した。

「どったの？　お腹すいた？」

「おなか……、あ、いえ、キタ様にお願いが……」

キタがいたことにホッとしながら顔を上げる、と、その背後にあるものが目に入ってきて、モモの言葉を不自然に途切れさせる。

「あって……、って、板？」

「ん？」

キタが首を傾げてから、自身の後ろを振り返る。

「あ、これ？　今手入れしてたんだよね」

そこには様々な色をした板がどぉんと聳《そび》え立っていて、モモは思わず仰け反る。

「これね、サーフボード。モモちゃん初めて見る？」

「さーふぼーど」

「うん。サーフィンするのにね、使うんよ」

「さーふぃん」

聞き覚えがない単語の連発に、モモは目をぱちくりしながらおうむ返しするしかない。キタは「あのね」と言葉を続けかけて、途切れさせる。

「てか、寒いでしょ。こっちおいで」

「え？　あ」

「はいこれ、着ててね」

腕を引かれ、蔵の中に入れられる。そして、肩に羽織りをかけられた。

「俺ね、サーフィンが趣味なの」

「はぁ……」

「あ、丘サーファーだと思ってる？　北の海でサーフィンするとか一年のうち何日できんだよって思ってる？　そうです、うちでは夏が数週間しかありません。笑っ……えない」

　そこまで言って、キタは大きな手で自分の顔を覆った。モモは笑っていいのかどうかわからず、「え、あ、はぁ」と曖昧《あいまい》な返事をするしかない。何かわからない単語が続いてしっかりと内容を把握できたわけではないが、とりあえずキタが「さーふぃん」にひとかたならぬ思いを抱いているのはわかった。

（夏、かぁ）

　たしかにこの極寒の北の土地に訪れる夏は、とても短いと聞く。サーフィンが海に入って行うものなのであれば、この土地ではあまり向かないだろう。たとえば今の時期に海に飛び込もうものなら、たちまち氷になってしまう。まぁ、神が凍るかどうかはわからないが。

「いやまぁでも夏じゃなくてもできるしね。ウェットスーツ着てりゃある程度どうにかなるし？　俺神だし？」

「大変、ですね？」

　なんともいえない感想を返すモモを見て、キタが「おや」といった顔をする。

「モモちゃん、サーフィン全然知らないんだ？」

　真っ直ぐにそう問われて、モモは観念して項垂れた。

「えっと、……はい。勉強不足ですみません」

　嘘をついてもしょうがないので、ぺこりと頭を下げる。胸元の懐炉ケースもそうだが、キタはとても物知りだ。人間の世界についてもかなり勉強しているのだろう。

　いたたまれない気持ちでもじもじと指を突き合わせるが、キタの方に気にした様子はない。それどころか、にぱ、と嬉しそうな笑みを浮かべた。

「全然。俺が教えてあげられるじゃん」

「へ？」

まるでそれこそがご褒美であるかのように嬉しそうに首を傾げて、キタが後ろに立てかけられた大小様々な板を指す。

「あのね～、この板の上に立ってね、海の波に乗るんだ」

「海の、波に、乗る？」

モモは「海」と呼ばれるものを見たことがなかった。なにしろ生まれてからずっと花園で過ごしていたからだ。しかし、それがなんたるかくらいは知っている。花園にある、水草が浮いた池よりもっともっと大きな水の塊《かたまり》だ。その水は塩辛くて、常に波立っているのだという。

しかしその海で、板に乗って、さらに波に乗るとは一体……。その姿がいまいち想像できなくて、モモは首を傾げた。

「どうして、そんなことをするんですか？」

一瞬、きょとんとした顔をしたキタが、顔を上向けて「はははっ」と笑いだした。

「なんでだろうねぇ」

目尻の涙を拭い肩を揺するキタは、なんだかとても楽しそうだ。モモは変なことを言ってしまったかと恥じ入ったが、黙っておいた。

「モモちゃんも連れて行ってあげる」

「え？」

「実際に見てみたら、なんでそんなことするのかわかるかもしれないじゃん？」

そんなものだろうか、と目を瞬かせながらも、モモは「はい」と頷く。色々な色や形のその板を使って、どんなふうに波に乗るのか、少しだけ興味があったからだ。

「っていうか、海も見たことないんだっけ？」

「あ、えっと……ないです」

これまた素直に頷くと、キタがにこにこと微笑んだ。

「あらそ。じゃあすぐ行こ、明日行こ、デートしよデート」

「は、え？」

なんだか耳慣れない言葉を使われて、モモはおっかなびっくり「でぇと？」と問い返す。

「お出かけのことだよ。俺たちまだ夫婦になって日が浅いし、一緒に出かけて親交深めようよ」

「親交を……、あ、はい、深めます。深めたい、です」

夫である神に逆らうこともできず……というより、モモ自身少しだけ、いや、かなりその提案が嬉しくて。気がつけばこくこくと何度も頷いていた。

すると、キタが嬉しそうに切れ長の目を見開く。

「やったぁ！　デート、モモちゃんとデート。雪虫に弁当作ってもらおうぜ。スマホも持っていこ～っと」

るんるんと歌い出しそうな様子であれもこれもと計画を立ててるキタの目は、きらきらと輝いている。その顔を見ながら、モモは「あ」と声を上げた。

「あ、あの……キタ様」

「キタ、さん。そろそろキタさんでいこうよ、き、た、さん」

「キタさん、様……」

敬称を咎められてなんとか言い直す。キタは多少不満そうな顔をしながらも「ん？」と先を促してくれた。

「あの、俺も弁当を作っていいですか？　というより、その、雪虫がしてる仕事を俺にもさせていただきたいな、と」

「雪虫の仕事を？」

そう。今日モモがキタを探していたのは、この件を話したかったからだった。

「あの、俺も何か役割をこなしたくて」

「役割？」

キタが「へぇ」と言いながら腕を組む。

「掃除でも洗濯でも料理でも、俺、なんでもするので。

あ、雪かきも。……屋敷に置いてもらうからには、何か仕事をしなくちゃ、と思って」

この屋敷にやってきてから数日。身の回りの世話は大体雪虫がやってくれる。その日着る着物の準備から、着付け、ご飯の支度や片付け、風呂や寝床の準備も、何もかも。「何か手伝うことはないか」と問うても「ほわほわ」と首を振られる（いや、首はないので全身をふるふる震わせるくらいだが）だけだ。

花園では、身の回りのことはもちろん、雑務なども進んでこなしていた。女体より男体の方が多少物理的な体力があるので、力仕事はよく回されていた方だ。

「雪虫より体が大きいから、天井の掃除とか、力仕事とか、そういうことでも。俺、きっとお役に立ちます」

モモはとにかく、自分が「役に立つ」ということを伝えたかった。もし万が一嫁として不足があったとしても、そういったところで補っていれば捨てられないかもしれない……という打算があったからだ。

（役立たずだって、捨てられたくない）

モモは、自分の花を咲かせられればそれでいいと思っていた。そして実際、キタはモモの花を咲かせてくれた。それはもう見事に。目にも鮮やかな薄桃色だった。

花を咲かせるには、夫の力が必要だ。力を得れば得るほど花は見事に咲き続ける。万一離縁ということにでもなってその力を受けることができなくなれば、花は寿命を待たず枯れてしまう。神は愛情深く、離縁というのもほとんど聞かない……が、まったくないわけではない。

花の精霊は、美しい花で夫である神の心を癒す。土地を治め守るために精神を摩耗《まもう》している神にとって、癒しは必要不可欠だ。「しかしそれだけでは足りないのだ」と、モモは花園に住まう頃よく耳にしていた。綺麗に花を咲かせ続けるには神の寵愛《ちょうあい》を得ることが大事なのだ、と。だからこそ、花の精霊は美しくあろうとするのだ、と。しかし、モモは神を魅了できるだけの美貌を有していない。

初めてこの屋敷の、キタの寝室で自分の花を見てからというもの、モモは時間があれば花を見に常春の庭へと向かっている。そうやって眺め、見れば見るほど、今度はその花を散らせたくなくなってくる。できればこのまま、活き活きとここで咲かせ続けたいと思ってしまうのだ。

（なんて欲深い。……でも、俺は）

浅ましい願いだとわかっていたが、咲いた姿を見たら、今度はもっと咲かせていたくなった。咲かせ続けるには、この屋敷に嫁として置いていてもらう他ない。そして「いい嫁」だと思ってもらわなければならないのだ。

「んー、役割ねぇ。モモちゃん、雪虫の仕事が欲しいの？」

キタの言葉に、モモはハッと顔を上げる。

「そしたら、いらなくなった雪虫は消えてしまうけど」

「え……？」

思いがけない言葉に、ちらりと視線を床にやる。モモを案内してくれた雪虫たちがころころと床を転がっていた。

「消え、る？」

「モモちゃんが雪虫の仕事を望めば、きっと雪虫たちはモモちゃんにそれを譲るよ。モモちゃんのこと大好きだから。……で、仕事のなくなった雪虫は消える」

ほわ～と転がる彼らに悲壮感はないが、さすがに消えるとなると辛いのではないだろうか。というより、モモ自身が辛い。

「モモちゃんが雪虫の仕事を貰うっていうのは、そういうことだ」

「や、そんな……、俺はそんなつもりじゃ」

「うんうん、わかってる。わかってるから、今こうやって教えてる」

別に、雪虫から何かを奪うつもりはなかった。ただ自分にできることをしたくて、何か役に立ちたくてそう言ったのだ。が、そんなことは言わなくとも、キタも承知だろう。その上で彼は「そうするとこうなるけど、大丈夫?」とモモに教えてくれている。それがわかったから、モモは黙ってキタの話を聞いた。

「雪虫は俺の御使いだからさ。使役されることが存在意義なんだよな」

キタが手をかざすと、雪虫が「ふわふわ」と鳴きながらその手にのる。キタは集まってきた毛玉を、ふっ、と息を吐いて飛ばすと、モモの顔を覗き込んだ。

「じゃあ、モモちゃんの存在意義ってなに?」

「俺は……」

突然の問いかけに言葉を詰まらせてしまう。が、モモは足元に転がる雪虫を見下ろして、拳を握り締めた。

「……花を、花を咲かせることです」

花の精霊であるモモは、そのために生まれてきた。葉を茂らせ蕾《つぼみ》を作り花を咲かせる、それこそがモモの存在意義だ。だからこそ役に立ちたいと思った。必要だと思ってもらって、それで力を分けてもらうのだと。

キタはモモの答えを聞くと、一転して明るい笑顔を見せ「うんうん」と頷く。

「なら、それでいいじゃん?」

「え?」

あっけらかんとそう言われて、モモは目を瞬かせる。

「別に無理して仕事らしい仕事なんてしなくていいよ。俺はモモちゃんに御使いと同じことをさせるために嫁に貰ったんじゃないし」

モモちゃんはモモちゃん、雪虫は雪虫、と言い切られて、モモは「は、はい」と勢いに押されるように頷く。

「自分の役目を果たしたいなら、いつも、いつまでも花を咲かせ続けて。そして俺を癒して。俺、モモちゃんが花を咲かせたいって思う限り、いくらでも力を注ぐよ」

キタが、きゅ、と目尻を細める。目元に寄ったわずかな皺が、ともするときつめに見えるキタの印象を和《やわ》らげてくれる。

「モモちゃんの花が大好きだからさ」

「キタ、様……」

安心していいよ、と言われたような心地になった。枯らさない、大丈夫、モモはモモらしくのびのび咲かせていいのだ、と。キタはモモの不安をどのくらい感じ取っていたのだろうか。「役に立たなければならない」「そうでなければ、嫌われて、花が枯れてしまう」と焦るモモの不安を。

「まぁその上で雪虫の仕事をお手伝いしたりとかなら全然いいよ」

ケロッと、明るい調子でそう言って、キタがぱちりと片目を閉じた。

仕事を奪うのは良くないが、手伝いくらいならいいということだろうか。モモは胸の前で手を握り締めながら、こく、こく、と何度も深く頷いた。

「モモちゃんは、俺の役に立つために存在してるんじゃないからね」

それを忘れないでくれたら何してもいいよ、と念押しするように言われて。モモは「は、はい」とたどたどしくもしっかりと承知の意を示した。

「うんうん。じゃ、俺は明日のデートの準備でもしよっかな〜。いやぁ何着ていこうかな」

この話はこれで終わり、とばかりに、キタはくるりと背を向けて広げていた道具を片付けていく。

その大きな背中を、モモはじっと見つめた。

(キタ様は、やっぱり神様なんだな)

キタの、まるで心の中を見透かすような言葉は、すとんとモモの胸の内に納まった。そういえば以前南の土地神にも「役立つお嫁さんが欲しいわけじゃないから」と言われたことを思い出す。身の回りの世話ならば、御使いがいれば十分なのだ。

　これまで、何をしてでも役に立って屋敷に置いてもらおうと思っていたが、たしかに自分の一番しなければならないことは、花を咲かせ神を癒すことだ。キタは「モモちゃんが花を咲かせたいって思う限り、いくらでも力を注ぐよ」と言ってくれた。特別な何かが必要なわけではない、ただそう願えばいいのだと。

『俺、モモちゃんの花が大好きだから』

　その言葉がなにより嬉しくて、モモは込み上げてくる笑みがこぼれないように、内頬の肉を噛んだ。

　キタの寝室には大きな窓があり、そこからは中庭で咲いている桃の花がよく見える。

（寝る前とか、朝起きた時とか、花を見て和んでもらえたら嬉しいな）

　キタが桃の花を見てくれているかもしれない、と思っただけで、モモの胸はとくとくと高鳴る。

「キタ様」

「ん～？」

　背中を向けているキタに向かって、モモは一度引き結んだ唇を、覚悟を決めて開いた。

「俺、キタ様のために花を咲かせます。俺は……キタ様の嫁なので」

「ん、んん、ん～～？」

　いつもより多めに瞬きをして緊張を逃しながらそう宣言すると、しゃがんだキタが前のめりにずっこけた。

「キタ様っ？」

　焦って声を上げると、床についた手のひらを払ったキタが、すっくと立ち上がり振り返る。

「えっ、なにその急なデレ。どした？　お熱出た？」

「わっ、ぷ。えっ？」

　片手で首筋を押さえられ、もう片方の手を額に置かれる。そのままグキッと音がしそうなほど顔を上向かされて、キタを見上げる形になる。

　見上げた先、何故かおろおろとしているキタの顔を見つめて、モモは目をぱちくりとさせるしかない。

「キタ様って、すごくお鼻が高いんですね」

「へ？」

下から見上げているからか、キタの顔の造形がよく見える。モモは目の前の、スッと高い鼻梁を見て正直に感想を告げた。

「睫《まつ》毛も長くて、顎がシュッとしていて、首も長くて」

今さらながら、目の前の美しい顔に驚いてしまって、自然と言葉が溢れ出てくる。

「目のお色も深みがある灰色で、とても綺麗です」

モモは生まれた時から花の精霊に囲まれて生きてきた。花の精霊は、それは華やかな顔立ちで、美しくない者などほとんどいなかった。また、花を受け入れる神たちも、それは整った顔をしていた。しかし、キタの顔は別格だ。

「今まで見てきた中で、一番美しいお顔です」

「…………っつぁ！」

変な声を出して、キタがモモから手を離した。

「モモちゃん」

キタがその長い指で眉間を押さえながら、低い声を出す。モモはハッとして両手を口元にやった。

「え？　あ、すみません。失礼なことを……」

正直な気持ちを伝えたつもりだったが、神の顔の造形に口を出すなど、身の程知らずだったかもしれない。

あわあわと慌てるモモに、キタが変わらず低い声で「めちゃくちゃいいね」と親指を突き出した。

「いい、モモちゃんのナチュラル褒め、めっちゃいい……。いい。あぁもう駄目だ、語彙力《ごいりょく》がカスになってる」

「え、カス？　え？」

戸惑うモモに、なにかしらの衝撃から回復したらしいキタが、にっこりと微笑んだ。

「モモちゃんの役目は花を綺麗に咲かせることだけどさ」

「えっと、はい」

「モモちゃんは、俺のお嫁さんだよね？」

「はい、もちろん」

こくこくと頷くと、キタが嬉しそうにニマァッと笑った。

「俺のお嫁さんとしてハッピーラブラブすることも、役目だからね」

「はっぴ、……え？」

「俺もモモちゃんの夫として、ハッピーラブラブすることを誓います。いぇい」

何がなんだかわからないが、キタはキタなりに神たる夫としての務めを果たすと誓ってくれているらしい。モモはなんだか嬉しくなって「はい」と頷いて胸を震わせた。

「良き夫婦になれるよう、微力ながら尽力させていただきます」

「ちょ〜っと堅いけど、まぁいっか。うんうん、尽力しような」

そう言うと、キタがモモの手を取った。まるで踊るかのように右に左に揺すって引っ張ってくる。

「あ、じゃあ、もうそろそろ寝室一緒にしちゃう？　夜を一緒に過ごしちゃう？」

「え？　どうしてですか？」

にこにこと笑うキタに、モモもまた微笑みながら首を傾げてみせる。キタはにっこりと笑ったまましばし無言になると、「ううん」と首を振った。

「焦りすぎましたすみません。俺のことエロジジィって思わないでください」

「えっ？　いや、こちらこそすみません……？」

なにがどうして謝られているのかわからず、モモもまた頭を下げる。どうして寝所を共にすることが「えろじじぃ」になるのかわからないが、キタは「えろじじぃ」でも「じじぃ」でもない。

モモはキタに手を取られるまま、しばしそこでゆるゆると踊っていたのだった。

七

「じゃあん！　ほら見て下が海だよ」

肩を摑んでくれているキタにそう言われて、モモはそちらを見ようとして……「ひっ」と息をのんで力いっぱい目を閉じた。

「あっあっ、キタ様っ何も見えません」

「いや、目ぇ閉じてるからっしょ。開けて開けて」

「ひぃえ……っ！」

促されて薄らと目を開いて、モモは慌ててまたしてもギユッと目を閉じる。

「たっ、高いです～！　ごめんなさい青っぽい何かしか見えません！　うぁ～！」

叫んで、モモはキタの腕にしがみつく。無礼だなんだと遠慮する余裕もなかった。ただもうひたすら、目の前の恐怖から逃げることしか考えられない。

「わっ、モモちゃん積極的～！　だけどちょい待ち、俺がドキドキしちゃって操縦ミスっちゃうから～」

「いやだぁっ！　あーっ！」

絶望の涙を流しながら、モモはキタにしがみつく。もはや阿鼻叫喚である。

「もう降りるから、もう到着だから。な？　はい大丈夫～大丈夫～」

「あ～……、うぅ、うっ」

あうあうと泣きながら頷くことしかできないモモの頭を、あやすようにぽんぽんと叩いて、キタが「はい降りるよぉ」と乗っているモノに声をかける。……と、それはいきなりガクンっと高度を下げた。

「あっあっ、うぁぎゃ――――！」

胃がせり上がりそうな衝撃に、モモはさらなる悲鳴を迸《ほとばし》らせたのであった。

モモとキタは、約束通り「デート」に出かけることになった。目的地は北の土地の中でも南の方に位置する海だ。

とても寒い場所ということで、わざわざキタが「寒さを感じなくなる羽織り」なるものを準備してくれた。しっかりとそれを着込み、雪虫の作ってくれたお弁当を持って、屋敷を出ることにした……のだが。

「じゃあ乗り物準備するね」

屋敷を出てすぐ、キタがホイッと地面に向かって一匹の雪虫を投げた。その雪虫はみるみる大きくなって、丸から楕円に形を変え……。最後には、ふわふわとしたぶ厚い絨毯《じゅうたん》（のようなもの）に変わった。

「わ。でっかい雪虫」

その変化に感動していると、キタがモモの手を掴んで「さぁ乗って」と促してきたのだ。モモはちょっと躊躇《ためら》ったが、キタに従い雪虫に乗った。どうやら、乗って移動するための雪虫らしい。

「雪虫、重くないんですか？」

「……ふふ。だってよ、雪虫。俺たち重たい？」

何故か吹き出したキタが、雪虫に尋ねる。雪虫はいつもより低く重い声で「ふーわっ」と言って首を振った。どうやら「そんなことはない」と否定しているらしい。

「じゃ、大丈夫ってことで出発進行～。モモちゃん、俺に掴まってて」

「あ、はい」

恐れながら、とモモはキタの羽織りの裾を握らせてもらった。そして雪虫はふわふわと浮かび上がったのだが……。

モモはその浮遊感に、短い悲鳴を迸らせた。

「ひっ！」

どんどん高度が上がっていって、そしてそのままゆるりと前に進み出して。それでもモモは耐えていた。

ひっくり返りそうな……いやもうひっくり返っているであろう胃を腹の上から押さえて、何も漏らすまいと口を引き結んで、キタの羽織りの裾を必死で握り締めて。

雪虫は天高く舞い上がり、ふわりふわりと進んでいった。とはいえ、速さはそれなりにある。モモが地を駆ける速度よりよほど速い。それでもモモが風に飛ばされないでいるのは、何か特殊な力が働いているからであろうか。

寒さはまったく感じないが、風が吹き荒《すさ》ぶ音は聞こえる……という、なんとも不思議な状況だ。

（すごいな、すごい。すごい力だ。いや、でも、これは……）

モモはひくひくと顔を引きつらせながら、涙目でソッと地上を見下ろした。雪が積もっているそこは、どこまでも真っ白だ。真っ白だが、なにしろ高すぎる。いつもは下から見上げるばかりの山を上から見下ろして、モモの背中の毛がゾゾゾッと逆立った。

（ひぃっ、ひ――っ！）

精霊によっては自分の力で飛べるものもいるが、モモにはその力は備わっていない。しっかりと地に足をつけて生活してきた。そもそも花の精霊は地に根を張り生きていくのだから、土とは離れて暮らしていけない。おそらく、だからこそ……。

「うっ、う……うぇっ」

「えっ、モモちゃんっ？」

突然泣き声を漏らしたモモを、キタがギョッとして振り向く。

「どったの？　お腹痛い？　おうち帰る？」

「違うんですぅ。こっ……、こわっ、……っ俺、怖くてっ」

もはや恥も外聞もない。モモはずりずりと蹲るように体を丸めながら、「ごめんなさいぃっ」と謝った。

「えっ、なんで謝るの。モモちゃん何も悪くないよ。

ちょっと降りようか」

「いや、いやっ、降りないでください大丈夫ですっ」

雪虫に手をかざそうとするキタの腕に、モモはしがみつく。そしてふるふると首を振った。

「俺、高いところにいるっていうのがそもそも初めての体験で。それで、ちょっと慣れないだけなんでっ大丈夫なんでっ！」

早口で必死に言い募る。ここで降りてしまっては、せっかくキタが計画してくれた「デート」が台無しだ。なに、手元だけ見て地上を見なければ、高さなんてないも同然だ。自分が地上にいると思い込めばいいのだ。

「ん～……、じゃあ、はい」

頑なに首を振るモモを見て、キタが腕を広げる。そしてガシッとモモの肩を摑んだ。

「うひゃっ」

雪虫の毛だけをひたすら見つめていたモモは仰け反るように飛び上がる。そしてビクビクと怯えた目をしてキタを見上げる。

「あの、あの？」

「俺がこうやって摑んでおけば、絶対に落ちないでしょ？」

「おっ、おち、おち……」

キタの言葉からその瞬間を想像してしまい、一瞬意識が遠のきかける。モモはふらっと倒れ込むように、自分の肩を抱くキタへと体を寄せた。

「よしよし。安心して俺に身を任せなさーい」

「ひっ、は、はい」

もはや取り繕うこともできなくなり、モモは素直にキタへべったりと寄りかかった。何が楽しいのか、キタは嬉しそうに「うんうん」と頷いている。

「じゃあ安全運転で、全速前進～！」

「いやぁっ！」

ぐんと上がったスピードを体感で感じ取って、モモは情けない悲鳴を上げる。

「あっあっ、キタ様っキタ様っ」

「わっ。どうしたどうした」

モモは悩んだ末に、キタの襟元をひしと掴んだ。ぶるぶると震えながら、下を見ないように意識的にキタの顔だけを見つめる。

「俺のこと、は、離さないで……っ」

涙まじりにそう言えば、何故かキタがぶるりと身を震わせた。もしやキタも恐ろしいのだろうか、と窺っていると、キタは満面の笑みを浮かべた。それはもう、ぴかぴかの笑顔だ。

「ぜってぇ離さない！」

むぎゅっとさらに抱き寄せられる。その逞《たくま》しさにホッとして、モモはキタの厚い胸にもっともっと身を寄せる。キタの少し高い体温が、とても頼もしく思えた。

＊

わぁわぁと騒いで泣きべそをかいて、どうにかこうにか、目的地である海辺へ着いた。

騒ぎすぎてガンガンと痛む頭を押さえていると、キタが「モモちゃん、頑張ったね」と肩を叩いてくれる。すると何故か、頭の痛みが、ふっ……と消えた。思わずキタを振り返ると、彼はにっこりと笑っていた。もしかすると、いや、おそらくキタの力でモモの頭痛は消えたのだろう。

「あ、ありがとうございます」

「やや、こっちこそ。怖いのに一緒に来てくれてありがとうね」

神は基本的に、自分勝手だ。いや、勝手と評するのもおこがましい。神は神である。そこに存在するだけで尊ぶべき、首を垂れて伏すべきありがたきもの。神は他に恩情に与えてくれるが、それも気まぐれだ。そのことを恨む者などいない。

（キタ様は……）

気まぐれであって然《しか》るべきなのに、キタはいつだってモモを気遣う。心を砕いて気にかけてくれる。どこか面映《おもは》ゆいような心地になりながら、モモはもう一度「ありがとう、ございます」と繰り返した。

しかし、どんなに大事にされようと、モモ自身は、ただの花の精霊だ。

（キタ様は神様。俺は俺だ）

伴侶が優しいからといって驕《おご》らないように、と心の中で自分を戒《いまし》めながら、モモは胸の前で手を握り締める。

と、そんなモモの耳に「ザァ、ザァ……」という音が聞こえてきた。

「……？」

手に持った砂を地に落とした時のような、それを何倍にも大きくしたようなそんな音に驚いて、モモは顔を上げる。

「わ」

目の前に広がる、青い……というより緑混じりの灰色のような、なんともいえない色の大量の水が、すぐ側で行ったり来たりしていた。

「こ、これが……海」

「そ、海だよ」

そのあまりの壮大さに思わず仰け反るモモに、キタが軽く答える。

大きな雪虫からするりと滑るように降りて。数歩踏み出すと、ぎゅ、ぎゅ、と音がした。足元には、粒の小さな砂の地面が広がっている。踏み締めると、そんな音がするのだ。普通の土と何が違うのだろうか、と思いながら、モモはその場で何度か足踏みしてみた。

「すごい、広いんですね」

背伸びをして遠くを見ようとしても、果てが見えない。海はどこまでも広がっている。こんなに大量の水なんて見たことのないモモは、その質量に圧倒されていた。

「どうしてこっちまで水が来ないんでしょう」

「土地神の俺が『こっから先は来ないでね』って言ってるからだよ」

ふと口にした疑問に、思いがけない答えが返ってきて、モモはぱちぱちと目を瞬かせる。

「海は、なんでずっと揺れてるんでしょう。風のせいですか？」

「ここらへんの風の神は心配性でさ、いつでも溜め息吐いてるんだよ。それで水面が揺れてんの」

風の神に会ったことはないが、いつも「はぁ」「ふぅ」と憂い顔で息をこぼしている姿を想像して、モモは思わず「ふっ」と吹き出す。

「なんで、水なのに透明じゃないんですか？　本には『青い海』と書かれていましたが、青くもないような……紺緑……いややっぱり青？」

「海の神は派手好きだからね。色んな色を付けて楽しんでいるの。それでいて泣き虫だから、海の水はしょっぱいんだよ」

「へぇ～」

心に浮かんだまま、ぽつぽつと疑問を口にしてみる。ほとんどひとりごとのようなもので聞かせているつもりはなかったのだが、キタはその都度《つど》返事をしてくれる。本当かどうかはわからないが、その答えはどれも真実味を帯びていて「なるほど」と頷いてしまいたくなる。

「ずっとこんなに揺らめいてて、疲れそう」

「ふっ」

息を吐くように笑ったキタが、次いで腹に手を当て「ははは っ」と声を上げる。

「モモちゃんと同じで、波も働き者なんだよ」

楽しそうにそう言われて、モモは「へ？」と首を傾げる。そして、先ほどからとりとめのないことばかり言っている自分にようやく気がついた。

「あ、すっ、すみません」

「いいや。新鮮な反応を見られて嬉しいよ」

キタはそう言うと、海に目をやった。浅瀬の方を見るようでもあり、遠く遠く、まるで線のように見える海の果てを眺めているようにも見える。

「さぁ～そこらへん歩いてみる？　探検たんけーん」

キタが右手を上げて「ごーごー」と言うので、モモも真似をして右手を上げた。


海の散歩は楽しかった。波打ち際を歩いて、不規則な動きをする海から逃げたり、その冷たい水を触ってみたり。本当は寒くて歩けないほどなのだろうが、キタの用意してくれた羽織のおかげで体はほんのり温かい。

キタはモモのどんな小さな疑問にも答えてくれた。かなり面倒な、つまらないことを聞いた気がするが、キタは終始楽しそうに話してくれた。最初二人の間にあった距離は少しずつ縮まり、いつの間にか、キタに手を引かれていた。

それから、キタに「サーフィン」も見せてもらった。キタは昨日石蔵で見た板を持ってきており、それを脇に抱えて海の中に入ってしまって。一瞬「こんな極寒の海に！」と叫んでしまいそうになったが、キタは神だ。もちろん凍ることもなく、すいすいと波をかき分けて沖に進み、そして文字通り波に乗って帰ってきた。板に乗って、海の上を滑るように。

初めて見るサーフィンに、モモは「うわぁ」と言ったまま、ぽかんと口を開けることしかできなかった。波は常に動いているのに、どうしてその上に立っていられるのであろうか、どうやって乗る波を決めているのだろうか、色んな疑問が、それこそ波のように浮かんでは消えていく。気がつけばモモは、波打ち際に立ちすくんで、じっとキタを眺めていた。

「普段は、こんな寒い時期はあんまり海に出ないんだけどね」

体にピタリと張りつく不思議な服を着たキタが、そう言って笑った。キタが着ているのは「ウェットスーツ」という服だ。サーフィンをする時は大体この服を着るのだという。初めて一緒に風呂に入った時に首元の肌の焼け目の境を不思議に思ったものだったが、原因はこのスーツだったようだ。

キタは、サーフィンに関してはあまり神の力を使いたくないらしい。今日はさすがに凍らないように力を使っているが、普段は自然に任せていると語ってくれた。

「だって、力使ったらなんだって思うがままになっちゃうし。自分で波を見極めて、うまく乗れた瞬間が一番楽しいからさ」

その不自由さが魅力なのだ、と話すキタの目はとてもきらきらしていて。モモは思わず「キタ様、楽しそう」と愚直な感想を述べてしまった。キタはそんなモモの頭をぽんぽんと軽く叩いて「楽しいよ」と笑ってくれた。その笑顔は、日の光をはね返す波間よりもよほどきらきらしていて。モモは、きゅ、と目を細めてキタの顔を眺めていた。

昼飯を食べようと敷物を広げた時には、モモの緊張はすっかり解けて、ゆったりとした気持ちでキタの隣に腰を下ろせた。

よいしょ、と膝を曲げると、その上に白いほわほわがのってきた。見間違えるはずもない、雪虫だ。

「あれ?」

雪虫は「ほわほわ」と言いながらモモの膝や敷物の上を転がっている。

「キタ様、雪虫たちが」

「うん。ついてきてたみたいだね」

キタはそう言いながら、眼前に「すまほ」を構えてモモの方を見た。

「可愛い写真ゲット」

両手に雪虫を掬い上げて首を傾げると、キタが楽しそうにスマホを操作する。それで写真を撮ったり、誰かと連絡を取ったりできるらしい。神だけあって、やはりすごい道具を持っている……と思ったら、「人間が使ってるやつだよ。良さげだから自分用に作っちゃった」と言われた。

「俺、人間界を見に行くの好きだからさ。そこで色々覚えてきたりするのよ」

「へぇ」

そういえば、キタはモモの知らないようなことをたくさん知っている。サーフィンもそうだ。それももしかしたら、人間から学んだものなのだろうか。

(人間の文化が苦手な神様も中にはいらっしゃるみたいだけど、キタ様はそうじゃないんだなぁ)

モモは手の中で雪虫を転がしながら、むず痒い気持ちで含み笑う。

「どうしたの?」

「いや、キタ様のことがちょっとだけわかってきたような気がして」

それが嬉しくて、とぽそぽそと伝えると、キタがわずかに目を見張った。そして、ふにゃりと口を緩める。

「えぇ〜、なにそれ可愛い。俺もすっげぇ嬉しいんですけど」

キタを喜ばせるようなことを言ったつもりはなかったが、結果として彼の機嫌を良くしたらしい。

しばし写真を撮られたり、二人で撮ったり、雪虫も混じってみんなでわいわいと撮ったりして。それから、どこからか雪虫が取り出してくれた弁当を食べることになった。

「あれ?」

卵焼きを食べたキタが、首を傾げる。モモはびくっと体を跳ねさせてから、手に持っていたおにぎりを下ろした。

「これ、作ったのモモちゃんっしょ」

どきどきと胸を高鳴らせていると、なんてことないようにキタが断言する。その迷いない言葉に、モモはおにぎりを握り潰さんばかりの勢いで背筋を伸ばした。

「どっ、どうしてわかったんですかっ?」

わっ、と焦って問いかけるが、キタは逆に不思議そうな顔をしている。「どうしてわからないと思った」と言わんばかりの態度だ。

「や、だって雪虫のと違うし。卵焼きって味も焼き方も個性が出るからわかりやすいよね」

「うっ」

たしかにそれはそうだ。モモは赤い梅干しが覗くおにぎりを見下ろしてから、肩を落とした。

キタの言う通り、弁当に入っている卵焼きはモモが作ったものだ。今朝いつもより早起きして、弁当を作る雪虫に「お手伝いさせてほしい」と願い出た。もちろん、彼らの仕事を奪う気はまったくなく。ただ、ほんの少しでも手伝いができれば、と思っただけだ。

雪虫たちは「ふわふわ」と嬉しそうに跳ねて、卵焼き作りを譲ってくれた。

この屋敷に来てから雪虫に食べさせてもらったものは、どれもとても美味しかった。そんな雪虫の料理と違いがすぐにわかるということは、モモのそれは……。

「すみません。とんでもないものをキタ様のお口に……」

項垂《うなだ》れて、それでも精一杯謝る。と、キタが「はぁ?」と素《す》っ頓狂《とんきょう》な声を上げた。

「なんで謝んのさ。めっちゃ美味しいよ? 美味しいし嬉しいよ?」

そして、ぱくぱくと立て続けに卵焼きを口に放り込む。

「うん、やっぱり美味しい。モモちゃんは出汁《だし》で味付けするタイプなんだね。しっかり火を通して薄く巻いてくやつだ。……うん、うん美味しい」

励ましてくれているのか、と思ったが、キタは何度も「美味しい」を繰り返してくれる。弁当の中からは、あっという間に黄色いおかずが消えてしまった。

「別に雪虫のが嫌ってわけじゃないよ。雪虫のは雪虫ので美味しい。馴染《なじ》んだ味だし」

キタはそう言って指先で雪虫をつついて転がす。

「でも、嫁さんが作ってくれたって、……そりゃ、めちゃくちゃ嬉しいに決まってるじゃん」

「キタ様……」

「キタさん、ね」

はいキタさん、キタさんだからね。と自身の名を繰り返して、キタが笑う。モモもつられて笑顔になってから、もじもじとおにぎりを転がして、思い切り齧《かじ》りついた。

柔らかく酸っぱい味がジンと舌を刺激して、唾液がワッと湧いてくる。口をくしゃくしゃにして「くぅ～っ」と呻《うめ》いてから、モモは生理的に浮かんだ涙を拭わぬまま、キタに顔を向けた。

「っ、美味しいって言ってもらえて、俺も嬉しいです……キタさん」

「……うん」

いつも注意される敬称を、ようやく間違えずに呼んだその真意に気づいたのだろう。キタが、いつも浮かべている明るい笑顔を引っ込めて、そして、口端を少しだけ持ち上げるような表情を浮かべた。いつもの笑顔ほどわかりやすくはなく、それでいて、染まった目元やどうにか抑えようとしても隠しきれず緩む口が、キタの嬉しさを伝えてくれる。

「ね」

「はい」

「んー……こんなふうにさ」

キタの声にのって、やまぬ海の音が耳につく。ザァ、ザァン、と穏やかなのに心をざわつかせるその音を聞きながら、キタの言葉の続きを待った。

「デートしたり、話したり、卵焼きの味を知ったりして」

ザァ……、と一際大きな波が打ち寄せて、浜辺の砂を引っ張っていく。無理矢理ではなく、優しく、転がすようにして。モモの心も、キタに浚《さら》われる。気づかないうちに、押して引くように、ゆっくり丁寧に。

「そうやって、ちょっとずつ夫婦になっていこうねぇ。俺たち」

その言葉の意味を考えて、モモの胸がじんわりと温かくなる。キタに貰った懐炉ケースを、ぎゅっと抱き締めた時のように、ほかほかと。

「……はい」

しっかりと聞こえるように答えて、数度大きく頷く。まだまだ色々なことがわからないし、夫であるキタのことをすべてわかったわけでもない。けれど、とにかく今この時、この瞬間、モモは「この人の嫁になれてよかった」と心から感じていた。「よかった」「本当に、よかった」と胸の内で繰り返して、モモは「はい、キタさん」と口の中で夫の名を呼んだ。

八

もうすっかり覚えた庭をてくてくと歩いて進む。後ろから雪虫が数匹ついてきている気配を感じて、軽く振り返り「おはよう」と言うと、雪虫が「ほわほわ」と跳ねた。

玉砂利を踏み締め、飛石を跨《また》いで歩き、池を眺めて。庭の奥、小高い山の手前に設《しつら》えられた鳥居の前で足を止める。分厚く立派なしめ縄の飾られたそれを見上げ、その先に続く石でできた長い階段を見やり、ぺこりと頭を下げて手を合わせた。

「おはようございます」

(いつも見守ってくださってありがとうございます。今日も一日がんばります。俺の今日の目標は……)

口に出して挨拶を述べて、心の中で言葉の続きを呟く。モモの決意を聞かされたところで、とは思うが、もはや日課になってしまったから仕方ない。

こうやって決意表明することで、気合いが入るのだ。まぁ、神に誓ったからには実行しなければならない、という背水の陣的な意味合いが強いが。

「よろしくお願いします」

そう言って、最後にもう一度頭を下げる。返事はもちろんないが、それでいいのだ。これは自己満足的な挨拶なのだから。

ふと横を見ると、雪虫たちも「ふぁ」とむにゃむにゃ何事かを呟きながら目を閉じていた。どうやらモモの真似をしているらしい。白い毛玉が懸命に手を合わせる（手、がどこにあるかわからないので、おそらく）姿は、とにかく愛らしい。モモは吹き出しかけて、慌ててその笑いを引っ込めた。雪虫は雪虫で、一生懸命なのだ。その気持ちを軽んじては失礼だろう。


雪虫たちのお祈り（らしきもの）が終わるのを待ってから、モモはさてさてと次の日課の場所を目指した。

モモは足早に家に戻って、中庭に降りた。いつも春の陽気が漂っているここは、心なしか空気も華やいで感じる。ほう、と息を吐いたモモは庭の奥まで進み、そよそよと揺れる桃の枝葉を見上げた。

「おはよう」

声をかけると、返事をするようにさわりと木の枝が揺れる。幹に手のひらをあてると、生命の温もりをたしかに感じた。

（今日も生きてる。生きて、花を咲かせている）

毎日眺めているはずなのに、毎回新鮮に感動してしまう。自身の花が、地に根を張って咲いているのだ。

幹に添えていた手の力を抜いて、そっと木に寄り添ってみる。この木はたしかに自分の分身だが、中に漲《みなぎ》る力はキタのものだ。

「それって、なんだか不思議な感じだな」

ふふ、と含むように笑って、モモは目を閉じる。そうしているだけで、心と体に活力が湧いてくる。

次の日課は朝食作りだ。ほとんどのことは雪虫が担当するので、モモがすることは限られている。

モモは慣れた手つきで台所の戸棚から椀と菜箸を取り出した。そして卵を三つ取り出し、椀の中に割り入れていく。出汁を大さじ一、砂糖を小さじ一、塩をひとつまみに少しの水。すべて入れてから手際良くかき混ぜる。

銅製の卵焼き用の鍋に油をひいて、薄く煙が上がるまで熱したら、綺麗に混ざった卵液を落としていく。じゅわわ……といい音がして、黄色い絨毯にふつふつと気泡ができる。

「よっ」

掛け声と共にくる、くる、と慎重に卵を巻いていく。横では「がんばれがんばれ」と言うように雪虫たちが跳ねている。彼らは手足もないし言葉も話さないが、その動きはとても雄弁だ。雪虫の応援を受けながら卵は無事に丸まり、布巾で包んだそれを巻きすで巻くところまでできた。

モモが作るのはこの卵焼きだけだ。あとは片付けや皿の準備、こまごまとした手伝いに徹して、モモは朝食の準備をてきぱきと進める。

卵焼きの他にも何品かおかずが出来上がり、みそ汁が出来上がり、それぞれ椀や皿に注いでのせていく。漆塗りの盆にすべてを並べて、土鍋で炊いたご飯をお櫃《ひつ》に移してから、雪虫たちが棚の中から紺色と薄桃色の茶碗を取り出してきた。揃いの形の、いわゆる夫婦《めおと》茶碗だ。それをどことなく面映ゆい気持ちで眺めながら、モモは「さて」と手を叩いた。あともうひとつ、大事な朝の日課が待っている。

「おはようございます」

障子の向こうに声をかけるが、反応はない。モモはたっぷり三拍待ってから、もう一度「おはようございます」と少し大きな声を出した。しかしそれでも返事はない。モモはきょろきょろとあたりを見渡してから、はぁ、と溜め息を吐いた。

「あの、……失礼します」

敷居に蠟《ろう》がしっかり塗られているのだろう。障子はするりと小気味よく開いた。

部屋の中に足を踏み入れると、寝台の上の布団の山がもぞりと蠢《うごめ》いた。

「キタさん」

名を呼ぶと、さらにもぞもぞと動く。モモは「はぁ」と溜め息を吐いてからもう一度伴侶の名前を呼んだ。

「キタさん、朝ですよ」

「……んー、おはよう」

布団の山から、ぬ、と顔が出てくる。そこにいたのは、この部屋の主人であるキタだ。しかしその顔に、いつものキリッとした雰囲気はない。眉は下がって、口は猫のようにむにむにと波打っている。少しだけ布団から出た顔は「まぶしい……」とばかりに、ズボッと住処（布団の中）に帰っていった。

「はい、お着替えは雪虫たちが用意してますから。ほらほら、今日はキタさんの好きな藍染めのお着物ですよ」

できるだけキタの眠気を覚まそうと話しかける。

しばらくして、布団から手足が生えた。手首と足首はキュッとしまっており、すらりと長い。見た目はとても良いが、なにしろ生えている場所が布団である。

「……握って」

「はいはい」

くぐもった声に従って、モモは大きなその手を握り締めてやる。もにもにと揉み込むように動かしているうちに、ひんやりと冷たかった手がどんどんと熱を帯びてきた。

「キタさん、大丈夫ですか？」

「……ん」

のそ、と布団が持ち上げられて、中からキタがぬるりと出てきた。体格がいいだけに、布団から出た後の存在感がすごい。ベッドの上であぐらをかくと、寝巻きの裾から長い足が覗く。

「んあー……ちょっと目ぇ覚めた。ごめんね、モモちゃん」

くぁ、とあくびを噛み殺してから、キタが頭を下げる。モモはふるふると首を振った。

「いえいえ。また少しだけ暖かくなってきましたしね、ゆっくり順応していきましょう」

モモの言葉に、キタが「モモちゃあん」と潤んだ声を出す。腕を広げて立ち上がったキタに、モモはすかさず着物を差し出した。

「さ、立ち上がったついでにお着替えをどうぞ」

「モモちゃん……、すっかり馴染んじゃってまぁ」

キタは着物を受け取りながら、たはは、と情けない笑いをこぼす。

「キタさん、おはようございます」

「ん、おはようございます」

モモの朝の日課の締めは、夫であるキタを起こすことだ。今日もなんとかお役目を果たしたモモはホッと息を吐いて微笑んだ。

キタの下に嫁いで、ゆうにふた月が過ぎた。庭の雪もすっかり解けて、季節は春へと移り変わっている。とはいえ、北国だけあってまだまだ寒くはあるが……。それでも、春は春だ。花の精霊であるモモにとっては、嬉しい季節の訪れである。

しかし、キタは違うようだ。北国の神だからなのか、キタは暖かくなる季節への順応に時間がかかるらしい。一番顕著なのが、睡眠だ。「眠り」は神や精霊にとって力を蓄えるために重要な時間だ。眠ることで、内なる力を増幅していく。

キタも多分に漏れず、睡眠を大事にしている。冬から春へと移りゆくこの時期、夜は早く寝て朝はゆっくりと起きるようになるのだ。そうやって、徐々に体を慣らしているらしい。

一度目覚めてしまえばどうということはないのだが、とにかく眠りが深い。言葉は悪いが寝汚くなる。朝もなかなか起きてこなくなるので、こうやってモモが起こしている次第だ。睡眠も大事ではあるが、規則正しい生活も神には大事。その塩梅《あんばい》が難しいところなのである。

どうも昨年まではもっとひどかったらしく、雪虫たちには「起こしてくれてありがとう」と感謝されている……みたいだ。雪虫の言葉は聞き取れないので詳細はわからないが、キタが「雪虫が感謝してるってよ～」と言っていたので間違いないだろう。

「はいお待たせ。朝ご飯食べに行こうか」

物思いに耽《ふけ》っていると、背中に明るい声がかかる。顔を上げればそこには、いつもの笑顔を浮かべたキタがいた。もうすっかり目は覚めたらしく、着物を着こなす姿はまるで一幅《いっぷく》の絵のようだ。

差し出された手を取ると、キタがにこりと微笑んだ。

「やぁー、毎朝ありがとうね。なかなか起きれなくて、面目ない」

二人並んで廊下を歩きはじめてすぐ、キタがそんなことを言った。廊下の窓から差し込む光に目を細めていたモモは、ゆるく首を振る。

「いえ、嫁の務めなので」

当然です、と軽く拳を握り締めてみせると、キタが「そう？」と首を傾け笑った。そしてしばし何かを考えるように黙り込んだ後、キタにしては珍しく、何事かを言い淀むように口を開いた。

「ねー、じゃあさぁモモちゃん」

「はい？」

少し高い位置にあるキタの顔を見上げる。いつもの余裕ある顔つきだが、どことなく緊張しているようにも見える。

（キタさん？）

いつもどこか飄々《ひょうひょう》としているキタが、日頃あまり見ない顔をしている。どうしたのかと黙って話の続きを待っていると、キタが自身の体の前でもじもじと手を擦り合わせた。

「嫁の務めっていうか、そろそろ、あのさ……」

「は、はい」

自身の行いに何か足りないことがあっただろうか、とモモは思わず身構える。真剣に、じ、とキタの目を見つめていると、何故かキタの方が気まずそうに「えー」「ううん」と唸り出した。

「ちょ、そんな目で見ないで。サラッと、サラッと言うつもりだったのに、恥ずかしいじゃん」

「えっ。な、何を、何をですか？」

何を言おうとして恥ずかしがっているのだろうか。

（もしや、俺が嫁として恥ずかしいと？）

そんな嫁を持って恥ずかしくない振る舞いを？

そんなまさか、と絶望の色を濃く宿した目でキタを見つめる。

「なんか変なこと考えてるでしょ」

そんなモモの頭を、キタがぽんぽんと叩くように撫でる。

「モモちゃんはめっちゃいい嫁だからね。大好きなお嫁さんだからね」

断言されて、モモは「ありがとう、ございます」と礼を言って、わずかに頭を下げた。なにげないキタの発言だったが、そのひと言が妙に嬉しくて、頬が熱い。

（最近、こういうの増えたな）

モモはドキドキと高鳴る胸を抑えるように、着物のあわせに手を置く。

この屋敷に来てはじめの頃は、緊張のドキドキだったが、最近はその種類が変わってきたような気がする。キタに褒められたり「好き」と言われると、照れというかなんというか、頬が熱くなって、笑いたいような泣きたいような気持ちになるのだ。

「俺が言いたいのはさ、そろそろ……」

キタが何かを言いかけたその時、「ふわ〜!」「ふわふわっ」と騒がしい声が聞こえてきた。顔を上げると、廊下の向こうから白い塊……雪虫の大群がドドドドッと波のように押し寄せてくるのが見えた。

「わっ!」

どうやらいつまでも朝ご飯を食べに来ないので、痺れを切らして迎えに来たらしい。ふわっふわっと鳴きながら、キタとモモを取り囲む。

「迎えに来てくれたんだ」

「ふわぁ〜」

膝を曲げて身を屈め「遅くなってごめんね」と伝える。と、待ってたんだよ、と言うように雪虫が跳ね回った。着物の裾をよじよじと登ってくる者もおり、モモは思わず笑ってしまう。

「なぁんか、すっかりモモちゃんに甘えたになってんな。っつっても、俺の分身みたいなものだから、俺がモモちゃんに……」

キタはそこまで言ってから、顎に手をやり黙り込んでしまった。モモは首を傾げて、キタの言葉の続きを待つ。

「ま、いいか。朝飯食べよう」

へらりと笑ったキタが、話を切り替えるようにそう言って、モモの手を引く。

モモは「? あ、はい」と戸惑いながらも素直に従うしかない。その後ろからは、白い毛玉がふわふわとついてきた。

キタ、モモ、雪虫の順番でぞろぞろと大名行列のように廊下を歩く。廊下の硝子戸をちらりと見ると、大きいのと、中くらいのと、とても小さいのがたくさん、……並んでいる姿が映っていた。その連なりがなんだか面白くて、モモは「ふっ」と吹き出す。

「ふふ、これ、面白いですね」

「そう？」

モモの視線を追って、キタも硝子戸を見やる。雪虫たちも、その丸い目をそちらに向けた。

みんなしてそちらを向いている図がこれまたおかしくて、モモはさらに大きな声を出して笑った。

「モモちゃん、声出して笑うようになったねぇ」

「え？」

指摘されて、モモは口元を押さえる。硝子に映ったモモも「しまった」という顔をして同じ格好をしている。そしてその前を歩くキタは、慈しむように優しい表情を浮かべ、モモを見ていた。

「いいことじゃん」

キタ本人は前を向いているので、モモにその顔を見られているとは知らないだろう。モモは口を押さえたままぽかんとその顔を見つめて、消え入りそうな声で
「……はい」と答えて頷いた。

九

——そういえば、キタの話が途中だった。

と、思い出したのは、山菜を摘《つ》んだその瞬間だった。

「あ、あ、どうしよう」

とんでもない事実に気づいたモモはワラビを手に持ったまま、おろおろと左右に顔を向ける。足元ではモモと同じくもそもそと山菜採りに励んでいた雪虫たちが「どうしたの？」と言うようにもそもそとモモの方を見上げている。

ここは、キタの屋敷のすぐ側にある山……の麓《ふもと》だ。ワラビやウドやフキノトウ、ちょろちょろと流れる小川の側にはセリがわんさと茂っているので、こうやっ

て春の恵みを収穫しているのである。今は仕事で屋敷を離れているキタも、後で合流する予定だ。

「ピクニックしよう、ピクニック」

と、楽しそうに笑っていたキタの顔を思い出して、モモはへにょりと眉尻を下げる。

(『俺が言いたいのはさ、そろそろ……』って言われてたよな。そろそろ、……そろそろ、なんだったたんだろう)

モモは不安そうに身を震わせる雪虫たちに「大丈夫だよ」と言ってから、ワラビを籠《かご》に入れた。

「そろそろ、か」

一番最悪なのは「そろそろ離縁しよう」だが……。

(さすがにそれはない、……んじゃないかな)

モモは自分に言い聞かせるように心の中で呟いて、うん、と頷いた。

モモはあまり自分に自信がある方ではない。男体という生まれや容姿、何人もの神に結婚を申し込んでは断られてきたという経験、その諸々が重なり合った結果だ。が、キタは、そんなモモに惜しみなく愛情を示してくれる。

毎朝のやり取りもそうだが、何かあるとすぐに「モモちゃん好き」「大好き」「めっちゃ好き」「ラブ〜ちゅっちゅ」なんて言ってくるのだ。どこか軽薄というか、冗談めいたところもあるが、それでも毎日毎日きらきらとした笑顔で言われると……信じたくもなる。というより、信じさせるように、キタが何度も言い聞かせてくれる。

モモのあかぎれのあるかさかさとした手を「働き者の手だよね。好き。毎日お薬塗ってあげたい」と言う。目つきの悪いモモの目を見て「なんでこんなに輝いているの？　星空を眺めてるみた〜い」と言う。

雪虫と遊ぶモモに「雪虫は俺の分身みたいなものだから。優しくしてくれてありがとう」と笑う。

モモが「駄目だな」「良くないな」と思うところも、

全部認めて、まるごと好きだと言ってくれるのだ。だからこそ、モモは「キタとうまくやれている」と信じられるのだ。

（離縁、ではないはず。でも、だったら何を……）

色々と考えていると、雪虫のうちの一匹が、ふわふわ、と飛び上がってモモの頬に触れた。まるで「大丈夫？」と尋ねてくれているように。

「ふふ、ありがとう」

礼を言った後に、モモはふと自分の頬に触れてみた。

（……そういえば、俺はまだ『氣』をいただいたことがないな）

氣、は神が内に秘めた力のことである。神に氣を与えられると、その力を受け取り自身の身の内に溜め、また神に返すことができる。神もまた氣を発することでその循環を良くすることができるし、精霊の中に溜め込まれた氣は浄化され、神にとっては質の良い馳走《ちそう》になる。

神と、その伴侶となりし者は氣を発する者、受け取る者となって、互いの間で氣を行き来させるのだ。そうすることによって、力を高め合うのだ。それを、氣のやり取り、と呼ぶ。

以前この屋敷に来たばかりの頃、キタに「氣って知ってる？」と問われて答えたことがあった。が、その時モモはキタに伝え損ねていた。

「氣、については知っているが、氣のやり取りの方法、については何も知らないです」と。

氣のやり取りの「方法」について、花園にいる頃は他の精霊たちがこそこそと話し合っていた。何故「他の」かというと、モモが仲間に入れてもらえなかったからだ。

「あんたには必要ないと思うわ」

「万が一嫁に行っても、男体……しかもモモの見た目じゃあねぇ」

「神様にも好みがあるから」

と、くすくす笑われるばかりで、肝心なことは何ひとつ。嫁に行くことが決まってからも、他の精霊はもちろん、管理人も「その時が来たら夫である神に教えてもらいなさい」と言うばかりで。多分、とんとん拍子に嫁入りが決まって、準備期間が短かったためになあなあにされたのであろう。とりあえず、嫁に行けばどうにかなるだろう、と。

(何をどうしたら、氣を受け取ったり、それを返したりできるんだろう)

さわ、と春の風が吹いて、モモの髪を揺らす。ついでに足元の雪虫もころころと転がって、モモは笑いながら腕を伸ばしそれを止めた。

そのまま、指先が土に汚れた自分の手をじっと見下ろす。

(もしかして、『そろそろ』氣のやり取りをしよう、なんて話じゃないのかな?)

氣のやり取りは、本当に気心の知れた相手としか行わない。神が、自身の氣を与えてもいい、と思えるほどの相手としか。嫁の中でもそれができるのは特別な存在だけなのだ、と花園でよく聞いていた。

モモの心の奥底が、そわ、と蠢く。

(もしもそうなら。……そうなら)

それはとても嬉しい、と正直に思う。もしもキタがそれほどにモモに心を許してくれているとしたら。

「そうだったら、嬉しいなぁ」

指先が熱くなって、モモは手を握り締める。

嬉しいという気持ちは、心も指先も、そして頬も熱くしてくれる。

キタがモモに氣を与えてくれるとしたら、そしてそれをモモが受け取れるとしたら。それはとても嬉しいことだ。

なんだか背中の方までぽかぽかと熱くなってきて、モモは「ふぅ」と額の汗を腕で拭った。そして、その異常さに気づく。

（汗？）

春になったとはいえ、この北の地はまだまだ寒さが残っている。吹く風は冷たいし、今日も懐には懐炉を入れている。外で作業しているからといって「暑い」と汗をかくほどではない。

天を振り仰ぐと、たしかに日差しが強い。しかしそれよりなにより、空気が暖かい。まるで南国のように暖かな空気が漂っていた。

はっ、として足元を見下ろすと、雪虫たちが動きを止めてぐったりとしていた。

「雪虫っ」

モモは慌てて彼らを抱き上げる。雪虫は皆もれなくしょぼしょぼと動きが鈍く、どこか縮んだようにも見える。いや、実際に少し小さくなっていた。まるで、日差しで溶ける雪のように。

（雪虫だから、暑さに弱い？）

屋敷の中ではそんな様子もなかったが、それはもしかしたらキタの力が及んでいたからかもしれない。

モモは懐炉を袖に落としてから、雪虫を腕に抱き抱えた。

「ごめんね、屋敷に戻ろう」

急なことだったとはいえ、気温の変化に気づかなかった自分が憎い。ぽやぽやと考え事に気を取られていたせいだ。

（急いで屋敷に帰って、涼しい場所に……）

「あれ？」

籠も何も置いて、急ぎ駆け出そうとしたモモの背後……いや、正確には頭上から、場にそぐわない涼やかな声が降ってきた。

「ここは『北の』の山だよね、……君は誰だい？」

「は、……え？」

振り返って、モモは思わず足をもつれさせる。空から、五色の羽根を持つ美しい鳥に乗った人が降りてきたからだ。いや、人ではない。神だ。

「あ、え、……み、南の、土地神様……」

モモは急速に干上がった喉から、どうにか言葉を絞り出した。

「ん？　私のことを知っているのかい？」

眩《まばゆ》いほどの後光を背負って鳥からすらりと降り立った彼は、まごうことなく、「南の土地神」であった。先の冬、花園で会った時とまったく変わらぬ美貌の顔で、ゆったりと微笑んでいる。何気ない仕草で手を振るだけで、鮮やかな色彩を持つ鳥は、ふ、と揺らめくようにして消えてしまった。おそらく、南の土地神の御使いなのだろう。

モモは雪虫を腕に抱えたまま、その場で膝を折った。

「は、い。存じ上げております」

質問には答えなければならない。モモは震える声で南の土地神に答えながら、視線は雪虫に落としていた。

（いきなり暖かくなったのは、南の土地神様の影響か）

神はそこにいるだけで影響を及ぼす。南の土地神は温暖な土地の神なので、その気候が彼の周囲にも現れているのだろう。

「ふぅん。ねぇ君、北の、がどこにいるか知らない？」

南の土地神に、モモ本人に対する興味はかけらもないらしい。彼はモモを鼻先であしらうと、ころりと話を切り替えた。

北の、とはおそらく「北の土地神」であるキタのことであろう。モモは少し悩んだ後に「お仕事に」と答えた。

「あぁそうか。……そうだ君、あいつの嫁知ってる？」

南の土地神はふと思いついたようにモモに尋ねてきた。正しく北の土地神の嫁である、モモに。

「あ、えっと……」

南の土地神は、キタの嫁がモモであることを知らないのだ。御使いか使用人とでも思っているのだろう。

モモは気まずい気持ちで言葉を濁す。「俺が、キタさんの嫁のモモです」とすぐさま名乗り出ることはできなかった。

「北のがね、ついに嫁を迎えたって聞いて見に来ちゃったんだよね」

南の土地神はモモの困惑にも気づかず、楽しそうに来訪理由を告げる。たしかに、今まで嫁を一人として迎えてこなかった北の土地神がどんな嫁を迎えたのか……、同じ土地神として気になるのかもしれない。

（キタさんと、仲がいいのかな）

そんなことを考えて、モモは「はっ」と腕の中を見下ろす。雪虫たちは相変わらずふにゃふにゃと元気なく縮こまっていた。

「あの、御使い……っ」

「北の、ずっと『心に決めた子がいるから』って言ってたからねぇ。ね、どんな子？　美人？」

御使いに元気がないので屋敷に、と言いかけたところで、思いがけない言葉を聞いて、モモは動きを止める。

「え？」

「え？　嫁ってその子じゃないの？　すごい熱烈だったけど……、って、あれ？」

モモの反応を見て、南の土地神が問いかけてくる。そして、モモの顔をジッと見てから首を傾げた。

「君、どこかで見たことあるな」

色々と気になることはあったが、モモはそれよりなにより、自分にはしなければならないことがある、と立ち上がる。

「み、南の土地神様、大変申し訳ありません。あの、キタさ……北の土地神様の御使いの調子が良くないので、……あの」

そして、ぺこぺこと頭を下げながら、数歩後退りする。

「し、失礼しますっ」

「え？　あ……」

最後に大きな声で謝罪して、たっ、と身を翻す。腕の中の雪虫たちは、指でつまめるくらいに小さくなっていた。

モモは自身の体で日差しを遮るように肩を丸めながら、一生懸命走る。一刻も早く屋敷に戻って、冷やしてやらなければならない。

（心に決めた子、心に決めた……）

走りながら、頭の中ではぐるぐるとその言葉が巡っていた。ついでに「嫁ってその子じゃないの？」「熱烈」といった言葉も。繰り返し繰り返し。

それでも、まずは雪虫を助けてあげたくて、モモは足を動かす。これ以上南の土地神の側にいたら、本当に溶けて消えてしまう。

「雪虫、ごめんね、もう少しだから」

腕の中に声をかけながら走る。……と、すぐ横から「あれ」と声がかかった。

「それ、北の、のヤツでしょ？」

南の土地神だ。走るモモと同じ速度で、ふわりふわりと宙を歩いて移動している。ギョッとして躓《つまず》きそうになったが、どうにか踏みとどまって足を動かす。

「なんでそれを君が持ってるの？」

なんで、と言われても、雪虫たちがついてきてくれるからだ。外に出ると（家の中でも）、必ず一緒にいてくれる。最近は一緒にいるのが当たり前になって、なんで、なんて考えてもいなかった。

「もしかして、北の、が貸してくれたの？　君に？」

「……っ、は、はいっ」

走りながら、それでもどうにか声を絞り出してこくこくと頷く。失礼だとわかっていたが、それでも雪虫を助けたかった。キタの分身である、彼らを。

南の土地神にモモや雪虫への気遣いはない。モモが息を切らして走っていようが、雪虫が消えようが、南の土地神にそれをどうにかしようとする様子はない。何故なら、彼は神だからだ。そんな瑣末事《さまつじ》を気にする必要などない。

いつもモモを気遣ってくれるキタが特別なのだ。

「どうして貸してくれたのかな？　北の、は自分のものをそう簡単に貸してくれるようなやつじゃないと思うんだけど」

走るモモの横で、南の土地神が不思議そうに首を傾げている。彼が離れないせいで、雪虫たちは相変わらず苦しそうだ。「ほぁ」「ほぁ」と喘ぎ鳴く彼らを見て、モモの目にも涙が浮かぶ。

（は、離れてくださいって、この子たちが消えてしまうって、言いたい）

けれど、言えるわけがない。モモはキタの嫁といえどただの精霊。相手は神だ。モモは「はっ、はっ」と息を切らして懸命に走りながら、泣きそうになって顔をしかめる。

「ね、もしかしてだけど、君が北の……」

南の土地神が何か言いかけたその時、モモの足が地面から出た木の根に引っかかった。

「あっ」と叫ぶ暇もなく、モモの体が傾《かし》ぐ。とにかく腕の中の雪虫を守りたくて、モモはあえて右肩を突き出した。我が身が地面とぶつかって傷ついても、雪虫を守れればそれでいいと思ったのだ。と、その時。

「何してんの」

北風のように、ひや、と冷えた声が響いた。

そして、モモの体は雪虫ごと何かに抱き留められる。

モモは荒い息を「はっ、はぁっ」と吐いて、慌てて顔を上げた。

「き……っ、キタ、さっん、キタさん」

突然何もないところから現れたキタは、モモを腕の中でくるりと回すと、顔を後ろに向けるように抱き上げた。

「キタさんっ、雪虫を……助けてあげてください」

まずなにより伝えたかったことをいの一番に叫んで、モモはげほげほと咳き込んだ。走り続けたせいで、肺が痛い。

咳き込んだせいで雪虫が腕の中からこぼれそうになって、モモは「わっ」と声を上げる。

「うんうん、……大丈夫だよ」

ぽろりとこぼれかけた雪虫だったが、ふるふると震えた後、もこっと大きくなった。大きくというか、いつものサイズだ。小さく縮こまっていた彼らは次々にもこもこと大きくなっていく。キタが側に来たので、力が戻ったのだろう。心なしか、周りの空気もひんやりしている。

（あっ……、よかっ、た）

モモは、はぁ、と安堵の息を吐いて、ついで、吐き出した息を呑み込んだ。キタに抱えられて、南の土地神に尻を向けるような格好になっていたからだ。

いくらなんでも失礼が過ぎる、ともぞもぞと腕から降りようとするも、一層強く抱き込まれてしまう。

「あの、キタさ……」

「ひっさしぶりじゃん。てか、今日来るって言ってないよね～？　アポなし突撃訪問はお断りでーす」

モモが話しかける前に、キタが南の土地神に声をかける。その言葉にちくちくとした棘《とげ》が生えているような気がして、モモは「あれ」と内心首を傾げる。

「北の、久しいな。今日はお前の自慢の嫁を見に来てやったぞ」

「うわ～、頼んでなーい、嬉しくなーい」

南の土地神の不遜な物言いに、キタが心底嫌そうに鼻を鳴らす。珍しく不機嫌そうなキタの態度に、モモは戸惑ってしまう。モモの知るキタは、いつだって上機嫌に笑っていたからだ。

「なんだ、冷たいやつだな。最近は結婚祝いに寄りもせんし」

「ミナミが嫁を貰いすぎなんだよ。結婚のたびにそっちに顔出してたらほぼ日参することになっちゃうじゃん？」

キタがそう言うと、南の土地神が「まぁたしかに」と鷹揚《おうよう》に同意する。たしかに、南の土地神は嫁が多い。

「して、お前の嫁は？」

南の土地神が、キタに問う。そして、キタが答えを言う前に、「まさか」と言葉を続けた。

「その男体ではないよな？」

その言葉は、モモの胸に鋭い矢尻を持った矢のように突き刺さった。ぐさ、という音が胸元から聞こえた気がして、モモは言葉に詰まる。

「そいつは花の精霊じゃないのか？　花園で見かけた覚えがある」

その言葉に、モモはハッと顔を上げた。

そう、モモと南の土地神には面識がある。なにしろ南の土地神は花の精霊がお気に入りで、何人も嫁に迎え入れているからだ。そしてモモは、その一員に加えてもらえないか、と膝をついて頼んだことがある。

まさか南の土地神がモモの顔を覚えていたとは思わず、モモは焦って首を捻る。が、その前に、キタの大きな手に頬を押さえられてしまった。その手つきはとても優しかったが、有無を言わさない強さがある。モモの顔は、キタの肩に埋められてしまった。

「そうだよ、この子が俺の嫁。桃の花の精霊のモモちゃん」

「本気か？」

南の土地神の、驚いたような雰囲気が伝わってくる。

「本気も本気、大本気の大本命」

「しかし、そいつは以前私に『嫁に貰ってくれ』と頼んできたぞ。誰でもいいと言っているようなものだろう。いいのか？」

どきっ、とモモの胸が嫌な形で跳ねた。やはり南の土地神は、モモが自分に結婚を申し込んできた精霊だと思い出したのだ。

モモは咄嗟《とっさ》に「違うんです」と言いたくなって、しかし、何も違うことなどないと気づき唇を噛み締める。

南の土地神の言ったその言葉は、紛れもない事実でしかなかった。

モモは、どうしても自分の花を咲かせたかった。だから、いろんな神に「嫁入りさせてほしい」と頼み込んだし、キタともその縁で出会った。たしかに「誰でもいいから嫁に貰ってくれ」と言っているようなものだ。というか、そのものだった。

(恥ずかしい。恥ずかしい、けど)

恥知らずな行動、と言われればそれまでだ。だが、恥よりもなによりも、モモには大事なことがあった。少しの恥なんてどうでもいいくらい、自分の花が咲く瞬間を、この目で見たかったのだ。男体で嫁の貰い手がなかったからこそ、必死になった。

そこに恥はあれども後悔はない。もし過去に戻っても、きっとモモは同じことを繰り返す。

(でも……)

しかし、それでもやはり「その事実」をキタに知られたくなかったというのも、本当だ。

「あのさ、そいつ、とか言わないでくれる？　可愛い俺の嫁ちゃんに」

悶々と巡るモモの思考を、ひやりと冷たい言葉が遮った。それまで黙って南の土地神の話を聞いていたキタが「ないわ」と溜め息混じりに吐き出した。

「『いいのか？』って、良いも悪いもないでしょ。モモちゃんは俺の嫁なの。夫婦のことに口出すやつは馬に蹴られて魂源まで消滅しちまえ」

つらつらと淀みなくそう言い切ったキタは、そこで「ふん」と強く鼻を鳴らすと、モモの腰を強く抱き締めた。不安がるモモを安心させるように、強く、だが優しく。

「んじゃ、俺らこの後ピクニックの予定だから。邪魔しないでくれるぅ？」

「ピクニッ……、いやしかし北の……」

キタがいつもの調子で明るく話を切り替える。南の土地神がさらに言葉を重ねようとしたが、不自然に言葉を切る。

顔をキタの肩に埋めているモモには目で状況を確認することができないので、キタと南の土地神がどんな表情をしているのかわからない。ただ、何かしら無言のやり取りをしているのはわかった。

「はいはい、わかったよ。突然押しかけて失礼した」

どうやら、南の土地神が折れる形で話はついたらしい。長い沈黙の後、どこか諦めたような彼の声が聞こえてきた。

「ちゃんと手順を踏んでからだったら、歓迎してあげないでも……なくなくないけどさ」

「どっちだ」

ふっ、と南の土地神が笑った気配が漂ってくる。

これで話はしまいか、とモモはそろそろと顔を持ち上げる。今度はキタの手に阻《はば》まれることもなかった。

「じゃあ俺たちピクニックおデートだから。早くあの虹色鳥ちゃんに乗って帰んな」

「はいはい、邪魔者は退散するよ」

わずかに声が遠ざかったのがわかって、モモは後ろを振り返る。少し先に、先ほどと変わらない様子の南の土地神が立っていた。その目はキタの方を向いており、モモのことは視界に入っていない。

「だが北の、よ。この地に花の精霊を迎え入れたこと……、その意味はちゃんとわかっているんだろうな?」

南の土地神が腕を振るうと、先ほどの大きな五色の鳥が現れた。主人を迎え入れるように脚を折って、頭を垂れている。南の土地神は優雅にその上に腰掛けると、「なぁ」とキタに問いかけた。

（ここに、花の精霊を？）

言葉の意味がわからず、モモはキタを見上げる。

キタは、いつもどおりのゆるりとした笑みを浮かべたまま南の土地神を見ていた。

「わかってるよ」

口調にも、気負ったところはない。なんの話だろうか、と思いつつも口を挟めるはずもなく、モモは黙ってやり取りを見守っていた。

「そうか」

それだけを言い残し、南の土地神は空高く舞い上がった。大きな鳥の影はやがて、南の方へと向かっていく。

額に手をかざしてそれを見守っていたモモは、その影がすっかりなくなったあたりでハッと息を呑んだ。

「す、すみません、キタさん」

「え、なになにどしたの？」

「キタさんに、ずっと抱き上げさせて……っ、すみません、下ります、下ろしてくださいっ」

さぁ、と血の気の引いた顔でわなわなと唇と手を震わせて謝ると、キタが「そこぉ？」と笑った。そして、モモを担いだまま歩き出す。

「そんなん気にしなくていいって。モモちゃんなんて俺にしてみりゃ羽根のようなもんだし」

「は、はぁ……」

軽い軽い、と長い足で山道を進んでいくキタに、モモを下ろす気はないらしい。

モモを担いでいるのとは反対の肩には、雪虫が何匹か並んで座っていた。彼らの無事な姿を見ると、何度でもホッとしてしまう。モモは人差し指を伸ばして、雪虫のうちの一匹をつつく。ほわ、と鳴いたそれは、ころりと転がり落ちていった……が、てててっとキタの体を駆け上って戻ってくる。

「ふふふ」

笑いながらそれを眺めていると、キタが「モモちゃん」と声をかけてきた。

「びっくりしたでしょ、ごめんね」

「えっ、いや……俺こそすみません、色々……」

モモは雪虫からキタに視線を移す。キタはいつも通りの笑みを浮かべているが、どことなく申し訳なさそうだ。しかし、申し訳ないのはモモも一緒である。

「挨拶とか、ちゃんと嫁らしくできなくて」

南の土地神に対して、かなり失礼な態度を取ってしまった気がする。キタが南の土地神からモモを隠すようにしていたのも、もしかするとモモが嫁として至らないからではないだろうか。

そんなことをもやもやと考えていると、キタがモモを持ち上げたまま、ぎゅっ、と抱き締めてきた。

「もー。モモちゃんは『俺の』嫁なんだから。他のやつのことなんて気にしなくていいの～」

「え？　わ」

頬に、キタの頬が当てられる。そのまますりすりと擦られて、モモは慌てて逃げようとするが、キタの頬はどこまでも追ってくる。

「俺のことだけ気にして」

小さな声でこそりと耳元で囁かれて。妙に切実な物言いに驚いて至近距離にあるキタの目を見ると、その目はじっとモモを見ていた。

「キタさん？」

「ね、モモちゃん。朝言い損ねたんだけど」

どうしたのか、と問うと、同じタイミングでキタが話を切り出した。モモの疑問は察しただろうに、構わずにこにこと笑っている。

「そろそろ、一緒の部屋で寝起きしない？」

「へ、え？」

想像もしていなかった言葉に、モモは言葉をなくす。

「一緒の部屋って、……一緒の部屋ですか？」

確認するように覗き込んだキタの顔に、冗談や嘘を言っている様子はない。

「そう、一緒の部屋。ほら、朝起こしてもらうのもさ、一緒の部屋なら都合いいでしょ」

そう言われて、モモは「なるほど」と頷く。たしかに、一緒の部屋で寝起きすれば、起こしに行く手間が省ける。

「それにほら、……氣のやり取りも、うん、そのうちするだろうし。うん」

何故か早口で言い募られたキタの言葉に、モモは目を丸くした。

「氣の……」

ちょうど先ほど考えていたことだ。驚きと嬉しさで胸がいっぱいになって、モモはただ「あ」「う」と言葉にならない音を繰り返す。

「え、もしかして嫌だった？」

すぐに返事をしないモモをどう思ったのか、キタが気まずそうに問うてくる。

「えっ？　いや、いやいや、嫌だなんて、そんな」

モモは慌てて首を振り、何度も振り、そしてわずかに顔を俯けた。

「……いいんですか？　俺で」

ようやく出てきた声は、びっくりするほど掠れて小さかった。弱々しい音に自分自身で驚いて、モモは「んんっ」と喉の調子を整える。

「あ、いや、俺はほら、こんな感じなので……どうなんだろうって、思って……」

黙ってモモの言葉を聞いていたキタが、口を引き結ぶ。いつも笑っているキタが笑顔を引っ込めると、なんだか恐ろしく。モモはうろうろと視線を彷徨わせてから、「すみません」と謝って目を伏せた。

「モモちゃん、が、いいの」

「……っ」

何も言えなくなって、モモは黙り込む。

本当に嬉しいと、言葉なんてなくなるのだと、この世に精霊として生まれて初めて知った。いや、こんなふうに胸がいっぱいになることは前にもあった。北の土地神に結婚を承諾された時だ。あの時もただ、手紙を抱き締めて床を転がることしかできなかった。それに、桃の花が咲いているのを見た時、自分のための湯呑みを差し出された時、初めて海を見た時、卵焼きを美味しいと言ってもらった時。

（俺が嬉しいと思うのは、いつも……）

「嬉しい」の気持ちはいつだって、キタが与えてくれる。そのことに気がついたモモの目尻に、じわりと涙が浮かんだ。泣くつもりなんてこれっぽっちもなかったのに、自然と込み上げてきたのだ。

（いつも、キタさんは、俺に「嬉しい」をくれる）

「よ、ろしくお願いします」

少し声に詰まってしまったその理由に、キタはすぐに気がついただろう。しかし今は、何も言わずにポンと頭に手をのせてくれた。

「こちらこそ、よろしく」

キタの声はしっとりと落ち着いていて、モモの心にじわりと染み入る。お互いが「よろしく」と言い合う、これから先もよろしく、と。それは、なんと素敵なことであろうか。

自分に言い聞かせるようにそう心の中で繰り返して、モモは下唇を噛み締める。少しでも、要らぬことを漏らさぬように、と。

こんな時に、先ほど南の土地神がこぼした言葉が、胸の中でぐるぐると渦巻く。

（心に決めた子。キタさんには、心に決めた子がいた……、もしかしたら今も、いる？）

——もしかしたら、自分はその子の代わりではないのか。

ふとそんな声が心の奥底から聞こえてきて、モモはゾッと青ざめた。それが嫌だったのではない。そんなことを考えた自分が、信じられなかったのだ。

（なんて、身の程知らずなことを）

何かが喉をせり上がってきて、モモは口元を押さえる。

ただの精霊でしかない自分が、神であるキタの胸の内を測ろうなど。ましてや、キタの大切な何かを妬《ねた》むようなことを思うなど。

「……モモちゃん、モーモちゃん？」

名前を呼ばれて、モモは「はっ」と息を呑む。目を瞬かせると、キタが不思議そうな顔をしてモモを覗き込んでいた。

「どした？　具合悪い？」

「あ、いえ……」

モモはゆるゆると首を振った。今ここで思い悩んでもしょうがない。それに、今ここにいるキタはモモを嫁に選んでくれたのだ。一緒にいたいと言ってくれたのだ。

(嫁である俺が、キタさんの言葉を信じないでどうする)

自信がないのは、根っからの自分の性格だと思っていた。性格だから仕方ないと、言い訳のように使っていた。

(でも、キタさんの言葉だけは、信じたい。自信を持って、信じたいんだ)

キタの肩に置いた手を、きゅ、と丸めるように握り締める。それは、モモの小さな決意の表れだった。

「よっしゃ。じゃあそろそろピクニックしよっか。……あれ、そういえば採った山菜は？」

「あ」

そこでようやくモモは収穫した山菜をまるごと置き去りにしてきたことを思い出し、それをキタに伝えた。

「じゃあ山菜回収ついでに、そこでお弁当食べて～昼寝して～そんでもっかい山菜採って帰ろうか」

「はい」

「俺、今夜は山菜ご飯が食べたいな」

「はいっ」

キタの素敵な提案とささやかなリクエストに、モモは両手で拳を握りながら頷く。

「ん、いい返事」

モモは地面に下ろしてもらって、ようやく二人並んで歩くことになった。南の土地神の話や、彼が連れている御使いの話、そんなことを話しながら、今来た道をのんびりと戻る。

ピクニックを楽しんだり、山菜を採ったり、話をしているうちに、モモはすっかり元気を取り戻した。

ただ、心の中に芽生えた小さな不安の種は、どうしてもなくなることはなかった。

幕間

深夜。草木も眠る丑三《うしみ》つ時に、北の土地神はむくりと寝台の上で身を起こした。

「……」

隣で眠る嫁の、その頬から顎にかけての線に無言で手を伸ばす。本人は「痩せて骨ばっている」と気にしているようだが、北の土地神からしてみれば、すっきりとしてとても好ましい形だ。ゆったりと辿るように指を滑らせると、嫁が「ん」と愛らしい吐息を漏らした。

（あぁ、なんて愛おしい）

北の土地神が少し力を込めてしまえば、この花はあっさりと手折《たお》れてしまう。力加減を間違えぬように、愛の注ぎ方を誤らぬように、北の土地神は丁寧に、優しく、嫁を扱う。

しばし肌のぬるさや黒髪の滑らかさを味わって、北の土地神は寝台を出た。

衣紋《えもん》掛けから取り上げた上着を肩にかけ、部屋を出てすぐそこにある濡れ縁から中庭に下りる。

宵闇の中、庭に植わった桃の木が、そよ、と風にそよいだ。風に散って落ちた花を手のひらで受け止めて、北の土地神はわずかに眉根を寄せる。

「寒いよね」

春になったとはいえ、この地の夜はしんしんと冷える。冷たい風に煽《あお》られて、ひらひらととめどなく花弁が散っていく。

北の土地神が手のひらを木の幹に押し当てると、花びらが散るのがぴたりと止まる。風が吹いても、桃の木はもう揺るがない。

「辛い思いさせてごめん、ごめんね」

桃の木それ自体が発光しているように、闇夜にぼんやりと浮かぶ。北の土地神はその木に寄り添うように手を預け、身を預け、額を預けた。

しばらくそのままの体勢でいて、ようやく閉じていた目を薄く開く。

「あー……、モモちゃんの匂いがする」

北の土地神がぽつりとこぼすと、いつの間にか足元にいた雪虫の精霊が「ほわ」と鳴いた。その声にはどこか気遣うような気配が漂っており、北の土地神は眉を上げた。

「ん？　大丈夫大丈夫」

心配ご無用、と笑う主人を見上げながら、雪虫たちは「ほわぁ」と体を傾ける。唯一無二の神であり、力を分け与えてくれる主人が誰に心を割《さ》き、何に力を使っているか、彼らはちゃんとわかっている。

「ふわ、ふわ」

桃の木を見上げて鳴く雪虫たちを、北の土地神はなんともいえない顔で見下ろす。

「そうだな。みんなで大事にしてやろうな」

寒さに弱い植物が、この寒い土地で生きていくにはそれなりの力が必要になる。だが、まだ精霊として成熟していないモモは、とても弱い。いうなれば、生まれたての子供のようなものだ。あらゆる刺激に弱く、自分の身を守る術《すべ》も知らない。

だからこそ、夫である北の土地神が守ってやらなければならないのだ。

「たとえこの身に何があろうと、モモちゃんのことを守るよ」

桃の木を抱き締めると、ほんのりと温かい。先ほど布団の中で触れていたモモ本人のように、ずっと抱き締めていたくなる温かさだ。

「そろそろあっちのモモちゃんにも氣を注いであげたいんだけど」

北の土地神は、誰に聞かせるともなくぽつぽつと語る。

「あの子、氣のやり取りの仕方、知ってると思うか？」

なぁ、と雪虫たちに問うが、彼らは「ふわ～」と鳴くばかりで、明確な答えを返してこない。どうやら雪虫たちも、そこらへんは怪しいと思っているらしい。

「だよな？　だよなぁ？」

どうしよ、と言いながら、北の土地神は顎に手を当てる。

「嫌われたくないけど、こう、目の前にほかほかのモモちゃんがいると……手が、勝手にこう伸びそうになって」

わきわきと手を動かす北の土地神を、雪虫が丸い目でじっと見上げる。丸い目、というより、若干半眼になって呆《あき》れているような顔に見えるのは……北の土地神の見間違いではないだろう。

「いいだろ。俺だってお年頃の神なんだから」

ったくよぉ、と多少乱暴な口調で唇を尖らせながら、北の土地神は背後の窓を振り返る。

月の明かりのおかげで、真っ暗な室内よりこちらの方が明るい。光の加減で中はよく見えないが、そこには愛しの伴侶がすやすやと眠っているはずだ。万が一起きてこちらを見ることのないよう、しっかりと眠りに落ちるように術をかけてきた。モモには悪いと思っているが、こればかりは仕方がない。

「はーぁ、可愛いお嫁さん貰えて幸せだなぁ」

色々と考えなければならないことはあるし、気になることもある。しかし、それより何より、北の土地神は幸せだった。いい風の吹いている海岸で、いい波に乗るよりももっとずっと、モモといると幸せを感じる。

いや、モモと一緒に波に乗れたら、もっと幸せになるだろう。

「今年の夏が楽しみだ」

ひとつ先の、この地では短い季節のことを考えて、北の土地神は髪をかき上げにっこりと笑う。その言葉に応えるように、桃の木がざわざわとその枝を揺らした。

十

北の土地に夏が来た。

とはいっても「暑い」とへばるほどではなく、昼夜共に過ごしやすい。モモにしてみれば「昼間は少し暑いかな?」という程度だ。

キタは暑さに弱いらしく、昼間は比較的屋敷の中でのんびりしている。曰《いわ》く「こんな暑い中動き回っても効率悪いし」とのことだった。神としての仕事は早朝や夕暮れ以降にこなすようにしたようで、その時間帯に屋敷を空けることが多くなった。

それに伴って、モモがキタを起こす、ということが少なくなってきた。夏は春以上に季節への順応に時間がかかるだろうと思っていたのだが、そうでもないらしい。朝起きたらキタの方が先に起きていた、仕事に行っていた、逆に起こされる……ということも増えてきた。

「モモちゃん」

そう、寝ているとこんなふうに柔らかく名前を呼んでくれるのだ。モモの短い毛先を指先でいじって、こよって、そして撫でて。

「モーモちゃん」

耳元で囁かれて、モモは「んん」と吐息を漏らしてから、手の甲で耳を擦った。どうにもくすぐったかったのだ。

そんなモモの様子を見たからかどうか、キタがくすくすと笑う。

（……笑う？　笑って……る）

はっ、と重たい瞼を無理矢理開く。途端に眩しくなった視界に目をすがめながら、モモは「きたさん」と呼びかけた。くしゃくしゃに掠れた声だったが、目の前のぼんやりとした影が「はぁい」と返事をしてくれた。

モモはごしごしと目元を擦って、むくりと体を起こす。肩から夏用の薄い掛け布団がするりと滑って落ちていく。

「おはよ。朝早く起こしてごめんね」

「ん、え？」

いつも寝ている寝台の上、布団にくるまって眠るモモの横に、きっちりと着物を着込んだキタが座っていた。

「キタさ、……ふぁ、おはようございます」

前はこういうことがあるたびに飛び上がっていたが、今は少しだけ慣れてきた。あくびを噛み殺し、のろのろと寝台の上で正座をして頭を下げる。こういうことをすると、キタは「そんな畏《かしこ》まらなくっていいって～」と言っていたが、今はそれも滅多《めった》に言わなくなってきた。どうやらキタも「慣れてきた」らしい。こうやって、二人にとって少しずつちょうどいい距離感が出来上がりつつある。

「今日も早いですね、お仕事、お疲れ様でした」

窓の方を見ると、外はまだ薄暗い。いや、薄暗いというか、暗い。行燈《あんどん》に火が灯っているので部屋の中は明るいが、まだ夜らしい。

「あれ、夜……ですか？」

「んん、ぎり朝かな。ごめんね、早くに起こして」

「いえ。何かありましたか？」

理由もなくキタがモモを起こすということもないだろう。モモはもう一度目を擦ってから、心持ち背筋を伸ばした。

「ん。今日ね、いい波が来そうだから、海に行かないかなって」

「海？」

驚いてぽかんとキタを見上げてしまう。ようやく鮮明になった視界の中、キタは「そうそう」と腕組みして頷いていた。

「海、って。さーふぃんをしに行くってことだったんですね」

波打ち際、モモはキタと二人波に足を取られながら歩いていた。

今日はモモもキタにならって「ウェットスーツ」を身にまとっている。なんだかピタリと体に張り付いていて、変な心地だ。普段着物しか着ないモモにとっては着替えるのも一苦労だったのだが、キタ曰く「脱ぐ時はもっと大変」らしい。ちょっとゾッとしたが、キタが楽しそうだったので「まぁ、いいか」という気持ちになった。

「うん。一回モモちゃんとやりたくて」

朝早く起こされたモモは、キタに連れられて海に来た。相変わらず大きな雪虫に乗っての移動は恐ろしいが、これも前より慣れた。コツは、目を閉じてキタに体を預けることだ。キタが色々な話をしてくれるので気が紛れるし、返事をしたり笑ったりしているうちに、目的地に到着する。

これまでも何度かサーフィンをするキタを見たことはあるが、モモ自身が誘われることは初めてだ。

「モモちゃんが海に入るには、まだ寒いかな」

と、さりげなくキタに止められていたからというのもあるが、モモ自身、この大きな水に体を沈めることに少し恐怖を抱いていたからでもある。

(今も、ちょっと怖いけど)

キタが波に乗る姿は、たしかに楽しそうである。モモはいつも砂浜に座ってその姿を見ている。大体は雪虫たちと一緒に。たまに、一人で。

キタは何度も波に向かって泳いで、そして波に乗って帰ってくる。気持ちよさそうにも見えるし、「楽しいのかな？」と疑問に思うこともあった。神の力があれば、空だって飛べるし波なんていくらでも起こせるだろうに、どうしてわざわざ自然の流れに身を任せるのか、と。

「サーフボードはちょっと怖いだろうから、まずはボディボードで慣れようか。はいこれ」

「ぼでぃぼーど？」

「そー。サーフボードは、慣れないと簡単にひっくり返っちゃうからさ」

キタは抱えていたボードを、よっこいしょと砂浜に置く。このボードにも短いものや長いもの、いろいろな種類があることを、モモもようやく覚えてきたところだ。今日のボードは横幅が広くて、先の方に持ち手が付いている。色は爽やかな白で、なんとなく雪虫を連想させてくれる。

「モモちゃんは腹這いになってその取っ手を摑んで、それで……」

キタが色々と説明してくれて、モモも一生懸命それを聞く。時折質問したりしながら、海の浅いところで練習をした。

そして、まずは体を慣らそうと、二人で海に入ってみる。

「海の中って、もっと冷たいと思ってました」

「入るとそうでもないでしょ」

「はい」

海の中に腰まで浸かって、モモはその不思議さを感じていた。夏の朝方、海は薄暗い灰色にしか見えないし、たしかに冷たくはある。が、見た目ほどではない。海の中でも、冷たく感じる場所とそうでもないところがある。

そしてなにより、海の中ではじっとしていられない。

「こう、常に波が来るから、体が……わっ」

少し大きな波が来て、モモの体がわずかに押し流される。風に吹かれるのとはまったく違う、重たい力を感じる。

「すごい、こう、ぐっと押されるような」

負けじと海の方に向かって歩くものの、波はまたやってきて、逆にモモを押し返してくる。その力強さにモモは驚いた。

「外から見てるのと中に入るのとじゃ、全然違いますね」

浜辺に座って見ている時は、波にこんな力があるとは思いもしなかった。

「うん。すごいよね」

モモの単純な感想にも、キタは嬉しそうに頷いてくれる。

「慣れてきた？」

「あ、はい。だいぶ」

足がつかないところにも進んでみたり、顔をつけてみたり、海にもだいぶ慣れてきた。波には逆らわず、ほどよく身を任せる方が楽だということもわかった。慣れてくると、だんだん海の中が楽しくなってきた。

「ボード取ってこようか。ちょっと乗ってみよう」

「……はい！」

キタに教えられるまま、ボードに身を預けて波の流れに乗ってみる。と、これがまた気持ちがいい。

「わ、わ、すごい。なんか、すごく……揺れますね。宙にふわっと浮いてるような。でも、雪虫に乗っているのとはまた違う、こう、……すごいです」

興奮して、まとまらない言葉で一生懸命に感想を伝えてみる。と、キタが「ふは」と面白そうに笑った。

「モモちゃん、楽しい？」

「た、楽しいです」

なんというか、不思議な浮遊感だった。先ほどまで体の表面で感じていた波の流れに、体全体が乗る、というのだろうか。まさしく、波に身を委ねるような感覚だ。

「ちょっと沖に行ってみよっか。モモちゃん乗っててね」

「あ、はい」

モモのしがみついたボードを前に押して、キタが沖まですいすいと泳いでくれる。その間も、波は絶え間なく押し寄せてくる。ちゃぷちゃぷとボードに当たって砕けて、そしてまた引いて押して。

「ほら、ちょっと大きい波が来るよ」

「え、わっ」

前を見ると、たしかに少し大きな波が正面から向かってくるのが目に入った。モモは思わず目をぎゅっと閉じる。と、ぐわんっと体が持ち上がるような感覚に体が包まれる。

「わっ、うわ〜っ」

ふわぁっと浮いて、ざぁー……っと流される。目を開ければ、先ほどよりかなり浜辺に近づいていた。

「……えっ、い、今、波に乗ったんですか？」

「ははっ、うん、乗った乗った」

楽しそうに笑ったキタが、うんうんと頷く。モモは先ほどの不思議な浮遊感を思い出して、「わ、わぁ」と感嘆の声を上げる。ボードの取っ手を摑む手がじんじんと痺れていた。

「き、……気持ちよかったです？」

「なんで疑問系〜？」

わはは、とキタが笑う。モモもよくわからないまま、笑う。

「このくらいの波なら大丈夫そう？」

「はい」

モモはこくこくと頷いて、沖を見やった。少し大きな波が盛り上がっているのが見えた。そのうちあれが、ここまで打ち寄せるのだ。その波の後ろにもまた波があり、それはずっとずっと先まで続いている。途切れることなく、ずっと。

「もう一回、行ってみる？」

「はいっ」

モモははっきりと大きく頷くと、キタに任せず自分でも海の水を蹴って前に進んだ。


それから何度か波に乗った。波に乗る、ということがどういうことかよくわからなかったが、モモは次第にその楽しさを、体で実感できるようになっていた。

しばらく腹這いで遊んだ後、キタがもっと細くて長いボードを用意してくれて、今度は二人でそれに乗った。バランスが取れず何度もひっくり返ったが、そのたびキタが助けてくれた。

キタは「こうやってみるといいよ」と丁寧に、根気よく教えてくれた。モモの、猫背気味の背中を押して「真っ直ぐ、自信を持って伸ばしてみて」と言って。

そうやって何度も波に乗るうちに、一度だけ、キタにしがみついたままボードの上で立つことができた。それは時間にしておよそ数秒、よくて十数秒だったが、モモはたしかにキタと一緒に波の上に立っていた。

その時の感動は、うまく言葉で言い表せない。

最終的に立っていられなくなって、二人して波に飛び込んで、そして手に手を取って、びしょびしょに濡れた顔で笑い合った。

「やばっ、立てたじゃん！」

と喜ぶキタに、モモも手を震わせて「はい、はいっ」と何度も頷いた。

そんなことをしているうちに、朝焼けに白んでいた空に、眩い光が差してきた。

「日の出だねぇ」

ボードに跨ったままぼんやりと海の向こう、昇る朝日を眺めていると、腕だけボードにのせたキタがぽつりとこぼした。

灰色だった海は、いつの間にか色を変えている。海と空の境は薄らと紫と橙《だいだい》めいていて、海は深い青、空は真っ青な青に色付いていく。

「同じ青なのに、どうしてこんなに違うんでしょう」

ゆらゆらと波に揺れながら、考えていたことをそのまま口にしてしまう。

「そりゃあ、空の神と海の神の仲が悪いからさ。絶対同じ色にならないし、絶対に交わらない」

キタがなんてことないようにそう言って「昔は恋人同士だったのにね」と締めくくった。

「そうなんですか?」

「これ、秘密だよ」

キタの口調はとても軽く、それが嘘か真《まこと》か咄嗟に判断がつかない。

水平線は遠く、どこかで空と交わりそうなのに、やはりどこまでもその境目がくっきりと見える。本当に、互いに交わる気がないように見えるから不思議だ。さらに高く昇った太陽の光が、真っ直ぐ海の上にだけ伸びている。

「じゃああの太陽の光は、海に『こっち向いて』って言ってるんですかね」

「ははっ。そうだね、毎朝毎夕アピってるのかも」

二人で海の上に浮かんでそんなことを言いながら、朝日を眺める。寄せては返す波に漂いながら、ゆったりと。

「モモちゃん、ちょっとだけ背中真っ直ぐしてる」

「あ、さっき教えてもらったから……」

ボードの上にいる時は、バランスを取るように姿勢良く。その言いつけを守っていたので、今もピンと胸を張っていた。

モモは照れたように笑った後、濡れたボードを指先でキュッと擦った。そして、そのボードの上にこぼすように「俺」と言葉を落とす。

「花の精霊なのに男体で。なんていうか、柔らかくないし、硬いし、自分の体が恥ずかしくて」

白いボードが、太陽の光を照り返して眩しい。わずかに目をすがめたまま、モモは続ける。

「他のみんなみたいに小さくて、こう、可憐な感じになりたくて……。できるだけ身を縮めていたら、猫背になってしまって」

「うん」

モモの取りとめのない話を、キタは静かに聞いてくれる。波の音がかき消しそうな小さなその返事を聞きながら、モモは「ふっ」と笑った。

「みんなと同じようになれば、俺もお嫁に貰ってもらえるかもって……思ったりしまして」

そこまで言って、モモは「何をこんな恥ずかしい話を」と我に返った。こんな自虐的な、しかも嫁に来る前の話をしたところで、キタは楽しくもなんともないだろう。

眩しい太陽と、きらきらと煌《きら》めく海を見ていたら、心の内が自然とこぼれてしまったのだ。何を考えるでもなく、ぽろぽろと言葉が出てきた。

「……俺はさぁ」

「つまらない話を、すみません」と謝る前に、一拍おいてキタが話し出した。ボードに腕を預けたまま海に浸かるキタは、真っ直ぐ前を向いていて、モモの方は見ていない。

「モモちゃんの全部、そのままが大好きだからさ」

それは、前にも言われた記憶がある。キタはモモの「全部が好き」なのだ、と、たしか……初めて風呂に入った時に言っていた。いや、あの時だけではない。キタはことあるごとに、モモに「好き」「モモちゃんが好き」「全部好き」と伝えてくれていた。

「胸張って生きてほしい。波に乗るみたいに、俺と、楽しく一緒に生きてほしいよ」

波に乗るように、と言われて、先ほどボードの上で立ち上がって海を渡った時のことを思い出す。ふわりと浮かんでいるような、風と一緒になったような、波に運んでもらっているような、そんな不思議で、それでいてとても楽しい瞬間だった。

あの幸せや楽しさがずっと続いたら、と考えて、モモの心臓がぎゅっと切なく引き絞られる。

「そんな……そんな楽しくて、いいんですかねぇ？」

くしゃりと歪んだ顔でそう問えば、キタがいつもの軽い調子で「いんじゃない？」と笑った。

「俺、結構背高いし、ゴツいし、モモちゃんが胸張ったくらいじゃ俺にはかなわんよ。てか、モモちゃんが俺より大きくなってもいいし」

「いいんですか？」

キタよりも大きくなった自分を想像して、モモは笑う。ちらりとキタを見ると、彼もまた、真っ直ぐ前を向いたまま笑っていた。金色の髪が、朝日に照らされて光っている。きらきら、きらきらと。光る海のように。

「うん。モモちゃんがモモちゃんである限り、愛しちゃうから、俺」

その言葉は、大きな波となってモモを丸ごと包み込んだ。ざぶんっ、と飲み込まれて、ぐるぐると回って、海の深く深くへと沈んでいく。

気がつけば、モモの顔は真っ赤に染まっていた。

「キタさん、俺……、あ」

咄嗟に言葉が出てきそうになって、モモは慌てて口を押さえた。と、ボードにいっていた意識が疎《おろそ》かになって、体が傾ぐ。

「んっ、わっ！」

「モモちゃんっ」

気がつけば、どぽんっ、と海に落ちていた。

ぽこぽこと口から漏れた息が泡になってのぼっていく。顔を上げなきゃ、と思う前に、伸びてきた手に腕を掴まれた。

ざばぁっ、と顔を上げると、光が目に飛び込んでくる。

「大丈夫？　水飲んでない？　ぺっ、しな、ぺっ」

引き上げてくれたのは、もちろんキタだ。モモの顔を見て、心配そうに眉根を寄せている。

キタが、モモを海の中から、光差すこの水上へと連れ出してくれた。

「鼻に入った？　痛い？」

ぼんやりとするモモを見てどう思ったのか、キタはいつもの飄々とした態度を放り出して、おろおろしている。

その表情を見ながら、モモはゆるゆると首を振った。動きに合わせて、水滴が海に帰っていく。

「大丈夫です。……ほんのちょっと、少しだけ、痛いだけで」

どこが痛いとは言わず、モモは笑った。

「そか。じゃあそろそろ上がって帰ろっか。雪虫たちが朝ご飯準備してると思うし」

ボードに摑まってて、と言われて、素直にそれにしがみつく。キタは先導してすいすいと泳ぎ出した。

（俺は、キタさんが……キタさんが、好きなんだ）

もちろんこれまでも、夫として、彼を敬う気持ちは大いにあった。夫であるキタを尊敬している、尽くしたい、と。

しかし今、胸に湧き出たこの気持ちは、それと似ているようでまた違う。

モモの乗ったボードを引っ張るその腕に触れたい、水を滴らせながら光るその髪に触れたい。そんな欲望が、昇る朝日のように胸の内にせり上がってくる。モモはボードに置いた自分の右手を、左手で押さえつけた。

（好きだ）

顔が熱くて、手が熱くて、そして胸が苦しい。モモは息継ぎをするように「はっ」と短く息を吸ってから、ぎゅっと目を閉じた。

十一

嫁に行く、と、恋をする、は同義語ではない。特に、モモたちのような精霊にとってはなおさらだ。神は精霊を娶ってくれるが、それは必ずしも恋愛感情によるものではないからだ。

神が嫁を迎えるのは、氣の循環の効率化や癒しを必要として、という場合が多い。長い時間存在し続ける神だからこそ、寄り添い合う相手を欲するのだ。

時に、心を通わせ合う夫婦もおり、仲睦まじいと周りから祝福されもするが、それはなかなか稀《まれ》である。

「神に恋する精霊は身を滅ぼす」

いつか花の精霊の誰かが、そんなことを言っていた気がする。絶望的なその言葉を思い出して、モモは
「はぁ」と溜め息を吐いた。

「ふわ？」

気がつくと、腕に雪虫がいた。丸い目をしてきょとんとモモを見上げている。

「あ、あぁ、ごめん」

モモは片手に栗、片手に包丁を持っていた。どうやら刃物を手にしたままぼんやりしているモモを心配してくれたらしい。モモは素直に謝って、一旦包丁を置いた。


季節はすっかり秋になった。やはり北の地の夏はとても短く、「夏ですね」と言った次の週には秋風が吹いていた。キタとサーフィンができたのも、結局一回きりだ。

現在、モモは栗むきの真っ最中である。この栗も山菜と同じように、屋敷近くの山で取れたものだ。雪虫と共に昨日一日かけて栗拾いをして、今日は栗むき作業に

業を行っている。

土間の方では雪虫たちが栗のいがを割っている。ちくちくとした棘の上で雪虫がぽいんぽいんと飛び跳ねると、不思議なことにいがパカッと割れるのだ。

「痛くないの?」と聞いてみたが、雪虫たちは逆に「なんで?」というような顔をしていた。

「雪虫は、強いな」

そう言って指先でふわふわの毛を撫でてやると、雪虫は「ほわぁ」と鳴いて飛び跳ねた。と、我も我もと、他の雪虫も集まってくる。

「わ、ちょっ」

順番に、と言うと、彼らはざざざっと一列に並ぶ。土間に足を下ろしあがりかまちに座ったモモの前に、それはもうお行儀よく。

「ふっ、……ははっ」

最近、ますます雪虫が可愛くて仕方ない。彼らがモモに懐いているから、というのもあるが、やはりキタの分身のような存在である、という点が大きい。

人差し指で順番に雪虫を撫でながら、頭の中ではまた、先ほどのことを考え出してしまう。

(恋か、恋……)

キタは優しいし、モモのことを大事にしてくれる。それに「モモちゃんが好きだよ」と言ってくれる。その「好き」は疑うべくもないキタの本心だろう。キタは何回でも、何十回でもモモに気持ちを伝えてくれる。言葉も、行動も惜しまず。モモの背筋を伸ばしてくれたのは、キタだ。

(好かれていると思う。キタさんの「好き」に嘘はないと思う。でも……)

モモは「うう」と呻いて開いた手のひらに顔を埋めた。どうしても気になることがあるのだ。

(キタさんには、『心に決めた子』がいる)

以前南の土地神に言われたあの言葉は、未だにモモの胸に深く突き刺さっている。

何度か、キタに聞こうとしたのだ。「心に決めた子は、嫁に迎えないのですか」と。しかしそれでもし「じゃあそうしよっかな」「モモちゃんも仲良くしてあげてね」なんて言われでもしたら……。

「あ、れ……？」

ぐらりと目眩《めまい》がして、モモは額を押さえた。

誇張でもたとえでもなく本当に頭が痛んで、モモは額に当てた手をぐりぐりと回すように動かした。

最近寒くなってきたからだろうか、こうやって頭が痛んだり、悪寒がすることが増えてきた。

「ふわ〜ふわっふわ」

膝の上でぴこぴこと雪虫たちが跳ねている。いよいよ具合の悪そうになったモモを心配しているのだろう。

「大丈夫。少しゆっくりすれば良くなるから」

しばらくズキズキと頭が痛んでいたが、そのうちに目眩も痛みも引いていって、モモは「ふぅ」と息を吐いた。

「風邪かな？」

花園では、モモは一度も体調を崩したことはなかった。なにしろ結婚を申し込む時の文句に「体が丈夫なことが取り柄です」なんて一文が入っていたくらいだ。体の丈夫さと持久力にはかなり自信があった。

「季節の変わり目だからかな。さ、続き続き」

モモはぶるぶると首を振ってから、籠の栗を手に取った。モモが手に取ったのは、一晩水に浸けておいた栗だ。包丁で鬼皮に切れ目を入れて、指で開くと渋皮までつるんと剝ける。なかなかうまくいかない時は、包丁を使って綺麗に剝く。

中から出てきた黄金の実を、今度はまた別の籠に移す。ある程度溜まると、雪虫がせっせと台所に運んでいく。今日は栗ご飯と、栗饅頭《まんじゅう》を作る予定だ。キタも「栗だーい好き」と言っていたので、喜んでくれるだろう。

（今この時、この瞬間に感謝して生きよう。俺は十分

恵まれているんだから）

モモは暗い思考を振り払うように、作業に集中した。

＊

仕事から帰ってきたキタと共に、できたての栗ご飯を食べた。キタはそれはもう「美味しい美味しい」と喜んでくれて、三回おかわりした上に、食後の栗饅頭は五個も食べてくれた。

「お腹いっぱいで動けなぁい」と喚くキタを連れて風呂に入り、互いに背中を流し合って、月を見上げながら虫の音《ね》を楽しんで。そして二人揃って、同じ寝室の、同じ寝台の中に入った。

目の前の本に向けていた視線を、モモはちらりと隣にやった。そこではキタが頭の後ろに手を回し、ゆったりと目を閉じてくつろいでいる。広い寝台の上、よくある二人の寝る前の姿だ。

本は、キタに借りたものである。モモが「本を読むのが好き」と伝えたところ、屋敷にある書斎に案内してくれて「どれでも好きなだけ読んでいいから」と言ってくれたのだ。

本の種類は幅広く、歴史書から物語、美術書にどこの国のものかわからないような地図までなんでも揃っている。花園にある書物より数が多いかもしれない。

しかもなんと、この屋敷にある本の半分近くは人間が書いたものだという。キタはわざわざ人間界で本を手に入れているらしい。

なんでも読んでいい、と言われたので、とりあえず人間の書いた「この世界の成り立ち」という本を選んでみた。どうやら人間の世界とこの世界とでは、世界の成り立ちから違っているらしい。

人間は彼らの力だけで進化してきたと思っているようだ。そこに神の力が介入しているのだが、少なくともこの本には神の「か」すら出てこない。「あちら」は「こちら」の存在をよく知らないのだから、当然といえば当然かもしれないが……。モモは「興味深いなぁ」と思いながら、日々読み進めている。

（キタさんもこの本読んだんだよな？）

本を読みながら、そんなことを考えてみる。神であるキタはモモよりもさらに深く人間と関わっているはずだ。だが、その存在は人間にはほとんど認知されていない。どこか夢まぼろし、実体のない存在のように扱われている。

キタはどんなふうにこの本の話を受け入れたのか、その話も聞いてみたい気がした。

（本を読むのって、楽しいな）

本を読んで知識が増えるのもそうだが、その後にキタとそれについて語り合えるのも楽しい。なにより、毎日こうやってキタの隣でそれを読めるということが、モモの気持ちをほこほことさせる。

一緒の寝室で寝はじめたのは春の初めの頃だったが、今はだいぶ馴染んできた。初めは緊張で寝台の端でしか眠れなかったが、今はこうやって用意してもらったクッションにもたれながら悠々と本を読むまでになった。

少しだけ開けた窓から、リィーンリィーンと鈴虫の声が聞こえてくる。寝る前には閉めておかないと、明日の朝は寒さで目覚めることになってしまう。

「……ふっ」

一昨日、窓を開け放したまま寝てしまって、お互い掛け布団を奪い合うようにくっついて目覚めた時のことを思い出して、モモは軽く吹き出してしまった。

耳聡く聞きつけたらしいキタが「ん？」と閉じていた目を開く。

「どした？」

「いえ、なんでも」

軽く首を振って、本に目を落とす。しかし内容はもうあまり頭に入ってこなかった。

　文字を目で追っているだけだと気がついて、モモは目も閉じた。虫の声が、衣擦《きぬず》れの音が、キタの吐息が、そんな小さな音を聞くだけで、心が満たされる。

（あぁ、本当に……）

「幸せだなぁ」

　突然、キタの呟きに思考を遮られて、モモは目を開いた。声に驚いたのではない。その内容が、自分の考えていることそのものだったのでびっくりしたのだ。

「キタさん、幸せなんですか？」

　たしかめるように問いかけると、何故かキタが吹き出した。

「あったりまえじゃん。こんなに幸せなことないでしょ」

「こんなに、幸せ？」

　キタが「よっ」と掛け声を出して体を起こす。

　モモの手から本を取ると、栞《しおり》を挟んで横に置いた。

　そして、何もなくなったモモの手を、自身の両手でぎゅっと包む。

「モモちゃんとさぁ、季節の移ろいっていうの？　なんかそういうのを感じながら、美味しいもの食べて、一緒に風呂に入って、こうやってのんびりできてさぁ」

　キタはモモの手を持ち上げて、そして、その指先を口元に持っていった。

「これ以上の幸せってないよ」

「……っ」

　何も言えなくなって、モモは黙り込む。何も言葉にできないほど、嬉しかったからだ。

　黙ってしまったモモの手を、キタが引く。

「モモちゃん」

「はい」

　名前を呼ばれて、モモは素直に返事をする。と、キタが口を引き結んだ後、へにゃりと相好《そうごう》を崩した。

「そろそろ、……氣のやり取りを、してもいい？」

どき、とモモの胸が高鳴る。それは「嬉しい」と喜ぶ気持ちと「どうしよう」という不安が入り交じったが故の、「鼓動の跳ね」だ。モモは、おろ、おろと右に左に視線を揺らして、そして観念して姿勢を正した。

「キタさん、あの」

「え？　え？　どした？」

寝台の上に正座をして姿勢を正したモモを見て、今度はキタがおろおろと身を起こす。モモはそんなキタに向かって、がばっと頭を下げた。

「お、俺……氣のやり取りを、したことがなくて」

「うん、まぁそうだよな。俺が初めての夫だしね」

寝室を共にしてしばらく経つが、今まで氣のやり取りは行われていなかった。モモはその方法を知らないままだったので「いつ打ち明けよう」「なんと言おう」といつもひやひやしていた。

「なので、その……、すごく緊張してて、できれば、その……」

「う、うん」

緊張のせいか、どきどきと胸が高鳴る。モモは唇を舌でじわりと湿らせてから、ゆっくりと顔を上げた。

「優しく、していただけませんか？」

申し訳なさと恥ずかしさで頬を熱くしながら精一杯懇願する。と、キタが笑顔のままぴしりと固まってしまった。笑顔のまま、何か言いたげに口を開いて、閉じて、そして眉間に手をあてたまま天を仰いだ。

「それは……、優しくできなくなるやつ」

「えっ？」

キタらしくない恐ろしい言葉に、モモは、ひっ、と身を引く。と、キタが慌てたように「や、違う違う」と手を振った

「優しくする、うん、絶対ひどいことしないから、うんうん」

何度も頷いてから、キタがモモの肩にそっと手をのせた。

「とにかく大丈夫だから。ゆっくりいこ？　ね？」

「は、はい」

大らかなキタの言葉とその頼もしい態度に、モモは、じいんと痛み入るように目を伏せる。とにかくこんな自分で問題がないのであればそれでいい。モモはホッと胸を撫で下ろしながら、キタの次の言葉を待った。

「んじゃ、まぁ、とりあえず唇で氣を受け取ってもらおうかな」

「え、唇ですか？」

驚いて、思わず隠すように口に手をやる。そしてそれが失礼な行為だと気づき、慌てて手を下ろし膝の上に置いた。キタはそんなモモを見て、どことなく困ったような顔で微笑んでいる。そして「んん」と喉の調子を整えるように咳払いをした。

「モモちゃんが食べ物を食べるのはどこ？」

「えっと、口です」

「空気を吸うのは？」

「鼻や……口です」

質問に答えながら、モモはなるほどと頷いた。

「何かを摂取するのに、口はとても向いているのですね」

「まぁね」

キタは頷いてから、顎に手を当てた。その顎……の上にある薄く形の良い唇を、モモはじっと眺めた。

たしかに、口移しで餌を与えたり、他者の毛繕いをしたり、動物たちも親愛の情を示す行動によく口を使っている。なるほど口というのは、とても大切な器官なのだ。

モモは内心で「うんうん」と頷いてから、自分の唇に手をやった。雪虫はいつも風呂で全身手入れしてくれているが、顔も例外ではない。ふわふわの泡で綺麗に洗ってくれるし、風呂上がりや洗顔後には匂いの少ない軟膏を塗ってくれる。おかげで、指で触ると張りがあり、ぷるんとした唇に仕上がっていた。これならば、キタに触れても失礼はないだろう。

「まぁでも、唇と唇で触れ合うっていうのは、氣の吸収に便利だからってだけじゃないんだよね」

「……と言いますと？」

唇をふにふにと押していると、キタが苦笑しながら首を傾けた。

「人間はね、親愛の情を交わすのに唇を触れ合わせるんだよ」

「へぇ」

やはりキタは物知りだ。目を瞬かせていると、頬にキタの手が伸びてきた。親指で頬骨のあたりを撫でられ、くすぐったさに目を細める……と、指先は下の方へと降りて、モモの唇を撫でる。

自分で触れている時はどうということもなかったのに、キタの指に擦られると、なんともいえないゾワゾワとした感覚が生じる。

「唇には多くの神経が集まっていて、とても敏感なんだ」

「ん」

「そんなところをくっつけ合ったら、そりゃあ気持ちよくなっちゃうよね」

キタの指に力が入り、くに、と唇がめくれる。

「ヒ、ハはん」

キタさん、と呼んだつもりだったが、唇を押さえられているせいか、なんとも間抜けな呼び名になってしまう。そんなモモを見下ろして、キタが「ふは」と笑う。

「ごめんごめ～ん。モモちゃん面白い顔になっちゃった」

笑いながら、キタがパッと手を離す。と思いきや、両頬を手で包まれた。そして……。

「んっ」

キタの顔が近づいてきたかと思うと、あっ、という間に唇と唇が触れた。キタの唇は、薄いのに柔らかく、

指先よりもしっとりと熱かった。

柔く押し当てられた唇が、さり、とわずかに動くだけで、なんだか腰のあたりがそわそわと蠢いてしまう。

「ん……んん」

唇か、その隙間からか、なんとも形容しがたい気配を感じる。甘く溶けた蜜のようであり、逞しい息吹のようでもあるそれは、おそらくキタの「氣」だ。

(これが、キタさんの氣)

とろとろと、唇を通して流し込まれたそれをモモは目を閉じて受け入れる。初めて受け取るはずなのに、なんだかしっくりと体に馴染むのはどうしてだろうか。

(なんだか、いつも感じているような……、不思議な)

北の地に暮らして、いつもキタの力の側にいるからだろうか。なんにしても、ぽかぽかと温まるこの氣はとても心地がいい。

「ん、あ」

気がつけば、自然と唇が開いていた。いつの間にか伏せていた睫毛をソッと持ち上げる……、と、自身を見つめる灰色の目と目が合った。

「……っわっ!」

その瞬間、何故かモモはキタの胸を押しやっていた。それはもう、ドンッと跳ね飛ばさんばかりに。そしてその一瞬後には「はっ」と我を取り戻す。

「やっ、えっ、あれ?」

唇に手の甲を当てて、ごしごしと擦ってしまって、これではキタの氣を嫌がっているように見える、と慌てて手を下ろす。

「すっ、すみません!」

押し退けたこと、それから口を拭ったこと、色々な意味を込めて謝罪するも、キタは何故か笑っていた。

「全然問題ないよ。モモちゃん、びっくりした?」

驚いたかと言われれば、たしかに驚いていた。モモは正直に「はい」と頷く。

「氣のやり取り……ってか、口付けも初めてだよね」

何か言いたげな色を含んだ深い灰色の目にじっと見つめられて、モモはもう一度「はい」と頷く。

「初めてです。というより、こうやって誰かと密着すること自体初めてかもしれません」

花園では、女体の精霊たちはよく手を繋いだり寄り添ったり、場合によっては同じ寝台で寝たりもしているようだった。が、男体であるモモは仲間に入れてはもらえなかった。いつも一定の距離を置かれて、手を繋ぐことも、一緒に遊ぶことすら少なかった。

「だから、すみません……。俺、何か作法を間違えているかもしれません」

そんなことも知らずに慌てて情けない、そんな気持ちを抑えつけて、モモはキタに頭を下げる。キタはモモに色々なことを教えてくれるのに、モモには何もない。

知識も経験もなく、中身がすっからかんの自分が恥ずかしい。そう恥じながら項垂れると、キタが「ええっ！」と素っ頓狂な声を上げた。

「なんで謝るんだよ」

そして、肩を落とすモモを抱き込むように腕を回し、背中をぽんぽんと叩いてくれる。

「何も悪くないから、むしろいいから。大丈夫だから」

「キタ、さん」

俯けていた顔をゆるゆると持ち上げる。と、にっこりと微笑むキタの顔がそこに待っていた。そして笑顔のまま、キタはモモの頬に自身の頬をすりすりと寄せてくる。

「俺は、そのまんまのモモちゃんがいいんだし」

「わっ、わ、キタさん」

驚いて押し返そうとするも、キタの腕は緩まない。まるで可愛らしい小動物を愛《め》でるように、かいぐりかいぐりと撫で回してくる。

「モモちゃん、これからも俺の氣を受け止めてね」

「は、はいっ」

もしゃもしゃと頭を撫でられながら、モモは懸命に頷く。とりあえず、初めての氣のやり取りは成功だったらしい。

「俺も上手に受け取るようにするので、キタさんも遠慮なく回収してくださいね」

ここから、とキタを見上げて自身の唇をトントンと叩く。すると、むにぃ、と唇を歪ませて、キタがなんともいえない表情を作った。んんんん、と唸りながら、よりいっそうモモを抱く腕に力をこめてくる。

「ん、ぐぇ、キタさん？」

「あー、可愛い。俺の嫁めっちゃ可愛い」

噛み締めるようにそう言って、キタはモモの頬に短い口付けを、ちゅ、ちゅ、と落とした。

「？　これも氣のやり取りの一種ですか？」

疑問に思いながら問いかければ、キタは顔を上向けて「ははは」と笑った。

「ううん、これは夫からの愛情表現」

「愛情……」

ぽかんとしながらキタを見上げると、彼はそれは嬉しそうに笑っていた。その唇が少しだけ濡れている。その生々しさになんとなく据わりが悪くなって、モモはもじもじと太腿を擦り合わせた。

「んじゃ、そろそろ寝ようか」

「あ、はい」

キタが立ち上がって、行燈の灯りを吹き消す。途端に、部屋の中が暗くなる。

キタが布団の中に入る衣擦れの音を聞きながら、モモもまた布団に入り目を閉じた。

暗闇の中、そっと目を開けば、わずかな明かりが外から差し込んでいるのがわかる。寝台のすぐそこにある大きな窓の向こうには、今日も変わらず桃の木があって、満開の花を咲かせている。キタに、咲かせてもらっている。

（自分の花を咲かせている。……幸せだ）

幸せだ、このままでいい、このままがいい、と何度も何度も繰り返して、モモはゆったりと眠りの海に落ちていく。温《ぬる》くて、緩《ゆる》くて、柔《やわ》いその海は、モモをとぷりと包み込んだ。

少しの強がりも混じっていたが、モモは本当に「このままでいい」と思っていた。自分の欲は伝えず、キタの隣で嫁として生きていければいい、と。自分の花を咲かせてもらえればいい、と。この温い幸せが、ずっと続くと思っていたのだ。

そんなことを言っていられない事態になったのは、それからひと月もしない、秋が深まりはじめた頃だった。

十二

その日、北の地は朝からどんよりと薄暗かった。太陽の光がないせいで肌寒さがいっそう増して、モモは以前キタに貰った懐炉を懐にしっかりと忍ばせて、来たる冬に向けての諸々の準備を進めていた。

今日のキタは、朝早くから「仕事に行くね」と準備していた。朝ご飯をしっかり食べて、モモが作った卵焼きの入った弁当を持って、玄関先でしばしうだうだとして。最後に「あー、行きたくないけど行ってくるね。はい、ちゅっ」とモモの額に口付けを落として、少し重そうな足取りで敷居を跨ぐ。

モモは笑って額を押さえながら「いってらっしゃい」と伝えて、草履を引っ掛けてキタの後に続く。

「無事のお帰りをお待ちしています」

キタの背中にそう声をかけると、キタが片手を持ち上げて親指を突き立てた。「了解」という意味だと以前キタに教えてもらったモモは、自分も同じように親指を立てた。指を立てるだけで感情を伝えられるなんて、とても便利だと思いながら。

キタはいつもふらりと仕事に行って、ふらりと戻ってくる。神によってはきっちり時間を決めている者、時たましか仕事をしない者もいるらしいが、それはもう神次第としか言いようがない。キタは頻繁に北の地を回っているし、人間界にも降りている。どちらかというと仕事熱心な神ではないだろうか。

（北の土地が平和なのは、キタさんのおかげなんだな）

少なくともモモが生まれてこの方、北の土地で大きな災害が起きたという話は聞いていない。嫁に来る前に調べてみたが、書物には「長い間安寧が保たれている地」と書かれていた。ただ、とんでもなく寒いが。

それもこれも、間違いなくキタの力あってのことだろう。

ちゃらちゃらしているように見えて、キタはこの地を慈しんでいる。四季がきちんと巡るように、生きとし生けるものが安全であるように、自然が自然のままでいられるように。

「キタさん」

名前を呟きながら、雪虫に乗ってキタが飛んでいった空を見上げる。曇り空の中に白い点のように見えていたそれは、そのうち雲の隙間に消えていった。

「ふわ」

玄関先で空を見上げたまま立ち尽くすモモに、雪虫が声をかける。足元でころころと転がる彼らを見て、モモはにこりと微笑んだ。

「今日は寒いから、キタさんの好きな団子汁を作らない？」

モモがそう提案すると、雪虫たちが「ふわ〜」と盛り上がった。いいねいいね、と言っているようだ。最近、彼らの言うこと……まではわからないが、なんとなく考えていることがわかるようになってきた。キタの氣を受け取っている影響かもしれない。

家に入る前、最後にちらりと振り返った空は相変わらずどんよりと重たく滲んでいて。なんとなく寒気を感じたモモは、きゅっと着物のあわせを引っ張って、懐の懐炉に手を当てた。

＊

その日、モモと雪虫たちは冬の準備に勤《いそ》しんだ。着物を入れ替え、布団を入れ替え、火鉢を出して。キタがお気に入りの半纏《はんてん》も出して、少し萎《しぼ》んでいたので綿の入れ替えもして。

それから、粉から練った団子を使って、団子汁を作った。キタの好みに合わせて、ことこととじっくり煮込んだ後に味噌をといて味をつけて。

「お気に入りの半纏もあるし、団子汁もあるし、きっとキタさん喜ぶね」

なんて、雪虫たちと言い合いながら。

しかし、いつもなら昼過ぎには帰ってくるキタが、なかなか戻ってこない。夕暮れになって、日が沈んで、行燈に火を灯す頃になっても戻ってこない。

雪虫たちも心なしかそわそわしており、なんだか元気がないようにすら見える。

モモは心配になって、何度も屋敷の玄関で外を窺った。日が沈んだ秋の北の地はとても寒い。だが、キタのいない屋敷の中の方がもっと寒い。

「部屋に戻ろうよ」と言うようにふわふわ促してくれる雪虫たちに「もう少しだけ」と頭を下げて、モモは屋敷の門のあたりまで、行ったり来たりしていた。

とっぷりと暗くなって、もう夜半過ぎという頃。せめてもと玄関に近い部屋でじっと待つモモの耳に「ガタンッ」という物音が聞こえた。

「キタさん！」

畳のへりに躓《つまず》きながら、前屈みになって急いで玄関に向かう。……と、そこにはキタと、思いがけない人物がいた。

「っキタさ……、……えっ、み、南の土地神様っ？」

「ん？　あぁ、君か」

疲れたようにそう言った南の土地神は、肩に担いでいたキタの腕を解いて、「よいしょ」とあがりかまちに下ろす。

そう、モモが帰りを待ちに待っていたキタは南の土地神に支えられていた。どう見ても具合が良さそうには見えない。というより、すごく悪そうだ。顔色は青ざめて……を通り越して土気色。ぐったりと閉じた目の下も黒く、唇もかさかさに乾燥している。

「えっ、え、あ、キタさん……っ、キタさんっ」

どうしたらいいかわからず、モモはおろおろと口と頬に手を当て、キタの側に膝をつく。南の土地神に挨拶をしなければならないとわかってはいたが、それよりなにより、目の前で苦しそうにしているキタが……、キタしか目に入らない。

「どっ、どう、どうし……、どうして」

「瘴気《しょうき》を飲み込んだんだよ、特大のやつを」

南の土地神が「あぁ重かった」と腕を回しながら、なんてことないように告げる。モモは目に涙を溜めたまま、彼を見上げた。

「しょ、うき？」

「この時期発生しやすいんだよね。土地の穢れみたいなものだよ」

そんな恐ろしいものが、と思い、モモはキタを見つめる。「う」と時折呻く彼が苦しそうで、少しでも気分がよくなるようにとその背をさする。

「放っておくと土地を枯らしてしまうから片付けなきゃいけないんだけど、北の、はそれをまるごと食べたらしい。まぁ手っ取り早い処理だよね」

「ま、るごと」

初めて聞いた瘴気という単語、そしてそれを食べたというキタの行動。何か底知れぬ恐怖を感じて、モモはぶるりと体を震わせた。

「北の土地はね、寒いからそういうのが大きくなりやすいんだ。寒さは生き物を不安にさせる。不安や不満、不信。不のつくものは瘴気になりやすい」

モモは呆然と南の土地神の話を聞いて、そしてもう一度キタに視線を落とす。眉間に寄った皺が、彼の苦悶を表しているようだった。

「ちょっと動けないから来て〜、なんて呼ばれて行ってみたらこれだよ。はー参った参った。こいつ重たいんだもの」

南の土地神は、キタに救護を求められて助けてくれたらしい。モモは、は、と息を吸ってから、一、二歩膝で畳を下がり、両手をついて頭を下げた。

「お、夫のために、御力をお貸しいただきありがとうございました」

畳に額を擦りつけてきっちりと礼を言い、身を起こす。と、南の土地神が「おや」と声を上げた。

「なんだい、君、前より綺麗になったね」

「……え？」

「姿勢と、目つきが良くなった」

突然、場にそぐわぬことを言われて、モモは戸惑う。

……と、キタが「ううぅ」と呻いた。まるで地の底から響いているような低音だ。モモは慌てて彼に寄り添う。

「きついんですか？　どこか痛いですか？　キタさん……、キタさん」

必死に名前を呼んで、投げ出された手を摑む。キタからの返事はなかった。

「あの、き、キタさんは、大丈夫なんですか？」

南の土地神はじっとモモの顔を見つめてから、はぁ、と溜め息を吐いた。

「大丈夫、と言ってやりたいけど、私にもわからない」

「……えっ！」

衝撃で、モモの心臓が凍りつく。神が「大丈夫」だと言ってくれない、それはつまり……。

「神だって有限の存在だからね。傷もつくし、場合によっては傷も病も治らないことがある」

「そ、そんな……」

「例年ならいざしらず、今の北のは……」

キタの手を持つモモの手が、ぶるぶると震える。その震えはいつしか全身に広がり、頬には涙が流れていた。それをじっと見つめ、南の土地神は言葉を切って唇を引き結んだ。

「キタさん、キタさん……」

名前を呼ぶことしかできない自分がもどかしいが、それしかできず。モモは涙まじりに必死にキタを呼んだ。キタの頬に涙の雫が落ちたが、キタは何も反応しない。いつもなら「どうしたのモモちゃん？　大丈夫大丈夫」と言ってくれるその唇は、苦しげに結ばれたままだ。

「一晩寄り添ってやりなさい。精霊の力は、時に神を助ける」

南の土地神の静かな言葉に、モモはこくこくと頷く。もしも自分にそんな力があるのであれば、そのすべてを使ってでも、キタを救いたいと思った。

「わ、わかりました。お、俺にできることがあるなら、俺、おれ……、うっ」

溢れる涙を拭いもせず、モモはキタにひしと抱きつく。南の土地神は薄らと片頬だけ持ち上げて「うん。その方が北のも喜ぶだろう」と穏やかに呟いた。

「じゃあ私は行くから」

南の土地神はそう言うと、早々に踵《きびす》を返した。そして「あ」と声を上げると、モモを振り返る。

「君は？　具合は悪くないの？」

「？　はい。キタさんのおかげで、いつも健《すこ》やかです」

問いの意図はわからなかったが、モモはしゃくり上げながら素直に頷く。南の土地神はしばし黙り込んだ後、「あぁそう」と頷いた。

「前は君の魅力なんてかけらもわからなかったけど、なんだか一生懸命で可愛いね。……じゃ、北の、によろしく」

褒めたのか褒めてないのか、よくわからない言葉を残して、南の土地神は玄関を出て行った。途端に、ふっ、と気配が消える。またあの大きな鳥に乗って飛んでいったのだろうか。

「……っ、キタさん」

南の土地神のことも気にならないではなかったが、モモにとっての一番は、キタだ。モモはキタに縋《すが》るように抱きつこうとして、ぐっと堪える。

あがりかまちは、寝込む場所にふさわしくない。モモは起き上がると、手の甲で涙を拭った。

「雪虫」

御使いを呼べば、雪虫がぽこぽことどこからともなく現れる。モモは鼻をすすってから、「お願い」と雪虫に向かって手を組んだ。

「キタさんを寝室に運んであげて。俺が体を清める準備をするから、寝巻きを用意してほしい」

雪虫はモモの指示に「ふわぅ」と頷くと、わさわさと寄り集まって、えいやっとキタを抱えた。

「や、優しく、優しくお願い」

わかってはいるだろうが、そう言わずにはおれない。モモはそれだけ言い残してから、自分は湯殿に向かった。キタが帰ってきた時に入れるように、と湯は沸かしたままだ。

桶にたっぷりのお湯を汲んで、手拭いを三つ持って部屋に戻る。顔色の悪いキタは寝台に寝かせられており、その周りを雪虫が取り囲んでいる。

「キタさん、キタさん」

まるで、唱えれば力の出る呪文のようにキタの名前を繰り返しながら、モモはキタの着物を脱がす。よく見れば、裾は傷ついて解《ほつ》れ、ところどころ焼け焦げたような跡がついている。「瘴気」がどのようなものかはわからないが、それによってキタも、キタの着物も傷ついたのだろう。

『神だって有限の存在だから』

　南の土地神の言葉を思い出し、モモの目から再び涙が溢れる。それは湧き出る水のごとく止まらず、後から後から頬を濡らしていく。

「キタさん……っ」

　はだけた着物の内側は、もっとぼろぼろだった。所々打身のように内出血しているし、細かな切り傷もある。どす黒くなった脇腹を見て、モモは耐えきれず「うわぁん」と声を出して泣いた。

「死なないで、いなくならないで、……っ、キタさん」

　体を優しく拭いながら、モモは祈るように何度も繰り返す。

「いっ、いなくなるかもなんてっ、し、知らなかった、知らなかったんです」

　キタの体を濡らすのが、手拭いから滲んだお湯なのかモモの涙なのか、もはやわからない。それほどにぼろぼろと涙を流しながら、モモは「知らなかった」と心の内で叫ぶ。

（終わりが来るかもなんて、思わなかった。いやだ、いやだ、いやです、キタさん）

　思いもしなかったのだ。このぬるま湯のような幸せに終わりが来るなど。いつまでもこうしていられるものだと思っていた。ずっと、ずっとキタと寄り添って生きていけると。

　内出血をした部分を優しく拭いてから、モモは袖で自身の涙を拭う。

「キタさん、……好き、好きなんです、大好き」

　こんなことになるなら、終わりが来るとわかっていたら、もっとなんでも口に出して伝えておけばよかった。変わりなく、穏やかな日が続くと思っていたのだ。

何も言わずとも、口に出さずとも、幸せは途切れることなく続くのだ、と。

（この日々が、キタさんとの毎日がなくなるなんて）

モモは泣きながらキタに寝巻きを着せて、肩まで布団を掛ける。自身は寝台を下りて床に膝をついたまま、キタの手を握る。

「キタ、っ、さん」

キタの左手を両手で包んで、そこに額を押しつける。

「俺、俺……キタさんに恋してるんです」

心の、一番奥底にあった秘密を、絞り出すように言葉にする。キタには聞こえていないかもしれないが、それでも、今この時に伝えたいとモモは小さな声で言い募る。

「死な、死なないで。お願い、お願い……ちゃんと言わせてください、き、聞いてください」

ちゃんと言葉にできたのはそこまでだった。後は、うぇ、うぇ、と情けなく泣きじゃくる嗚咽《おえつ》にしかならなくて。モモはただ一生懸命にキタの手を握り締めながら、それればかりを祈っていた。

周りには、モモに寄り添うように雪虫たちが並んでいる。足元に、腕の側に、肩に、みんなモモを支えるように、「大丈夫だよ」と慰めるようにモモにそのふわふわとした体を擦りつける。まるで、動けないキタの代わりのように、優しく。

窓の外では、今日もまた桃の木がさわさわと風に揺れている。強く冷たい風が吹いて、その花弁がはらはらと散った。まるで、桃の木もまた、モモと一緒に泣いているようだった。

過去

朝日が顔に差す。その眩しい光に「んん〜」と呻いた北の土地神は、ほどなくしてむくりと体を起こした。

くぁ、とあくびをしながら寝台の脇を見れば、雪虫がぴこぴこと跳ねている。

「……？　あぁ～、はいはい、花園に行く日ね」

彼らが「早く」と急かしてくる理由に思い当たり、北の土地神は吐き捨てるように「はぁ」と溜め息をこぼして、ごろんっと仰向けに転がった。

「行きたくなぁい」

喚いてみるが、雪虫たちは「ほわほわっ」と飛び跳ねて怒っている。北の土地神の分身ともいえる御使いのはずなのだが、どうも本人よりよほどしっかりしている。

「ちぇ、わかりましたよ、っと」

キタは舌打ちして起き上がると、寝巻きを脱ぎ捨てた。

花園は嫌いだ。と、キタは内心で独りごちた。

なにしろ、あそこの管理人ときたら、娶《めと》りたくもない嫁を「受け入れろ」「受け入れろ」と言ってくる。

「うちで暮らしていくのがどんだけ大変か、わかってんのか、あのじじいども」

土地神であれば嫁を受け入れるのが当然。花を咲かせてやって当然。そういった空気が、花園には満ち満ちている。

北の土地神とて、花を咲かせてやりたくないわけではない。土地ならあるのだから、種を植えて育ててやりたい。が、そうもいかない事情があるのだ。なにしろ、北の土地は寒すぎる。

寒くても咲ける花はあるし、神である北の土地神の力があればどうにかなる、と花園は考えているらしいが、果たしてそう簡単にいくものだろうか。

（不確実なら、安全に、確実に咲けるところに嫁に行ったほうが良くないか？）

北の土地神は、本心からそう考えていた。そもそも自分には、嫁を貰うだけの余裕も度量もないのだ、と。

だから北の土地神は、花園に行く時は必ず面をつけていく。鬼のような形相《ぎょうそう》の面に、黒い毛のようなものがもじゃもじゃとついている。北の土地神の巨体でそんなものを被れば、山から降りてきた荒神のようになる。

花の精霊はたおやかで美しいものが好きだ。そんな恐ろしい格好をしていれば、「嫁に行きたい」とは言わない。表向き、花の精霊たちの意向を尊重している花園も、そうなると無理矢理北の土地神のところに嫁にはやれない。

（嫁取りはミナミとかに任せときゃいいんだよ。俺はしばらく嫁はいらねぇや）

最近、北の土地神は「サーフィン」にハマっている。人間の世界に降りた時に知った遊びだ。海の上で板に乗る、というなんともシンプルなもので、初めは「何故こんなくだらないことを」と思ったものだ……が、やってみるとこれが意外とクセになる。ひとつとして同じもののない波の見極め、うまく乗れるかどうか、乗った時にどこまで気持ちよくなれるか。何度繰り返しても不思議と楽しいのだ。

嫁を迎えるあれこれに時間を割くくらいなら、サーフィンに勤《いそ》しんでいたい。

そんな、花園の者が聞いたら怒りそうなことを考えながら、北の土地神は花園に降り立った。

＊

「あーぁ、やっぱ嫁取れって話だったじゃねぇか」

花園からは、あれやこれやと理由をつけて何度も呼び出される。今回も「花園で行われる儀式のうんぬんかんぬん」という話で呼び出されたが、結局のところ内容は「花園から嫁を取れ」に終始していた。

こういった呼び出しも十回に九回は無視しているが、さすがに一回くらいは行っておかないと体裁《ていさい》が悪い。

まぁ実際のところ体裁なんてどうでもいいのだが……。

（花を見るのは嫌いじゃないしな。嫁には貰えないけど）

花園の中にある庭園……のそのまた奥にある池のほとり。北の土地神は行儀悪く地面に直接腰を下ろし、池と、そこに浮かぶ花を見ていた。

年中心地好い気候の花園は、花が育つのにとても良い環境だ。そこかしこで花が咲き誇り、いい匂いをさせている。

北の土地神が来るまで、精霊たちがきゃっきゃと池のほとりで遊んでいたが、姿を現した途端「ひっ」「きゃあ！」と叫んでどこかに逃げてしまった。

（びっくりさせてごめんね、っと）

花の精霊は、大抵北の土地神の姿を見ると、顔をしかめて逃げていく。それが目的で北の土地神も面を被っているのだし、不満はない。「悪いことをしたな」とは思っているが、素顔をさらして「嫁に貰ってください」と言われても困るのだ。

「あぁ気持ちいい」

一人で花を眺めるのは気持ちがいい。誰に邪魔されることもなく、喋ることを強制されるでもなく、自由だ。

嫁を迎えた方が何かと都合のいいこともわかっているが、花を育てられる自信もないし、この自由を手放すのも惜しい。しばらくはあの寒い土地で、一人楽しく生きていければいい。

なんてことを考えていた、その時。

「あ、あの……」

控えめな声が背後から聞こえてきた。今にも消え入りそうな、か細く小さな声だ。

「んん？」

わざとらしく低い声を出して振り返ると、後ろにいた小さい何かがビクッと跳ねた。

その「何か」は小さな花の精霊だった。生まれてほんの数年しか経っていないのだろう、まだ幼体だ。身長はキタの太腿くらいの高さだろうか。

「あの、あの」

現れてからこっち「あの」しか言っていない小さな精霊は、花の精霊にしては珍しく男体であった。髪の長さはそれなりにあるが、神である北の土地神が見間違うはずがない。

「童《わらわ》、何用か」

重々しい口調で問いかけると、精霊はぶるぶると震えだした。十中八九キタが恐ろしいのだろう。

(早く逃げればいいのに)

なんて考えながら見下ろしていると、目にたっぷりと涙の膜を張った精霊が、やはり「あの、あの」と言いながら、背中に隠していた手を差し出した。

「こっ、この、この子は、神様の子ですか?」

「……ん?」

紅葉《もみじ》の葉のような小さな手のひらの中、よく見ると小さく萎《しぼ》んだ雪虫がころりと横たわっていた。花園はいろいろな精霊の気で溢れているので辛かろうと屋敷に置いてきたつもりだったが、どうやら一匹ついてきてしまったらしい。そしてやはり、気に当てられたのか弱々しくへたっている。

「さっき、あの、あっちの庭に落ちてて、……落ちてたから、拾って、あの……」

そこまで言うので精一杯だったのか、精霊は「うぅ」と泣き出してしまった。

「た、助けてあげて、ください」

精霊なりに、弱っているのがわかったのだろう。一生懸命背伸びをして、北の土地神に雪虫を差し出している。北の土地神の姿が怖いだろうに、精一杯強がって。

——きゅん。

妙な音が自身の胸の内で鳴って、北の土地神は「なんだろうか」と胸に手を当てる。

その仕草に、精霊がビクッと肩をすくめて目を見開く。それでもやはり手は差し出したままだ。「ひ」と掠れた声を出して、こわごわ怯えながら北の土地神を窺っている。

——きゅん、きゅん。

またも、胸を引き絞られたかのような変な動悸を感じて、北の土地神は首を傾げた。そして、無意識にその精霊に手を伸ばす。

「うむ、たしかに儂《わし》の御使いだ」

指でそっと雪虫をつまみ上げて、手の内に招き入れる。「ふわぁ」と鳴いた雪虫が、被り物の隙間から北の土地神の肩にのった。そして安心したように、ほ、と息を吐く。触れた箇所から北の土地神の気を吸収しているのだろう。

精霊は、まさに「ぽかん」という顔で北の土地神を見上げていた。涙は止まったようだが、濡れた小さな黒目は今にも転がり落ちてしまいそうだ。一般的に「愛らしい」と形容される容姿ではないだろうが、北の土地神からしてみればなんともたまらない愛嬌のある顔だった。顔の造形よりなにより、その表情がたまらない。

「なんの精霊だ？」

気がつけば、北の土地神は精霊に問いかけていた。

北の土地神も自分の発言に驚いたが、精霊はもっと驚いたのだろう。ぱちぱちと大きく瞬きをしてから、目を丸くしたまま「あの」と口を開く。

「も、ももの、もものはなの精霊です」

も、と言いすぎてよくわからなかったが、桃の花の精霊、らしい。北の土地神は「そうか」と頷いた。

「あの、あの……」

桃の花の精霊は、下唇を嚙み締めるように口を引き結んだ後、意を決したように口を開いた。

「貴方様は、と、土地神様ですか？」

「いかにも」

嘘をついてもよかったが、気がつけば素直に答えてやっていた。

「えっと、では、土地神様、その、失礼します……」

用事が終わってホッとしたのだろう、小さな精霊はぺこりと頭を下げた。どうやら立ち去ろうとしているらしい。

「……御使いが礼を言いたいそうだ」

咄嗟に北の土地神がそう言うと、肩の上でぬくぬくとしていた雪虫が「ほわっ?」と跳ねた。何を言ってるんですか、と問いかけるような空気が漂ってきたが、あえてそれを無視して北の土地神は「もう少し、近くに」と精霊を呼んだ。

「え? は、はい」

精霊は素直に近づいてくると、促されるまま北の土地神の側に来た。その素直さが可愛らしく、北の土地神はぽんぽんと自分の横の地面を叩く。

「ここに座ってみろ」

そう言いながら、北の土地神は内心で「はて」と首を傾げる。何故精霊を横に座らせる必要があるのか、そもそもどうして「御使いが礼を言う」などと嘘をついたのか。

(わかんない。わかんないけど、でも……)

悩んでいるうちに、精霊がおずおずと北の土地神の隣に腰を下ろした。ちょこん、と効果音をつけたくなるくらい小さくなって、膝を抱えて。そして、不安そうに北の土地神を見上げてくる。

(もうなんか、どぉ〜っでもいいわ。なんか、なんかとにかく、すげぇ幸せなんだけど?)

まともなことを考える前に、思考が溶けてしまった。北の土地神は被り物の中でデレッと笑いながら、肩から雪虫を下ろした。

「ほれ」

雪虫は戸惑った様子であったが、主人の意を汲んでくれた。ちょこちょこと前に進み出ると、精霊の指先に、ちょ、と触れる。

「あ、大きくなってる……」

先ほどまでつまめるくらいの大きさだった雪虫は、ちゃんと手のひらにのるくらいに変わっている。それを見て、安心したように精霊が「ほ」と息を吐く。

「よかったね」

北の土地神に聞かせるというよりは、ただ雪虫に話しかけるように、小さな小さな声で精霊が囁く。指の背で雪虫を優しく撫でる。雪虫も、気持ちよさそうに目を細めてそれを受け入れていた。

さわさわと心地よい風が吹いて、北の土地神の被り物の毛を揺らす。精霊もまた髪を押さえて、そして片手を雪虫の風除けになるように差し出していた。そのさりげない仕草に、北の土地神は「ぐぅ」と小さく唸る。

「……童、お前も自分の花を咲かせたいのか？」

気がついたら、そんなことを言っていた。まだ幼体の精霊に何を、と思ったが、精霊は嫌がるでもなく、北の土地神の顔を見上げてくる。そして、はっきりと頷いた。

「は、はい。ぼく、自分の花を咲かせたい……です」

途中言葉につっかえつつも、精霊は北の土地神の問いに正直に、真っ直ぐ答えた。そして、「でも」と続ける。

「ぼくは男体だし、かわいくないから……、お、お嫁にいくのは無理だよ、ってみんなに言われます」

そう言って恥ずかしそうに笑い、精霊は膝の間に顎を埋める。

（そっ、んなわけあるかい……っ！）

と、力強く叫びそうになって、北の土地神はどうにかその咆哮《ほうこう》を口の中に押し留める。何故そんなことを叫ぶ必要が、ともやもやしたところで、精霊が、ぐ、と小さい手を握り締めるのが見えた。

「それでもぼくは、自分の花を咲かせたい」

それは、とても透き通った声だった。池の上をすべる風のように爽やかで、澱みなく、透明な。

北の土地神はわずかに目を見開き、そしてすがめた。眩しいものを見つめるような気持ちで、きゅっ、と。

「……なら、儂のような神のところでも、嫁に来るか？」

気がつけばそんなことを言っていて、咄嗟に口を押さえる。が、隣に座る精霊には聞こえていたらしい。

「えっ、い、いいんですかっ？」

ぱぁっ、と顔を明るくした彼が、期待に満ちた目で北の土地神を見上げてくる。それはもう、心底嬉しそうに。

「こんな怖い神のところなど、嫁に行きたくないだろう」と意地の悪い気持ちも込めて尋ねたつもりだったが、小さな精霊はそんな悪意になど気づいてもいない。

（ぐっ、うぅ……！）

北の土地神は、自分の左胸を押さえた。どうしようもなく、ずきずきと痛かったからだ。そこはもう本当に、痛いほどに高鳴っていた。神として生まれて幾星《いくせい》霜《そう》、こんな感情を抱くのは、初めてのことだった。

「まぁ、その……考えておこう」

結局誤魔化すようにそう言うと、精霊がしゅんと肩を落とした。が、すぐに奮い立つように顔を上げて「がんばります」と言う。

「神様にふさわしいお嫁さまになれるように、ぼく、がんばるんです」

なんとも幼い決意表明だったが、北の土地神の胸には、たしかに響いた。「待ってる」と言いかけて、口を噤《つぐ》む。そこまでは、言いすぎだと思ったからだ。決して一時の感情で軽々しく口にしていい言葉ではない。

（でも、遙か先の未来でも、もしこの子がそれを望むなら。望んでくれたら……）

それからしばらく、二人で池のほとりに座って風に揺れる花を眺めていた。北の土地神が、誰かと花を眺めるのを「面倒だ」と感じなかったのは、後にも先にもこの時だけであった。

十三

いつの間にか眠っていたらしい。

モモは目を開けようとして、あまりにも目元がカピカピと乾燥していることに気づく。どうやら泣きながら寝てしまったらしい。

「ん、む」

目のあたりをほぐすように手で撫でながら、ようやく瞼を持ち上げる。……と、目の前に灰色の目が見えた。

「……っひぃ！」

驚いて、思わず飛び上がる。と、そのまま後ろに倒れそうになって、腕を引かれた。

「っわっ」

「お、大丈夫？」

目の前にいたのは、キタだった。眠るモモと顔を突き合わせるようにして寝転んでいたらしい。今は起き上がってモモを支えてくれている。

「はれ、あ、あっ！　キタさん！」

ようやく意識がはっきりしてきて、モモは自分の腕を掴んだキタの、その顔を見上げる。

「き、キタさん、キタさんっ、体はっ？　どこか痛くないですかっ？」

「体？　全然大丈夫だけど」

キタは不思議そうに首を捻って、自らの体を見下ろしている。見たところ、嘘をついたり誤魔化したりしている様子はない。

モモはキタの顔や体を身を乗り出してじろじろと見回した後、へなへなと崩れ落ちた。

昨夜は寝台の脇に座り込んでいたはずだが、今は寝台の上にいる。どうやら寝ている間に移されたらしい。

「よ……、っ、かった」

モモは上半身をぺたりと寝台に倒したまま、呻くように呟いた。本当に、心から「よかった」と思ったのだ。キタはそんなモモを不思議そうに見下ろしている。

「え、どうしたのモモちゃん。なんか、……どした？」

戸惑っている様子のキタに、モモは「えっ」と同じく戸惑いの言葉を返す。

「や、え？　だって、キタさんが、し、死にかけたって……」

「はっ、死ぬっ？　俺がぁ？」

ぎょっとしたようにキタが目を剝いて、そして「あー……」と言いながらあぐらをかき、額を押さえた。

「そかそか、瘴気食べた後にへろへろになっちゃったからね。いや、心配かけてごめんっ」

キタがモモの前でぱんっと両手を打ち合わせ、頭を下げた。モモは、ずっ、と鼻をすすってから「あ、え？」と首を傾げた。

「瘴気はね、結構こうやって処理することあるのよ。んで、やっぱ体にいいもんじゃないから『おえっ』ってなっちゃって。なんか悪いもの食べちゃったな～、みたいな」

おえっ、ですむ話なのか、と思いながらも、モモは話を遮ることなく続きを待つ。

「でもまぁ、腐っても神だからさ、一晩経てば吸収してすっかり元通りなんだよね」

「え……、そうなんですか？」

てっきりもう命の瀬戸際かと思っていたが、キタからしてみたらたった一晩でどうにかなる話だったらしい。口ぶりからして、よくあることのようだし、モモは自分の取り乱しっぷりが恥ずかしくなってしまった。

「あ、や、すみません。知らなくって……」

「んーん、言ってなかった俺が悪いし。ってか昨日ミナミのやつが連れて帰ってきたでしょ？　すぐよくなるとか言ってなかった？」

そう言われて思い返してみるが、南の土地神は「大丈夫じゃない」「神も有限の存在」と言っていた気がする。

モモが「うーん」と思い悩みながらもそれを口に出せずにいると、キタが「あいつ……」と言って舌打ちした。どうやら南の土地神がどういったことを言ったか、察したらしい。

「いや……俺も、取り乱してすみません。キタさんがあんなふうになって、俺……」

そこでまた、ぽろ、と涙がこぼれる。昨夜からこっち、まるで涙腺が壊れてしまったかのようだ。一度溢れ出てしまったからか、涙はぽろぽろぽろぽろと続けて落ちて止まらない。

モモも慌てたが、キタはもっと慌てふためいて「もっ、モモモモモモちゃんっ！」と口に手を当ておろおろしている。

「もう大丈夫だからっ！　全然大丈夫だからっ！　ほら見て俺の体、ピンピンしてるでしょう？　めちゃくちゃ元気なんよ、怪我も治ってるし、それに……」

ばぁっ、と捲し立てるキタだったが、ひく、としゃくり上げながら手の甲で涙を拭うモモを前に、どんどんトーンダウンしていく。

「それに、あぁ……、モモちゃん、もう」

キタが両手を広げて、ぎゅっ、とモモを抱き締める。キタの大きな腕はモモの体をしっかりと包み込んだ。少し、息苦しく感じるほどに。

抱き締められることで自然と顔が上向き、涙がこめかみへと流れていく。もみあげの毛が濡れる感触をぼんやりと感じながら、モモもまた、そろそろとキタの背に手を回した。

「……っ、キタさん」

勘違いではあったが、昨日モモはこの温もりを失くしてしまうかと思っていた。もう二度と、こうやって抱き締められることはないかもしれない、と。

「キタさん、俺、キタさんが……好きなんです」

ぎゅ、と目を閉じると絞り出された大粒の涙が、ぼろ、と落ちていく。

「うん。……うん、俺も好き、大好きだよ」

キタの優しい声を聞きながら、無理矢理作り出した暗闇の中で、モモはふるふると首を振る。そして、喉を震わせてか細い声で紡いだ。

「違うんです。俺、俺……、キタさんに、恋してるんです。俺だけを……好きになってほしいっていう、っ、欲張りな好きなんです」

心の底にあった本当の気持ちを、包み隠さず正直に告げる。恥ずかしいし、惨《みじ》めだし、情けない。けれどどうしても伝えずにはいられなかった。失ってしまう前に、本当のことをきちんと伝えておきたかった。

「え……？」

戸惑うようなキタの言葉と雰囲気に、モモの顔が、かっ、と熱くなって、次いで青ざめる。それでも、色を失った唇を噛み締めて、モモは話を続けた。

「すみません、ごめんなさい。キタさんに心に決めた方がいらっしゃるって、知ってて……。でも、それでも、俺を、俺だけを好きになってくれたらって思ってしまって」

「えっ、ちょ……ちょっと待って、モモちゃん、モモ？」

無理矢理に体を引き剝がされる。熱い抱擁《ほうよう》は終わり、モモはやはり目を閉じたまま、くたりと体から力を抜き項垂れる。斬首台の下で断罪を待つ、囚人のように。

「すみません、本当に欲深く……でも」

そんなモモの両肩を、キタが力強く摑んだ。

「ちょっと待って、ちょーっと待ってってば……っ！　だーっ、ストップ！」

必死に叫ばれて、モモは虚《うつ》ろに顔を持ち上げる。ようやく開いた目を、おそるおそるキタに向ける。と、キタもまた動揺した顔でモモを見下ろしていた。

「俺、モモちゃんだけに恋してますけどっ？」

急に敬語で叫ばれて、モモはぱちくりと目を瞬いてキタを見上げる。

「いや……俺たち一対一で恋してる同士じゃなかったの？　ワンオンワンのオンリーワンだよ。えっ、俺誰か好きな人いるの？　モモちゃんの他に？　だ、誰それ怖い」

誰、と真顔で問われて、がくがくと肩を揺さぶられる。

誰と聞かれても、答えられるわけがない。モモには、キタの言っていることがわからなかった。

「キタさん、が、俺だけを好き？　俺だけ？」

ぼんやりと、ただ言われたことを繰り返していると、キタが「そうだよ」と力強く頷いた。

「っていうか俺の心に決めた人って、そんなんモモちゃんでしょ、モモちゃんしかいないから！」

「あぇ……？」

もはやまともに返事をすることもできなくなって。モモはただ揺さぶられるままに身を任せて、必死の形相で言い募るキタを眺めていた。

＊

「えっと〜、話を整理するね」

「はい」

相変わらず寝台の上、キタとモモは膝を突き合わせて向かい合っていた。モモは泣き腫らしてぱんぱんの目をしているし、キタは珍しく眉間に皺を寄せている。

「モモちゃんは、俺のことが好き」

「はい」

「俺もモモちゃんのことが好き」

「はい」

「両思いじゃん。俺たちハッピーラブラブじゃん」

「……は、い」

若干首を傾げながらも、キタの言葉に頷く。とキタが「でも」と続けた。

「モモちゃんは俺に『心に決めた人がいる』って思って、なかなか素直に気持ちを伝えられなかった、ってこと？」

「は、はい」

その通りなので、こくりと頷く。とキタがあぐらをかいた膝の上に肘を置いて、前屈みになりながら溜め息を吐いた。

「俺はそんなモモちゃんの気持ちも知らずに、俺たち相思相愛の熱々夫婦じゃ〜んって思い込んでたってことだ」

「や、それは……」

まさかキタがそんなことを思っているとも知らなかったモモは、頬を熱くしながらゆるゆると首を振った。


「あぁもう。……ちゃんとモモちゃんの気持ちを汲み取れてなくて、ごめん。ごめんな」

そこで、キタが握った拳を寝台について、頭を下げた。まさか神であるキタにそんなことをされるとは思わず、モモはぎょっとして「や、やめてください」と高い声を上げる。

「心に決めた人、って誰から聞いたの？　花園のやつ？」

「あ、いや、南の……」

そこまで言ったところで、キタがギッと眉を吊り上げる。

「ミナミぃ……」

地を這うような声で南の土地神の名を呼んで、キタが「いやでも」と首を振った。

「そういうのも聞けない雰囲気出してたんだよね、俺が。悪いのは俺だわ」

両手に顔を埋めるキタは、本当に意気消沈しており、今まで見たこともないくらい肩を落としている。モモはそんなキタを前におろおろと視線を彷徨《さまよ》わせるしかない。

しょんぼりとしたキタの肩に手を置きたいが、そんなことをしていいのかどうかもわからず、モモもまた肩を落とした。

「さっきもちらっと言ったけど、俺の心に決めた人はね、モモちゃんだよ」

と、一拍の間の後、キタがぽろりとこぼすようにそう告げた。その意味を理解して、モモはバッと顔を上げる。

「……え？　俺？」

「さっきも」と言われたが、先ほどは半分意識が飛んでいて、キタの言葉の半分も耳に入っていなかった。

モモは、思わず自分を指差してしまって、その行儀の悪さに気づいて慌てて手を下ろす。しかしもう一度、モモはそろそろと指を持ち上げた。

「俺、ですか？」

「そ。俺たち、昔花園で会ったことがあるんだよ」

「えっ……」

まさかの事実に絶句してしまう。と、キタは「そうなのよ」と頷いてみせた。

「といっても、俺は変装してたし、モモちゃんは俺だって気づいてないだろうけど」

「は、はぁ」

いつのことなのだろう、と必死で思い出そうとするが、それらしい記憶が出てこない。

それはいつ頃ですか、と聞こうと顔を上げる……と、優しくすがめられた灰色の目と、目が合った。その目は、驚くほどに優しく、慈しむようにモモを見つめている。

「ほとんど、一目惚れみたいなものだった。モモちゃん、とっても可愛くてね」

「は……」

生まれてこの方可愛かった記憶などない。可愛いと言われたこともない。いや、キタだけはモモを「可愛い」と言う。まるで、この世で一番愛しい存在であるかのように、「可愛い、モモちゃんかわいいよ」と。

「本当はさ、嫁なんて娶らないって思ってたんだ。一人の方がよっぽど楽だって」

静かに語るキタの口調は、まるで穏やかな波のようだ。寄せては返すそれと同じようにゆったりとモモを包んでくれる。

「でも、モモちゃんに出会ってから『絶対この子を嫁にするぞ』って思って」

あまりにも自分に都合の良すぎる言葉な気がして、モモは「嘘ですよね」と言いたくなる。が、キタの目は真剣で、誠実で、曇りひとつなくて。結局モモは黙り込んだまま話を聞くしかなかった。

「……まぁでもこの北の土地は、花の精霊には寒くて辛いだろうから、色々準備して。で、ようやく迎えられるかも、って時にモモちゃんから手紙が来て、これはもう運命だろ、ってテンションぶち上がっちゃった」

そこで、おちゃらけるように両手を上げたキタは、しかし緩やかにその手を下ろす。

「モモちゃんが、この北の地に来てくれて」

これまでと声の感じが違って、モモはキタの顔を見た。

「花を咲かせて、一緒にご飯食べたり、海に行ったり。雪虫とも仲良くしてくれてさ。毎日が幸せで、ほんと幸せすぎて……」

キタの言葉で、モモもそれらの日々を思い出す。この屋敷に来てからの数ヶ月は、どこを切り取っても幸せで満ちていた。花園で過ごした日々の方がよほど長いというのに、その頃よりも、よほど濃密な日々。かけがえのない、幸せな日々だ。

「ごめんね。俺、モモちゃんの夫なのに。モモちゃんの気持ち、ちゃんと見えてなかった」

　そんなことはない、と言おうと思ったのに、口が開かない。モモは「うぅ」と唸ってから、せめてもと首を振った。違う、キタに悪いところなんてない。悪いのは、いつまでも怖がって本当のことを言えなかった自分だ。

　キタはこんなに愛情を注いでくれていたのに、いつだってモモを思ってくれていたのに。

「俺の方こそ。怖がってばかりで、キタさんに、気持ちすら正直に伝えられなくて、……っ、ごめんなさい」

　昨日と今朝と、散々泣いて涸《か》れたと思っていた涙が、またもほろほろとこぼれてくる。

　正面に座るキタは、そんなモモの顔を覗き込んで、親指で涙の雫を払ってくれる。

「モモちゃん、本当に好きだよ、大好き。……愛してる」

「うぅー……」

「ちょっと泣き虫なとこも大好き」

　キタが、穏やかにそんなことを言うから。モモの目からますます涙がこぼれて、止まらなくなる。

「俺の嫁は、モモちゃんだけだよ。これから先も、ずっと」

　キタはそう言って、優しくモモの両手を取る。何かを誓うように持ち上げて、その指先に口付けた。

　涙に霞む視界にそれを捉えながら、モモは「ひっく」と喉を鳴らした。幸せで、幸せで、怖いくらいだ。

　キタの長い指が、モモの指に絡む。あかぎれだらけだったモモの手は、キタが毎日、毎日丁寧に薬を塗り込んでくれるので、しっとりとした滑らかな肌に変わった。

　キタは、モモのどんな小さな痛みも見逃さない。いたわり、慈しみ、癒やしてくれる。

　それが、キタという神なのだ。

　モモは我慢できずに、自分からも指を絡めて、手のひらをしっかりとくっつけた。

「北の土地神様の嫁になれて、俺は本当に幸せ者です」

それは、嘘偽りない本当の気持ちだった。こぼれる涙と共にそれを告げると、キタが思い切り眉根を寄せた。

あまりにも稚拙《ちせつ》な言葉だったかと後悔する……前に、キタが「うぁあ」と呻いた。

「モモちゃん、好きだよ……幸せ者は俺の方だ」

美しく男らしい顔をくしゃくしゃに歪めて、キタが絞り出すように、囁くようにそう言った。モモはそれだけで胸がいっぱいになって、やはり同じく顔を歪める。

どちらからともなく、二人は距離を縮めて互いを抱き締め合う。キタの腕はすんなりとモモを包み込んで、モモもまた、おずおずと広い背中に手を回す。

色々、本当にまだ色々と聞きたいことや話したいことがたくさんあったが、今はこうしていたかった。


いつまでも起きてこない二人に業を煮やした雪虫たちがわらわらと押しかけてくるまで、キタとモモはぴたりとひとつにくっついて抱き合っていた。

十四

まさか、キタの「心に決めた人」が自分だったとは。生まれてこの方一番の驚きといっても過言ではない。

(すごい、夢みたいだ)

モモは箒《ほうき》を手にしたまま、ぼんやりと空を眺めていた。

足元ではこれまたいつも通り、雪虫たちがちょろちょろと動き回っている。秋も深まって、庭に大量の落ち葉が散りはじめたので、今日は大掃除ついでの焼き芋会をする予定なのだ。

モモも落ち葉を掃いて集めているのだが、気を抜くとぼんやりと物思いに耽《ふけ》ってしまう。

キタと本当の意味で心を通わせ合って十日と少し。モモは常にぼんやりしているというか、ほわほわしているというか……有《あ》り体《てい》にいえば、浮かれていた。

あの朝のやり取りの後、キタに改めて花園での出会いの詳細を聞いたが、その内容はやはりモモには身に覚えのないものだった。しかし、キタ曰《いわ》くそれは間違いなくモモであり、その後何度かモモの様子を花園に聞いて確認していた……というので、精霊違いではないだろう。

モモの方もまた、キタのことをどこでどう好きになったか、根掘り葉掘り聞かれてしまった。

モモはこの屋敷に来てからの気持ちの動きを話す羽目になって、恥ずかしいやら照れ臭いやらで。真っ赤になりながらぽそぽそと「この時、キタさんの言葉が嬉しかったです」と伝えると、キタは眉間《みけん》を指で押さえて「あ、ヤバい、泣きそう。ちょっと待って」と涙を浮かべて喜んでいた。

こんなにも喜んでくれるなら、もっと早く素直に気持ちを口にしていればよかった、と今さらながらに思ったりもして。モモは思わず熱くなってきた頬を、片手で押さえた。

(恥ずかしいけど、嬉しい。嬉しいけど、恥ずかしい。……変な気持ちだ)

胸の内のむずむずをなんと表現していいかわからず、頭の中で同じ言葉をぐるぐると繰り返す。

とりあえず、キタはいっそうモモを大事にしてくれるようになったし、氣《き》のやり取りも……。

「……あっ」

そこで、モモは声を上げてしまって、慌てて箒の柄を握り締めて誤魔化《ごまか》す。雪虫たちに気にした様子はなかったので、ほ、と息を吐いて、モモは俯《うつむ》きながらまた悶々《もんもん》と考え事に耽った。

（氣、氣のやり取り……そうだ）

最近、氣のやり取りについて、キタから不思議なことを言われた。それは、先日の夜の話だった……。

＊

――モモの肩に腕を置いて、キタは顔を傾けるようにしながら唇を触れ合わせていた。時折ちろりと舌先で唇を舐められて、モモはどうしていいかわからずに、軽く口を開く。……と、キタの舌が、口の中に入ってきた。

くちゅ、ちゅ、と粘膜同士が触れ合う音がして、引っ込めていた舌にキタの舌が触れて。モモは何がなんだかわからない気持ちで「ふぁっ?」と間抜《まぬ》けな声を上げてキタを押し退けてしまった。

キタは驚いた顔をしていたが、モモも驚いていた。

そして妙な沈黙が二人の間に少し漂った後、キタが頭の後ろをかいた。

「えっと……、調子にのってごめん」

「あ、いや、俺こそすみません」

なんで謝っているかもわからないまま、モモは頭を下げる。というより、何故キタを押し退けてしまったかもわからなかった。身の内にキタが侵入してきた瞬間、ゾワゾワとした感覚が背中を走って、どうしようもなかったのだ。

「モモちゃん」

名前を呼ばれて顔を上げると、そこにはとても真剣な目をしたキタの顔があった。凪《な》いだ冬の海のようなその灰色の目に視線を吸い寄せられて、モモは何も言えなくなる。

「今はまだ無理かもだけど、そのうち、……していい?」

「えっと、何をですか?」

珍しくもだもだとした様子で言葉を紡ぐキタに、モモは首を傾げる。なにしろ、主語がないのだ。キタが何を「していいか」と問うているのかわからない。

「何って、氣のやり取り的な……」

「氣？　今の、じゃなくてですか？」

モモの戸惑う顔を見たキタが一瞬真顔で黙り込んで、次いで「あー……」と顎《あご》を押さえて天を仰いだ。

「やっぱりそうか。口付けすら初めてだったもんね、うん」

「？」

キタは、顔を上向けたままぶつぶつ呟き出した。その中で聞こえた、花園、という単語にモモは内心ドキッと胸を跳ねさせる。

「な、何か至らないところが……」

「んぁ、いやいや大丈夫。……でも、あのさモモちゃん」

がし、と肩を摑まれて、モモは「はい」と身構える。

「前に氣のやり取りは初めてって言ってたけど、もしかして……知識自体まったくない感じ？　花園ってどこらへんまで教育してくれるの？」

「え？」

初めて唇を触れ合わせた日、モモは正直に「氣のやり取りは初めてです」と伝えた。そして教えてもらったのが、口付けだ。それですべてだと思っていたのだが、キタの様子から察するに、どうやら「その先」が存在するらしい。

その先も何も知らないモモは「えっと」と言葉を濁すしかない。なんとなく助けを求めるような気持ちで周りに視線をやるが、最近キタがモモと二人の時には雪虫に「今は入っちゃだめ」と言いつけているので、誰もいない。

モモは気まずい思いで無意味な瞬きを繰り返した後、こく、と息を呑んで正直に答えた。

「大体は精霊同士が口伝えで学ぶみたいなんですが

……、俺は男体だから、その……詳しく教えてもらえなくて」

さすがに「仲間はずれにされていた」とは言いづらく、ふわっとした言葉で濁す。

「花園も俺が嫁に行けるとは思ってなかったって……、時間がないから、夫に教えてもらいなさい、と」

これまで黙っていたことを、正直に伝える。と、キタが呆然《ぼうぜん》と「まじで？」と呟《つぶや》いた。

「つまりその、モモちゃんは何も知らないって、こと？」

うまくやっていたと思っていたが、やはり至らないところがあったらしい。モモは肩を摑まれたまま項垂《うなだ》れて「すみません」と謝る。

「いや、いやいや、いいんだよ。モモちゃんは何も悪くないし、ていうか何も知らないモモちゃんに俺は色々しようとしてたわけで、てか、何も知らないんだ。わーっ、わー……」

キタがおかしくなってしまった。モモの肩を、痛いくらいの力で摑んだと思ったら優しく擦って、かと思ったら手を震わせて。

（お、俺のせいでキタさんがおかしく）

モモはそんなキタを見上げながら内心「わぁわぁ」と焦る。いつも飄々《ひょうひょう》としていて格好良いキタが変な動きをしているのだ、焦るなという方が無理な話である。

モモはキタの腕から逃れると、寝台の上に手をついて頭を下げた。

「ふ、不勉強ですみません」

「いや、モモちゃ」

「図々しいお願いとは思いますが、あの、キタさん、……俺に、氣のやり取りのすべてを、教えていただけないでしょうか」

優しいキタにこんなことを願えば必ず叶えてくれる。それとわかっていて頭を下げるモモは、ずるい精霊だろう。言葉を切ったキタが、ひゅ、と息を呑んだ気配が漂ってきた。

そもそもがきちんと学んでおけばこんなことにはならなかったのだ。申し訳ない気持ちで、モモは眉根を下げてキタをちらりと上目遣いに見上げる。

「一生懸命頑張ります。言われたことは、なんでもしますから」

誠意が伝わるように、とできる限り真剣に伝える。と、キタの灰色の目が、動揺したように揺れた。

「っ、それはぁ、言っちゃダメなやつ」

ぐ、と食いしばった歯の隙間から漏らすようにそう言って、キタがモモの肩を強く摑む。そのあまりの強さに、「ん」と声を出すと、キタが熱いものに触れたように、パッと手を離した。

「モモちゃん、あー、モモちゃん」

何度も名前を呼ばれて、モモはその都度《つど》「はい」と素直に返事をする。

「モモちゃん」

「はい」

三度目の呼びかけに応《こた》えたその時、モモはキタの腕の中にとらわれていた。

「わ」

背中が反るほど、ぎゅう、と抱き締められて、モモは反射的に声を出してしまう。

「大事にする。ちゃんと、全部俺が教え……、え、教えていいの？　俺が全部？　モモちゃんに？　手取り足取り？」

「キタさん？」

出だしはモモに語りかけている様子だったのに、途中から自問自答になっていく。どうしてそんなにキタが混乱しているのか、モモはキタの肩に顎をのせたままキタを呼ぶ。

キタは呼びかけに応えず、しばし無言だった。

「ごめん、なんだろうこれ、申し訳なさと嬉しさとなんかこう……色々ヤバい。けど、嬉しい以外の言葉がない」

嬉しいのか嬉しくないのかわからなかったが、最終的に「嬉しい」でいいのだろう。モモは喉いっぱいに詰めていた息を細く吐き出した。

とにかく、キタに嫌な思いをさせたわけではないらしい。

モモはホッとして自分もキタの背中に手を回す。

「俺も嬉しいです、キタさんに教えてもらえるの」

「……くっ」

キタが耳元で呻《うめ》く。

「あのねモモちゃん、神様って結構自分勝手で欲望に忠実なのよ」

「そう、ですね？」

神がそういった存在だというのは、もちろんモモも知っている。どうして今さらそんなことを言い聞かせるように言うのか。

「そんでもって、エッチなんだよ。ムラムラに弱い」

「むらむら」

最後の言葉をそのまま繰り返すと、キタが「そう」と力強く頷《うなず》いた。

「だからね、ほんとよろしくね。俺も頑張るから、頑張ろうね」

「……はい！」

氣のやり取りがうまくいけば、それはもちろんキタのためになる。大好きな夫のために、モモは張り切って頷いた。

キタの肩にのせていた額を、そっとその胸の内に押しつけるように、ぐりぐりと動かしてみる。最近できるようになった、「甘えた行動」だ。

「あぁ～……、頑張ろう、頑張ろうね。俺の理性も頑張れ～」

掠れた裏声のような高い声でそう言って、キタがモモを抱き締める。モモも「はい」と何度も頷いた。

は、と気がつくと、目の前には落ち葉の山がこんもりと出来上がっていた。雪虫たちが「わーい」と言うようにその上で飛び跳ねている。かさかさと葉が擦れ合う音が耳に心地よい。

モモは物思いから我に返って、雪虫たちを笑う。

「はは、落ち葉がたくさんで気持ちいい、ね……。ん?」

雪虫に話しかけようと屈《かが》んだ途端、ふいに目眩《めまい》に襲われて、モモは地面に手をついた。

立ちくらみならぬ座りくらみとは。珍しいこともあるものだ、と額を押さえていると、足元の雪虫たちが「ふわっふわっ」と騒ぎ出した。

どうしたのか、と思って彼らを見る……と、地面に置いた自身の手も目に入る。

「え?」

手を見た、のに地面が見える。手の向こう側にあるはずの地面が、そして黄色や赤色、茶色の落ち葉が見える。

「……えっ、えっ?」

ゾッ、としてモモはきつく目を閉じた。見間違いだと。目眩が見せた幻覚だと。

「……っは」

目を閉じるのと一緒に、息も止めていたらしい。モモは息を吐きながら目を開いた。

「はっ、はっ、……は」

息を震わせながら持ち上げた手は、やはり透けている。

「なに、な、なんで?」

恐ろしい。恐ろしくてたまらない。モモは右手と左手を擦り合わせる。ごしごしと音が出るほど乱暴に。けれど手は薄らと透き通っていて、やはり向こうが透けて見える。透けたその向こうでは、雪虫たちが不安そうにぴぃぴぃと鳴いている。

「だ、大丈夫だよ、大丈夫。感覚はあるし、うん、うん」

自分自身に言い聞かせるようにそう言いながら、モモは涙を流さないように何度も息を吸う。

「モモちゃんっ?」

と、その時。後ろから声がかかって、モモは俊敏に振り向いた。振り向く勢いに任せて、目尻に溜まっていた涙が空中にきらりと飛び散る。

「あ、あ、……キ、キタさ、っ」

屋敷の方から、一足飛びでキタがやってくる。どうやら雪虫が呼んだらしい。キタと共に地面をわらわらと走っている。

「キタ……っ」

「ぎゃ――っ!　なにっなにっ?　モモちゃんスケスケじゃん!」

「……さん」

野太い鋭い悲鳴がキタの口から迸《ほとばし》る。それは、モモの叫びがかき消されるほどの大絶叫で。モモの涙も、その声に吹き飛ばされるように引っ込んでしまった。

「スケスケの服はいいけどスケスケの体はダメだろっ!」

キタはモモから離れたところで、ふわっと跳び上がり、モモの上に降ってきた。次いで、そのままモモを抱き締める。そして空中に浮かんだまま、ぐるぐると回り出す。

「モモちゃんっ」

そして、キタはモモの頰を両側から摑むと、素早く口付けをしてきた。

「んむっ?」

唇が、じわっと熱くなる。仰け反るように逃げようとするも、それを許さないとでもいうようにキタが迫ってくる。最終的に、思い切り上向いたモモにキタが覆い被さるような格好になっていた。

「ふっ……っはぁ」

驚いて息を吸って、大きく吐く。次いで、キタの胸元をぐいと押した。

「きっ、キタさんっ?」

驚いて声を荒らげてしまったところで、キタの胸元にあたる自分の腕がしっかりと色付いていることに気がつく。

モモは「あ、あれ?」と目の前に腕をかざして、キタを見上げた。キタは、これまで見たこともないくらい真面目な顔をしてモモを見つめていた。が、モモの不安そうな視線に気づいたからだろう、にこ、と柔らかく目を細める。

「びっくりしたね、モモちゃん」

宥《なだ》めるようなその口調に含まれた、どこか暗い陰のようなものを敏感に感じ取って、モモは「キタさん」と縋るように名前を呼ぶ。

「キタさん、俺……俺?」

得体の知れない恐怖に、手が震える。先ほどまで、本当に手が、腕が、体すべてが透けていたのだ。

キタはそんなモモの頭に優しく手を添えると、自分の胸に押しつけた。

「大丈夫」

「キタさん?」

ちょうど着物のあわせの部分に額が寄る。いつものようにいい匂いのするそこで、すん、と鼻を鳴らしてから、モモは俯いたまま瞬いた。キタの顔が見えない。

「絶対大丈夫だから」

モモは顔を上げようとして、やめた。大人しく、キタの心音を聞きながら「は、はい」と頷く。なんだか、またキタが笑っていないような気がしたからだ。キタは「スケスケ」なんておちゃらけた言い方をしていたが、その目の奥には、拭いきれない焦りのような、負に近い感情が見えた。

「キタさん」

その名前が拠《よ》り所《どころ》であるかのように、モモはぽつり

と呟く。返事が欲しいわけではない。ただ、縋りたかったのだ。

視界に入っている手や足がまた透け出さないかと、じっと下を見つめながら、モモはキタの着物を摑んだ。秋の空に薄い雲がかかって、日が隠れる。どんよりと暗くなった途端、寒さが肌を撫でて、モモは言い知れぬ不安に体を震わせた。

何か、良くないことが起きる予感がした。

十五

スケスケ事件（というとえらく間抜けだが、それ以外に呼びようがない）からはや数ヶ月。モモはいつも通りの生活を送っていた。

朝は社《やしろ》の下で参り、桃の木を眺め、庭を掃除して朝ご飯を作る雪虫を手伝い、仕事に行くキタを見送り、出迎え。キタに時間がある時は二人でゆったりと過ごして。この上なく穏やかな日々であったが、なんとなくすっきりとしないものが常に胸に巣食っていた。それは、だんだんと寒さが厳しくなってきた気候のせいもあるかもしれない。

季節は冬を迎えていた。


「モモちゃん、今日は花園に行こうか」

キタがそんなことを言い出したのは、冬もすっかり深まったある朝のことだった。モモが雪虫と朝の雪かき後、火鉢に手をかざして暖《だん》を取っていた時だ。

「え？　あ、俺はいいですけど……」

思わず言葉を濁してしまったのは、キタが「花園嫌い」と知っていたからだ。花園の管理人たちのことを「あのじじいども」と呼んでいることも知っている。管理人たちはたしかに高齢の男性が多い。が、精霊たちは決して「じじい」なんて呼ばない。これも神の特権だろうか、とモモは思っていたが、未だそのことをキタに聞いていない。

なんにしても、そのキタが花園に出向くというのだ。よっぽどのことに違いない。

「あ、雪かきしてたんだ」

キタは朝早くから出かけており、モモが外に出ていたことを知らなかったらしい。モモの指先や鼻が赤くなっているのを見て、今気づいたらしい。「あ、はい」と答えると、その場に膝を立てて座ったキタが、モモの冷えた両手を自身の手で包み込んだ。

「冷えてる。……今日は、体調悪くないの？」

「あ、元気です。全然大丈夫で……」

手を摑んでいたキタが、今度は額に手を伸ばしてくる。ひた、と横向けた手を当てられて、モモは肩をすくめた。

「ん、大丈夫そうだね」

熱がないと確認できて安心したのだろう。キタがへらりと相好《そうごう》を崩す。モモは「そうでしょう？」と言って笑った。

スケスケ事件以降、モモは体調を崩しがちだった。どうやら気温の変化に体がついていけなかったらしい。秋頃から続いている頭痛も最近特にひどく、朝もたまに起きられないことがあった。体調を崩すたびに、キタはモモに口付けをしてくれる。そうすると少しだけ体の調子が戻るので、モモは「おそらくキタが力を分けてくれているのではないか」と推察していた。

神の力を分けてもらうなど申し訳なく「あの、寝ていれば大丈夫なので」と控えめにそれを辞退したことは何回もあったが、キタは「俺の嫁を俺の力で守るのは当然でしょ」と言い、口付けは頑としてやめなかった。

（キタさんの負担になってないといいんだけど……）

モモはかすかにしびしびと痺れる指先を、ぐっぱっと握って開いてからキタを見上げた。

「あの、どうして急に花園なんですか?」

「ん〜? 健康診断的な?」

「健康、診断?」

聞き慣れない言葉にぱちぱちと目を瞬かせると、キタが「そ」と頷いて立ち上がった。そしてモモの前に手を差し出す。

「え? ……わっ!」

「モモちゃんの元気度を調べてもらうんだよ。さぁ〜モモちゃんはどのくらい元気かなぁ」

深く考えずにその手を摑むと、ぐっ、と力を入れて引っ張られて、次いで抱き上げられた。

「キタさん?」

「手足、ちょっと痺れてるでしょ。抱っこしてくから」

お見通しと言わんばかりのキタの言葉に、ぎく、と動きを止める。痺れのことについては何も言っていないのに、どうしてわかったのだろうか。

「モモちゃんのこといつも見てるからさ、小さな変化にも気づいちゃうんだよね」

キタは歌うようにそう言いながら、廊下をすたすたと歩いた。

先に見える玄関には、大きな絨毯型雪虫がすでに座り込んで二人を待っていた。キタはモモを抱きかかえたまま、その背に乗る。

「じゃ、レッツゴー」

キタはいつも通り陽気に出発の合図を告げる。モモはそれに「っ、は、はい」とだけ頷いて、いつものごとくしっかりとキタに身を預けて目を閉じた。何回乗ろうと、どれだけ時間が経《た》とうと、やはり高いところは苦手なのだ。

＊

久しぶりの花園は、最後に見た時と何も変わっていなかった。相変わらずどこもかしこも花が咲き乱れ、そこかしこで精霊たちがくすくすと笑い合って楽しそうに過ごしている。

いや、変わっていないこともない。あの頃モモと一緒にいた精霊の多くは嫁に行き、今ここにいるのは新しい精霊たちばかりだ。

花の命は短くて、とはよくいったもので、花の精霊もまた生まれ育ち嫁に行くまでのサイクルが他の精霊よりも早いのだ。

モモはぐるりと懐かしい場所を見渡してから、隣を歩くキタを見上げた。

華やかな精霊たちが居並ぶ花園でも、キタはとても目立っていた。髪の色は金髪だし、神にしては珍しく髪型も凝《こ》っているし、着物も派手だ……が、なにより見目が素晴らしく良いのだ。すらりと高い身長に、しっかりと筋肉のついた体、しなやかな手足、そして造形の美しい顔。すっと通った鼻筋に高い鼻、薄い唇、伏せると影ができるのではないかというほど長い睫毛。どこをどう切り取っても、優れた芸術品のような美しさがある。

(屋敷でのキタさんとは、また違って見えるなぁ)

どうしてかな、なんて思いながら、モモは視線を落とす。と、花園の中央に建てられた管理棟から、管理人が一人出てきた。銀色の髪を綺麗に撫でつけた管理人は、モモも見知った顔だ。彼はキタとモモの前まで静々と歩いてくると、丁寧に頭を下げた。

「これはこれは、最北の土地神様。そして、モモ。ようこそおいでくださいました」

「はいどうも。連絡してた通り、モモの体を診《み》てやってほしいんだけど」

挨拶《あいさつ》もそこそこに、キタはいきなり本題を切り出す。ぎょっとして隣を見るが、キタ自身は不機嫌そうに腕を組んでいるだけだ。管理人の方はそんなキタの態度をものともせず「ええ。準備は整っております」と訳知り顔で頷いている。

「俺はその間、書庫にいる」

「お調べ物でしたら、精霊を一人二人手伝いにつけましょうか?」

管理人が親切顔でそう申し出ると、キタが眉根を寄せて嫌な顔をした。

「いらねぇよ。そんでお前らその寄越《よこ》した精霊を『嫁に貰え』って言ってくんだろ」

キタの嫌悪感のこもった物言いとその内容に驚いて、モモは「えっ」と声を漏らす。が、管理人は「ほっほっ」と何も気にしていない様子で笑った。

「被り物をされていないので、嫁に行きたいと思う精霊もたくさん出てきましょうね」

管理人の発言に、モモの背中の毛がゾワッと総毛立つ。キタが嫁を選びに来たのだとしたら……。

思わず不安に思って胸の前で痺れる両手を寄せる。と、キタが「けっ」と舌打ちのような悪態を吐いた。

「あり得ねぇよ。俺の嫁はモモちゃんだけだ」

きっぱりと言い切って、キタは「そういうことだから早く案内してやって」とモモの背中に手を添えた。

管理人から見えないところで、トントン、と優しく二度叩かれて、力の入っていた体がほぐれる。

「かしこまりました」

まったく畏《かしこ》まった様子もなく、管理人はそつなく頭を下げて、モモに視線を送ってきた。

「さ、モモ、こちらに」

「あ、はい」

管理人に促されて、モモは建物の中へと足を進める。キタはその場から動くことなく、腕組みしてモモを見送っていた。

「モモちゃん」

ちらりと振り返ると、キタが真っ直ぐにモモを見ていた。先ほど管理人に見せていた顔とはまったく違う、優しい笑顔を浮かべて。

「いってらっしゃい。また後でね」

「あ……、はい。いってきます」

ひらひらと手を振られて、モモはホッとした気持ちで頷いた。なんとなく、先ほどの管理人とキタのやり取りが心にこびりついており、どこかモヤモヤしていたのだ。

キタの笑顔は、不思議とそのモヤモヤを払ってくれる。

「おやおや、仲がよろしいこと」

管理人は口元に着物の袖をあてて「ほほ」と笑った。モモはそんな管理人の姿を盗み見るように視線をやった。

「北の土地神様は、お前に優しくしてくれているかい？」

「へっ、あ……はい。とても」

と、唐突に話しかけられて、思わずびくっと体を跳ねさせてしまう。モモがいた頃からずっと変わらず銀髪の老紳士のような身なりの管理人はモモの返事に「そうかい」と満足そうに頷いた。

「体調が優れないと？」

「あ、えと、少しだけですけど……」

素直に「そうなんです」とは言いづらく、何故か誤魔化すようなことを言ってしまう。管理人はまた「そうかい」と繰り返してから、手を後ろ手に組んだ。

「しっかり診てもらいなさい」

気がついたら、医務局の前にいた。体調の優れない精霊が利用する場所だ。モモは花園にいる時、基本的にとても健康体だったので、一度も利用したことはなかった。

「えっと……案内ありがとうございました」

「いいや」

管理人はゆるく首を振ってから、じっとモモを見た。

「な、なにか？」

何かしてしまっただろうかとビクビクしていると、

管理人は何も言わないまま軽く目を伏せた。

「花の命は短い」

「……え？」

唐突な管理人の言葉に、モモは目を見張る。管理人は相変わらずゆったりとした笑みを浮かべており、その感情は見た目からだけでは測れない。

「私たち管理人にできるのは、お前たちが嫁に行くまでの世話だけ。その後精霊たちが、どう生き、どう咲き、どう枯れ果てるのかまでは、与《あずか》れない」

「は、……い」

頷きながらも、モモはその言葉の意味をしっかりとは理解できていなかった。どう生き、どう咲き、どう枯れるのか。そんなこと、モモにだって決められない。

「せめて、できる限り土地神の地で咲かせてやりたいというのも、本音ではあったのだ。……悪かった」

そこでようやく、モモは管理人の話が先ほどキタに嫁を見繕うことを勧めていたことを指しているのだと思い至った。

「あ、いえ……、俺の方こそすみません。キタさ……まに嫁を娶られるよう勧めておられたのに、妙な態度を取ってしまって」

キタは「嫁はモモちゃんひとり」と言ってくれるが、神である彼の愛を独占するのはよくない、というのはモモとてわかっていた。

すると管理人はわずかに目を細め、いいや、と首を振った。

「そうじゃない。あれは本当に手伝いが必要かと思って案内したまでだ。……北の土地神様はそうは受け取らなかったようだが。まぁ、これまでの我らの言動を鑑《かんが》みれば仕方のない話だな」

「……？」

モモはますますわからなくなって、とうとう首を傾げてしまう。遠回しな会話は、モモの苦手とするところであった。

「えっと、つまり……？」

「悔いているのは、お前のことだ」

きょと、と管理人を見つめると、彼は少しだけ寂しそうな顔で微笑んだ。

「起こり得る事象を無視してお前を北の果てに嫁にやったことを、少しだけ後悔している」

「……え、俺を？」

何がなんだかわからない。まさか管理人がモモのことで「悪かった」と後悔するなんて。

「あの……」

モモが口を開きかけたその時、医務局の扉が内側から開いた。

「モモですね、入りなさい」

中から白衣を着た者に呼ばれて、モモは「え、あ」と戸惑う。その間に管理人は姿勢を正して、す、と一歩引いてしまった。

「よろしく頼みます」

管理人が、医務局の者に頭を下げる。どうやらこれ以上モモとの会話を続ける気はないようだ。

モモは戸惑いながらも、促されるまま医務局の方へと足を踏み出した。

扉の向こうは真っ白い部屋が広がっていて、なんだかやたらと眩しく感じた。

*

「健康診断」は意外にもあっさりと終わった。やったことといえば、質問をされて、体のあちこちを触られて、寝台に寝かされたまま体に手をかざされたくらいだ。花園の医務局に勤めるのは、花や樹木の精霊専門の「樹木師」と呼ばれる医者だ。きっとやることに間違いはないのだろうが、あまりにもすぐに終わって逆に心配になってしまう。

拍子抜けしたような気持ちで「もういいんです

か？」と医務局の担当者に尋ねたが、彼は帳面から目を離すことなく「えぇ終わりです」と言ってモモを医務局から追い出した。

「……どうしよう」

あまりにも早く終わってしまったせいで、どうしたらいいかわからなくなる。先ほど管理人が言っていたことも気になるが、まずはキタの元へ向かった方がいいだろう。

（まだ書庫にいらっしゃるかな）

誰もいない廊下をとぼとぼと歩いて、離れた棟にある書庫を目指す。

（……体調不良か。原因がはっきりとわかるといいんだけど）

そして全快して、キタの不安を払ってあげたい。最近いつも、どこか不安そうな目をしてモモを見るキタを思い出し、モモは拳を握る。

そう、キタは最近モモの体調を異常なほどに心配する。やはりあの体が透けた事件が衝撃的だったのだろうか。あの時のキタの顔はすごかったな、と思い出して、モモは「ふふ」と笑ってしまう。笑って、そして、真顔で自分の手を見下ろした。キタの献身的な手当てのおかげでつるりと綺麗になったそこは、頼りないほど白っぽい。

（俺の手って、こんなに頼りなかったっけ）

ふとそんなことを思い浮かべてしまった後、モモはハッとして首を振る。

体が透けたり、頭痛が続いたり、手足が痺れたり、たしかに不可解な体調不良は続いている。しかし、今のところモモはちゃんと歩けているし、今朝のように雪かきだってできる。

（大丈夫。大丈夫だ、きっと）

キタはいつもモモに「絶対に大丈夫」だと言ってくれる。キタがモモに嘘をついたことなんて、一度もない。モモがもう一度「大丈夫」と心の中で呟いたその時。

「あれ、君は……北の、の」

「え？」

日差しの差さない薄暗い廊下の向こうから、モモに声がかかった。

顔を上げると、そこには涼やかな顔をした南の土地神が立っていた。

「み、南の土地神様」

慌てて片膝を折り頭を下げる。と、南の土地神は朗《ほが》らかに「いいから、立ちなさい」と言ってくれた。モモは彼の言葉に従ってそろそろと立ち上がる。

「やぁ久しぶり」

「お久しぶりです」

南の土地神と会うのは、彼がキタを運んできてくれたあの秋の日以来だ。あの時彼に微妙な嘘（とキタは言っていた。神が瘴気《しょうき》を食べた程度で死ぬわけがないと、南の土地神ももちろん知っているはずだ、と）をつかれたおかげで、モモは一晩中泣き明かす羽目になった。が、それで自分の気持ちに素直になれて、キタに思いを伝えることができたのも事実だ。

南の土地神はもしかすると、そこまで見越して嘘をついたのだろうか。……なんて思ったりもするが、聞いたところで彼はきっと「さぁねぇ」と言うばかりだろう。

「あれから、北の、とはうまくいっているかい？」

「はい。お、おかげ様で」

多少含みのある言い方になってしまったのは、わざとではない。が、南の土地神は楽しそうに笑った。そして、ゆったりとモモに近づいてくる。

と、正面に立ってモモの顔を見るなり、困ったように笑いながら顎に手を当てた。

「おや。元気、そうではないね」

「え？」

いきなりの言葉にモモは戸惑って一歩下がる。南の土地神は、キタと同じくらい人目を引く美男ではあるが、タイプはまったく違う。どちらかというと派手なキタと比べると、清楚、や、落ち着いた、という言葉が似合う。それでいてとても柔和《にゅうわ》に見えるのは、彼がいつも優しい笑みを浮かべているからだろう。

その彼が、困ったような顔をしているのも珍しい。

「あ、その……元気、ですけど」

「あのね、精霊の体調くらい見ればわかるよ」

私は神だよ、と言われて、モモはグッと言葉に詰まって頭を下げる。

「すみ、ません」

「いいや、謝らせたいわけじゃないから」

南の土地神はゆるゆると首を振って、そしてじぃっとモモを見た。

「……北の、の力でどうにかもっている感じだね。中はすかすかだ」

すかすか、と言われて、自分の体が透明になりかけたことを思い出す。

思い当たるような顔をしたからだろう。南の土地神は気の毒そうに眉根を寄せた。モモはその表情を見て一瞬怯《ひる》む、が、勇気を振り絞って「あの」と声を出した。

「あ、の……キタ様の力で、というのは、どういうことでしょうか」

自分のことも気になったが、南の土地神の言葉の中で一番心に引っかかったのは「北の、の力」というフレーズだった。自分が、何かキタの手を煩《わずら》わせているのではないか。その恐怖が、モモを突き動かした。

「どういうって、……君、何も知らないの？」

「何も？」

驚いた、と言わんばかりに目を見開いた南の土地神は「あぁ、うん」と言葉と表情を濁した。

「参ったな」

本当に困ったように顎を引く南の土地神に、モモは縋るような目を向けた。

「な、何かご存じであれば、教えていただけないでしょうか。俺は何も知らなくて……、し、知らないままキタ様のご負担になるのは、辛いです」

大丈夫だ、と思っていたのも事実だ。実際キタが「大丈夫」と言ってそうでなかったことはないのだから。しかし、キタを信じる気持ちとは別に、言いようのない不安があったのも事実なのだ。自分自身の体調不良、そしてそこにキタの力が関わっていると言われたら、気にならないはずがない。

「でもねぇ」

南の土地神は「しまったなぁ」と後悔を滲ませていた。その様子を見て、モモはもう一度床に膝をつく。薄暗い、花園の管理棟の廊下。モモはそこに手をついて南の土地神を見上げる。

「っ、どうか教えてください、お願いいたします」

南の土地神にこうやって懇願するのは、彼に結婚を申し込んだ時以来だ。あの時は彼に結婚してほしいと願ったのに、今は自身の夫のために教えてくれと頭を下げている。

「俺はどうしたらいいんでしょうか、キタさんのために……俺は」

話しているうちに、だんだんと喉がひりついてくる。きゅうと締まって、鼻の奥が痛くなって、目頭が熱くなる。最近胸に巣食っていた不安が、ぶわっと一気に噴き出たようだ。

情けないと思いながらも、姿勢だけは崩すまいとモモは真っ直ぐに頭を下げる。

「参ったな」

南の土地神は本当に「参った」というふうにもう一度そう言うと、腕を組んだ。

「私は神だから、君が本当にあいつのために言っているというのがわかる」

神の前では、思考すらお見通しということだろう。

モモはそれでも頭を下げ続けた。

廊下は、とても静かだった。誰も通らず、外からの声も何も聞こえない。沈黙の中、モモの震える吐息だけが響く。

「……そもそも、北の土地は花が咲くのに向いていないんだ」

ふ、と諦めたような息を吐いた後、南の土地神がゆっくりと口を開いた。モモは、はっ、と顔を上げて南の土地神を見た。しょうがないな、と困ったような顔をしている彼を。

「だからあいつは、頑《かたく》なに嫁を娶るのを拒んでいた。寒い土地で無理矢理に咲かせても、そんなものすぐに枯れてしまうからね」

前に、キタが「花園が嫌い」と言っていたことを思い出す。「無理矢理嫁を娶らせようとしてくるから」と。それは単純に独り身でいたい彼の主張かと思っていたが、まさか、そういった事情があったとは。

キタはおそらく、無辜《むこ》な花の精霊を枯らしたくなかったのだろう。彼もまた、自分の土地の状況をわかっていたのだ。当たり前だ。自分の治める土地なのだから。

「君のことは、納得ずくで嫁に迎えたのだと思うよ。君一人だけにしっかりと力を注いで、枯れさせないつもりだったんだろう」

それでも、キタはモモを嫁に迎えてくれた。もちろん、枯らすことを前提に迎えたのではないだろう。

「君の花は咲いているか?」

ふいにそう問われて、モモは屋敷の中庭を思い出す。屋敷の真ん中、家のどこからでも見える場所で、桃の花は変わらぬ姿で咲いている。モモは戸惑いながらも、南の土地神の言葉に頷いた。

「はい、咲いています……が」

「本体がこれだけ弱っているんだ。化身の花も、かなり弱くなっている。それでも花を咲かせているということは……、北の、が君を咲かせるためにかなりの力を与えているということだ」

モモは「ひゅ」と息を呑んだ。キタに、桃の木を咲かせるために相当な力を費《つい》やさせているのだという事実が、胸に迫る。嘘ですよね、冗談ですよね、と言いたい。けれど言えるわけがない。それが紛れもない事実であることを、心のどこかで察していたからだ。

「……しかし、それでもどうしようもなくなったのであろう」

南の土地神が、声の調子を低くして続ける。

「穴の空いた袋に水を注ぎ続けるようなものだ。君の体は、もう限界が近い」

「げん……」

ドンッと胸をひと突きにされたような衝撃だった。モモはぶるりと身をすくませて、目を見開いたまま項垂れる。

「そんな、俺は、丈夫だし、体だけが取り柄で……」

「元の体が丈夫かどうかなんていうのは、関係ない」

すぱ、と切り捨てられて、モモは唇をわななかせる。それでも何か言い募ろうとしたが、結局まともな言葉は出てこなかった。

「北の、を恨まないでやってくれ」

「……え」

「あいつなりに、必死で君を助けようとしていたんだ。本気で、あの寒い土地で君を咲かせ続ける気持ちだったんだろうよ」

恨むなんて、と言いかけて言葉に詰まる。感謝こそすれ、キタを恨むなんてことあるわけがない。キタがいつだって本気でモモを助けようと、モモを守ろうとしてくれていたことなど、モモはとっくに承知だった。涙が出るのは、辛いのは、自分の限界を知ったからではない。穴の空いた自分へ、それでも力を注ぎ続けてくれる、キタのことを思ったからだ。

「俺、は……、俺はどうしたら」

ひどく頼りなく、震えた声が漏れて、モモは唇を噛み締めた。視界がぐらついて、まるで目眩を起こしているような気分だ。

キタに力を使わせているというのに、モモの体はそれでも良くないのだという、大丈夫じゃないという。では一体どうすればいいのか。

それこそ、神に救いを求めるちっぽけな人間のように、モモは南の土地神に問いかける。どうすればいい、どうすれば救われる、と。

「一番は、君が北の、と離縁して、北の土地を離れることだな」

モモは、涙を頬に残したまま、のろのろと顔を上げる。南の土地神はもちろん冗談や嘘を言っているふうではない。本気で、それが解決策だと思っているのだ。

「りえん……？」

「あぁ。そうすれば、君の花としての寿命も延びるだろう」

南の土地神の言葉が、どこか遠く聞こえる。モモは海の中にいて、地上から降ってくる彼の言葉を聞いているような、そんな気分だった。どこか、現実味がない。

「どんなに北の、が力を与えようと、今のままでは、春になる前に君の命は尽きるだろう」

君に北の地で冬を越せるだけの体力はない、と断言されて、モモは呆然と南の土地神を見上げる。

助けてください、と縋りつきたい。「どうするのが一番、キタさんのご迷惑になりませんか」「どうすれば、どうしたら」いくつもの言葉がわんわんと頭の中で響き合って、ぶつかり合って。やがて、粉々に砕けて消えていく。その答えはもう出ていた。

「俺が、離縁……？　キタさんと？」

目の前に突きつけられた残酷な唯一の選択肢を呆然と繰り返して、モモは耐えきれずに目を閉じた。

眼裏《まなうら》で、いつものように「モモちゃん」と明るく自分の名を呼んでくれる神の顔が一瞬の閃《ひらめ》きのように瞬いて、そして消えていった。

幕間

「手の施しようがない？」

あり得ない、一番聞きたくなかった言葉に、北の土地神は眉を吊り上げた。が、相対する樹木師は至って冷静に「はい」と頷く。北の土地神におもねるような態度もない。樹木師たちの一番は、木や花の精霊なのだ。だが、その目に北の土地神に同情するような色がのっているのも、また事実だった。

「ひと目でわかりました。アレは、もうとっくに限界を超えています」

アレ、ではない、俺の嫁だ、と関係のないところで怒鳴りそうになって、北の土地神は無理矢理口を引き結ぶ。自分が、なんでもいいから怒りを発散させたいだけだとわかったからだ。ここで怒鳴るのは、ただの八つ当たりでしかない。


モモの診察を終えてすぐ、入れ替わりのように北の土地神が呼ばれた。もちろん、モモの診察の結果を伝えるためだ。

モモと一緒に、ではなく北の土地神だけが呼ばれた時点で……いや、ここを訪れた時からある程度予想していたことではあった。しかし、改めて「手の施しようがない」と断言されると、どうしようもない絶望感に襲われる。

「いや、むしろここまで持ったことがすごいと思います」

樹木師は思わずといったようにそう漏らして、そして「相当量力を使われたとご推察いたします」と労《ねぎら》いかどうか微妙な言葉を北の土地神に寄越した。

「……使ったさ。あの子が嫁に来るまでに貯めに貯めた力を、ほとんど使った。使い果たした」

神の力がどれほどのものか理解している樹木師は、北の土地神の言葉に目を見張った。神が数年がかりで貯めた力とは、たとえば人間の世界であれば国をひとつ失くしてしまえるくらいのものだ。

「それは……」

さすがに言葉をなくす樹木師に、北の土地神は「悪い。ただの愚痴《ぐち》だ」と首を振ってみせた。

北の土地神は、万全の態勢でモモを嫁に迎えるつもりだった。嫁に来ると言った、あの幼い精霊のため、何年も何年もかけて、花の咲ける環境を屋敷の中、小さな庭に作り上げたのだ。

モモが憂《うれ》いなく咲けるように、いつでも満開の花を見られるように。神としての力をかなり割いて、環境を整えた……つもりだった。

通常、夫である土地神の地で根づいた精霊の花は、当たり前に年百年中咲き続ける。夫と、そして自身の花の力を合わせることにより、その命が続く限り花は散らない。しかしモモは、もともと北の地で咲くのに適していない花だ。咲かせ続けるには、命を持たせるには、他の地で咲く何倍もの力が必要になる。

しかし、モモが北の土地神の地で過ごす時間が増えるにつれ、反比例するように、モモも、そして彼の分身である桃の木も元気を失っていった。理由は簡単だ、最北の地で一年中花を咲かせ続けるなど、神の力をもってしても土台無理な話だったのだ。

それでも、北の土地神は諦めなかった。絶対に大丈夫だ、とモモに、そして自分にも言い聞かせるように繰り返しながら。

「しかし、そうか……、駄目か」

北の土地神とて、神だ。モモが衰えていっているのにはもちろん気がついていた。そして、それはもう自分の力すら及ばないのだと。

花園に来て、樹木師に診てもらったところでどうにもならないだろうというのも、当たり前のようにわかっていた。

それでも、一縷《いちる》の望みを託していたのだ。「まだ、どうにかなります」と言われるのではないか、と。救いがあるのではないか、と。

花園の書庫に何か解決策に繋がる糸口はないかと思ったが、そんなもの、どこにもなかった。北の土地神の屋敷にある書斎の方が、そういったことに関しての書物は多かった。なにしろ、北の土地神が集めに集めたからだ。どうにかして、モモを北の地で咲かせる方法はないか、と。

「唯一、方法があるとすれば」

額に手を当て黙り込む北の土地神を前に、樹木師が気まずそうに口を開く。

「彼を、他の地へやることです。たとえば、温暖な気候の南の地など……」

「それは……離縁しろ、ということか？」

一度嫁いだ花の精霊が他の地へ移るには、現在花が植わっている土地の神と離縁する必要がある。そして、一度離縁してしまえば、もう元には戻れない。切ってしまった縁を結ぶことは、縁の神にですら不可能だ。

離縁してしまえば、モモが北の地を訪れることは永遠に叶わなくなる。

「そう、ですね」

それをわかっているからこそ、樹木師の口も重たいのだろう。どうにか肯定の意を示した彼は「それしか思いつきません」と正直に答えて、斜め下に視線を落とした。まるで、北の土地神の顔を見ていられない、とばかりに。

北の土地神はそんな彼から視線を逸《そ》らして、窓の外を見やった。

「そうか」

末永く、自分の手で幸せにすると誓ったはずだった。

いつか来る日のためにと、せっせと力を貯めて庭を耕《たがや》した。

彼のための部屋を用意し、家具のひとつひとつを用意するのは、とても楽しかった。

「どうか嫁として貰っていただけないでしょうか」と手紙が来た時は、飛び上がるほど嬉しくて、一晩中浮かれて過ごした。手紙が来るたびに、なんて返そうかと考えるのが楽しかった。筆無精な上に悩みすぎて、結局何通かに一度、そっけない返事しかできなかったが。それでも、楽しかった。嬉しかった。

初めて屋敷に来た日、雪に埋もれた姿を見て心臓が凍りつくかと思った。

春に山で過ごしたこと、夏に海に行ったこと、秋の恵みを二人で食べたこと、どの季節もそれぞれ、楽しくてたまらなかった。モモがいる毎日は、幸せだった。本当に本当に幸せだったのだ。

（その、すべてが……）

胸に押し寄せたのは、途方もない喪失感だった。浜辺で作った砂の城が、目の前でさらさらと崩れ落ちていくような、そんな。そこには何も残らず、やがては城があったことすらわからなくなる。

モモと過ごした幸せな日々も、きっとあっという間に消えていくのだろう。さらさらと、跡形もなく。

「……わかった」

それでも、北の土地神は頷いてみせた。心の中は冬の海のように荒れ狂っていたが、それらすべてを抑え込んで、樹木師の提案を受け入れた。

「妻にも、そして南の土地神にも、その旨伝えてみよう」

頭の芯は燃えそうなほどに熱いのに、心は静かに冷えていた。

二度と会えなくなるわけではない。なによりもモモの命が一番大事なのだとわかっていたからだ。

（離縁しても、南の地にいるのだから。会いに行けば……）

会いに行ってそして、南の土地神の妻として花を咲かせるモモを見るのだ。

果たしてそんなこと、耐えられるだろうか……と考えてから、北の土地神は首を振った。耐えられる、耐えられないではない。何を一番優先させるべきか、きちんと弁《わきま》えている。

「本当に……、土地を移せば、助かるんだな？」

「……おそらく。ただ、それも絶対とは言えません」

樹木師はどこまでも素直だった。取り繕わない彼のその言葉に、北の土地神は少しだけ眉尻を下げて溜め息を吐く。

「絶対と言ってくれよ」

でなければ諦めがつかない、と北の土地神は顔を俯ける。

外からは、花の精霊たちが元気よく騒ぐ声が聞こえてくる。北の土地神はただ黙ってその声を聞いて、

「邪魔したな」と樹木師に背を向けた。

十六

「モモちゃ〜ん、ここにいたんだ」

背後から明るい声がかかって、モモはハッと振り返った。

「キタ、さん」

振り向いた先には、キタがいた。「探しちゃった」と笑いながら髪をかき上げている。その額に薄ら汗が光っているのが見えて、本当に探し回ってくれていたのだということがわかった。

モモは咄嗟《とっさ》に謝ろうとしたが、口を開くと何か言ってはならないことをこぼしてしまいそうで、つい、口を噤《つぐ》む。

「あ……えっと」

モモが言葉を選び損ねていると、キタが「よっこいしょ」とモモの隣に腰を下ろした。

「ここ、俺とモモちゃんの思い出の場所じゃん」

モモがいたのは、花園の中にある池のほとりだった。庭の端の方にあり、普段はあまり人が寄りつかない。今も、いるのはモモとキタの二人だけだ。遠くの方で他の精霊たちの明るい話し声が聞こえるが、内容までは聞き取れない。

「あ、はい。以前、キタさんがそう言われていたので……」

だからこの場所にいたのだ、と言外に伝えて、モモはわずかに顔を俯ける。

「どしたの？　あ、その時のこと思い出した？」

キタに問われて、モモは首を振る。残念だが、未だにその時のことは思い出せないのだ。ここに来ればもしかしたら記憶のかけらが見つかるかと思ったが、そんなことはなかった。

キタにとっては思い出の地らしいここも、モモにとっては「花園の池」という認識しかない。今はなんとなく、そのズレが悲しい。

「覚えていたら、よかったんですけどね」

思わずこぼした言葉があまりにも拗《す》ねたような言い方で、モモは自分の言葉に自分で驚く。キタはモモの葛藤に気づいているのかいないのか、穏やかに微笑んでモモの頭に手をのせてくれた。

「モモちゃんが覚えていてもいなくても、俺にとって大事な場所であることに変わりはないよ」

池の水面が揺れる音よりも、静かな声だった。モモはポンポンと頭を撫でる手に押されるように、ぐぐ、と首を下に傾ける。ついに、額が膝の間に埋まってしまった。

「キタさんは……、本当に俺のことを、好いてくださってるんですね」

恥ずかしげもなくこんな傲慢《ごうまん》なことを言えるのは、

それだけキタから愛情を受け取ってきたからだ。自信を持って「好かれている」と思えるからこそ、キタの愛を感じるからこそ、モモは胸が熱くなって、そして同時に痛いほど引き絞られる。

「うん。モモちゃん、大好き」

キタはいつものように躊躇《ためら》いなくそう言って、モモの黒い髪を優しく撫でた。上から下に、風に遊ばれ撥《は》ねた髪を撫でつけるように、優しく。

「それなら」

モモは、膝に顔を埋めたままぽつりと呟いた。

「俺のこと、どこにもやらないでください」

キタの手が、ぴたりと止まる。その反応に、モモの胸がいっそう痛くなった。痛くて痛くて、ずきずきと痛くて、叫び出したくてたまらなくなる。

「……モモちゃん」

戸惑うように名前を呼ばれても、モモは顔を上げなかった。上げたら、言わなくてもいいことまで口走ってしまいそうだったからだ。

足の間から足元の草を見下ろす。モモの体で影になったそこには、短い草がぴんぴんと生えている。草ですら元気に、どこでだって生えるというのに、モモは望んだ土地で咲くことができない。

「どこにもやらないで、ずっと側に置いてください」

「誰かに、何か聞いた？」

キタの声は穏やかだったが、どこか鋭いものを含んでいた。敏《さと》くそれに気がついたモモは、かすかに頷いてからぶんぶんと首を振った。

「ちょ……っとだけ、聞きました。けど、側に置いてほしいというのは俺の意志です」

嘘をつくこともできず、正直に伝える。誰に教えられたとまでは言わなかったが、そこまで聞いたキタが「ミナミの、か」と呟いたので、しかと察しているのだろう。

「俺がしつこくねだったので、教えてくれました」

観念してそう告げれば、キタは「どうりで、すんなりと受け入れてくれたはずだ」と肩をすくめた。

「受け入れた？」

「うん。……モモちゃんを、嫁に迎えることを」

とんでもない言葉に、モモはバッと顔を上げる。何か言おうと口を開きかけて、何も言えないまま唇を噛んだ。

「っ」

キタが、見たこともないくらいに静かな表情をしていたからだ。いつもにこにこと陽気なキタはおらず、静かに、厳《おごそ》かにモモを見下ろしていた。

「ふたつ返事だったよ。前は無理だと思ったけど、綺麗になったからって。……あいつは、綺麗なものが好きだから」

まるで他人事のようにそう言うキタに、モモは、いや、いや、とのろのろと首を振った。

「な、んで……なに、言ってるんですか、キタさん」

「モモちゃん綺麗になったもんね。いや、俺はもともと綺麗だし可愛いと思ってたけどさ」

「キタさん」

「もっと、ずっと美しくなった」

「キタさん……っ！」

半ば悲鳴のような声でキタを呼ぶ。と、キタがようやく視線をモモに向けた。

何も映していない、その暗い灰色の目は、まるで今日の天気のようだ。薄暗くて、重たくて、底がない。どこまで行っても光が差さない。

「ごめんね」

不意に、キタが謝った。その声があまりにも寂しそうで、切なくて、モモはキタの名前すら呼べなくなってしまう。

「モモちゃんがこの世からいなくなるくらいなら、どこか、他の地でもいいから、生きていてほしい。咲いていてほしいんだ」

「でも、それは、そんな……」

言葉に詰まった途端、涙が込み上げてきた。今日だけで、一体何度泣けばいいのだろうか。涙が出すぎて、それこそからからに干からびてしまいそうだ。

モモは「っく」と声を押し込めたまま、涙をこぼした。言いたいことはたくさん、本当にたくさん胸の内に渦巻《うずま》いているのに、どうしても声になって出てこない。「だって」「どうして」「でも」と、言葉のかけらだけがぽろぽろと出てくるが、それだけだ。

「モモちゃんの夢は、自分の花を咲かせること」

はっきりとした口調でそう言い切られて、モモはぼたぼたと涙を落としたまま、顔を上げた。

「そうだったよね?」

たしかめるようにそう言ったキタは、柔らかく微笑んでいた。そこにはなんの後悔も、苦悩もないように見えて、モモは悔しさで唇を噛む。

「そ……れは」

「南の土地なら、これからも変わらず花を咲かすことができるんだ」

ね、と宥めるように言われても、モモはぎゅうと下唇を噛み締めていた。

たしかに、モモの夢は「花を咲かせること」であった。どうしても、何がなんでも自分の花を咲かせたくて、色々な神に結婚を申し込んだ。他の精霊に馬鹿にされても、神に冷たくあしらわれても、絶対に花を咲かせるんだ、と強く心に刻んで。

顔も知らぬキタの元へ嫁いだのも、ひとえに自分の花を咲かせるためだ。それが一番の目的だった。目的だった、はずなのだ。

「モモちゃん、泣かないで」

キタの手が、モモの顔に伸びてくる。いつもモモを撫でてくれる、泣いていたら涙を拭いてくれる優しい手が、今はどうしてだか冷たく感じる。

「……っい」

気づいたら、モモはその手を避けるように顔を振っていた。ぶるっと強く振るったせいで、涙が雫《しずく》となって飛び散る。

はっ、として顔を上げると、キタが目を見開いてモモを見ていた。

「……あ」

どこか傷ついたようなその目を見て、モモは言葉をなくす。「すみません」「ごめんなさい」「わざとじゃないんです」早くそう言えばいいのに、どうしても言葉が出てこない。

宙に浮いたキタの手は、着地する場所を見出せないまま彷徨《さまよ》って、そして、持ち主の元へと帰っていった。

「とりあえず、今日は帰ろうか。気持ちの整理も必要でしょ」

キタが、膝に手を当てて立ち上がる。モモはのろのろとそれを見上げてから、池の方へと視線を移した。

いつの間にか、精霊たちの賑《にぎ》やかな声が聞こえなくなっていた。しん、と静まり返った池の水は寒々として見える。

思い出の場所であるここが、今この瞬間、キタの目にどう映っているか知りたいが、同時に、知りたくない、聞きたくない気もする。

「……っ、はい」

ず、と鼻をすすって、モモは自分の力で立ち上がった。キタがさりげなく支えてくれる気配がしたが、気づかないふりをして、俯きながら。

キタが雪虫を取り出して、二人でそれに乗って屋敷に帰る。いつもと同じはずなのに、朝もこうやって二人で乗ってきたはずなのに。どうしてだか、景色も温度も何もかも違って感じて。モモはただ、目を閉じて涙を堪《こら》えていた。

十七

屋敷に帰ってから、モモはめっきり外に出なくなってしまった。いや、やらなければならないことはやっているのだが、それ以外で外を出歩く気になれなかったのだ。

冬も深まり、積雪は日に日にその厚みを増していた。外でどうこうするような天候でもなかったので、特に問題はなかった。

キタからは「しばらく、ゆっくりと考えてみて。期限は一ヶ月。それ以上はモモちゃんの命に関わるから」と言われた。寝室は一緒ではない方がいいかな、とモモはこの屋敷に来た当初に使っていた私室の方へと部屋を移された。

もうすぐ離縁するのだから同じ寝床にいない方がいい、なんて思われているのではないかと考えて、胸をかきむしりたくなるほど苦しくなって、しかしそれでもモモは「わかりました」と受け入れた。

もうすぐ、約束の期限であるひと月が経とうとしている。

「はぁ」

今日もまた、モモは部屋の中で一人座り込んで物思いに耽っていた。あれほど毎日キタと笑い合って過ごしていたというのに、今は顔すら見ない日もある。それでも体調が悪く床に臥《ふ》せると、キタが現れてモモに力を注いでくれている……らしい。いつもモモが寝入った隙に来ているようで、はっきりとその姿を見たわけではないのだ。しかし、寝起きの体の軽さがまったく違うので、キタがモモのために何かをしてくれている、ということだけはわかる。

（キタさんは、俺と離縁してもいいんだろうか）

あれだけ「好きだ」と、「愛している」と言ってくれたのに、こんなに簡単に手放せるのだろうか。モモが南の土地神に嫁いでも、何も思わないのだろうか。

(『南に行っても会いに行くよ～』なんて言いそうな……)

頭の中で想像しただけだったが、ばっちりキタの声で再生されてしまって、モモは「あぁ」と苦悩の溜め息を吐く。

おそらくキタは、それでいいのだろう。きっと、モモが生きているなら、どこかで健やかに花を咲かせているならそれでいい、と考えているのだ。

と、そこまで考えて、モモは首を振った。

キタのことを責めるようなことばかり考えているが、では自分はどうなのか。「わかりました、南の地へ行きます」とも言えず、かといって「行きたくありません」とも言えず。どっちつかずな態度のまま、黙って部屋にこもっているなんて。

「俺は……、っ、けほっ」

火鉢の前で手をかざしたままひとりごとをこぼす、と、合わせるように咳が出た。最近、何もしていなくてもこんなふうな空咳が出る。ひとしきりこんこんと咳き込んでから、モモは「はぁ」と息を吐いた。

ふと暦《こよみ》を見ると、月はもう弥生《やよい》に入っていた。今日がちょうど一日だ。北の地にはまだまだ春は来ないが、南の地はもうすっかり暖かくなっていることだろう。

南の土地でなら、モモはすくすくと健やかに育つのだろうか。今だって不便はないが、それはキタの力のおかげだ。

(わかっている)

キタの負担にならないためには、いや、モモの命が長く続くことを望んでくれるキタのためには、すぐにでも南の土地に行くべきなのだ。南の土地神には「キタのためにできることをしたい」と言っておきながら、ではそれが「離縁して離れることだ」と言われると躊躇ってしまう。

そう、躊躇っている。どう考えても利しかない転居だとわかっているのに、南の土地へ行くことを躊躇っているのだ。

「ふわぁ」

ふと気づくと、部屋の中に雪虫がいた。お盆を持っていて、上にはお茶と砂糖菓子がのっている。

「あぁ、わざわざ持ってきてくれたんだ。ありがとう」

礼を言って受け取ると、雪虫は「ふわっふわっ」と嬉しそうに鳴いた。どうやら役に立てて嬉しいようだ。

モモは目を細めながら、盆を文机の上に置いた。

「……あ」

雪虫が持ってきてくれた湯呑みには、桃の花が描かれている。結婚当初、雪虫が作ってくれた湯呑みだ。

「そうか。もう、一年か……」

弥生といえば、モモが嫁に来た月だ。最近何かと目まぐるしくて、すっかり頭から抜け落ちていた。

（だめだな……、自分のことばかり考えているから、こんな）

本当なら、どう過ごしていただろうか。モモは座り込んで湯呑みを手にしながら、ふと考えた。

もしも体が弱ることもなく、健康でいたら、モモは今何をしていただろう。

（あぁ、きっとお祝いの料理を考えていただろうなぁ）

弥生の三日、人間界では「桃の節句」というお祝いがあるのだ、と以前キタが教えてくれた。

「女の子の健やかな成長を願うお祝いらしいんだけどね。でも、桃の節句だなんて、まさにモモちゃんのお祝いみたいじゃん？」

と、にこにこ笑顔を浮かべながら。

折しもその日は、本当はモモが結婚のためにこの屋敷を訪れる日だった。まぁ、結局は日を間違えて二日に現れてしまったのだが……。当時は恥ずかしくて、申し訳なくて仕方なかったが、今思い出すとなんだか笑えてしまうから不思議だ。

「ふっ……」

軽く吹き出して、モモは親指で湯呑みを擦った。

結婚一周年のお祝いと、桃の節句のお祝い、一緒にしちゃおうよ。なんて、キタなら言っただろう。キタはお祝い事や騒がしいことが好きだから。そして、モモは雪虫と共に台所で祝いのご飯を作るのだ。

キタのことだから、きっと洒落《しゃれ》た贈り物を準備してくれる。それを見越して、モモもしっかりと悩むはずだ。雪虫たちを前に「何を贈ったらいいと思う?」なんて相談を持ちかけて。ふわふわ、と笑って相談にならない彼らに「もう、真剣に考えて」なんて同じく笑いながら。

そして、言うのだ。

(キタさん、俺を娶ってくださってありがとうございました。俺、とても幸せです。キタさんの地で咲くことができて、こうやって一年間一緒に過ごせて、俺、俺は……)

「……とっても、幸せです」

最後の言葉は、自然と口から溢れていた。一人きりの部屋の中、モモの呟きは雪虫のようにふわふわと浮かんで、そして伝えたい相手に届かないまま消えていく。

「幸せ……か」

そう、幸せだったのだ。モモはこの屋敷に来て、ただただ幸せを感じていた。

モモの夢は、自分の花を咲かせることだった。どこでもいい、とにかく自分の花を咲かせたいと。その夢は絶対に揺らがないと思っていた。だが……。

モモは湯呑みを置いて、立ち上がった。うつろい続けていた気持ちが、今ようやくしっかりと固まったのだ。

久しぶりに自分から昼間に障子《しょうじ》を開けて廊下に出

る。少し廊下を進んで角を曲がれば、そこには中庭に繋がる硝子戸《ガラスど》があって、モモはいつもここから庭に出ていた。

モモは、きちんと並んで置いてある草履《ぞうり》に履き替えて、庭に降りた。屋敷の外はずっしりと雪が積もっているが、この中庭だけはそれがない。いつでも春の陽気が漂っていて、桃の木は健やかに風に揺れている。

……はずだった。

「……っ、花が」

久しぶりに降りた中庭の地面には、薄桃色の花弁がたくさん散っていた。庭の真ん中で咲いている木は、風が吹くたびに、ざぁ、と花弁を散らしている。

(俺の体調が悪いから？　俺は……もうここでは)

よたよたと木に近づいて、モモは膝を折ってその幹に、縋るように両手を当てた。

「あぁ……」

モモにもわかる。桃の木は、すっかりその元気を失っていた。あれほど見事に咲き誇っていたのに、今や見る影もない。

(散ってしまう、俺の花が)

一瞬、暗い気持ちにとらわれかけて。しかしそれでも、モモは顔を上げた。

「モモちゃん……？」

と、後ろから、声がかかった。モモのことを「モモちゃん」と呼ぶのは、この世に一人だけだ。

「モモちゃん、どうしたの？　外は寒いよ、中に入ろう」

振り返ると、そこにはキタがいた。急いで自分の上着を脱いでいる。モモの肩にかけてくれるつもりなのであろう。

「キタ、さん」

なんだか久しぶりにキタの顔を見た気がして、モモの視界が一瞬で潤む。

(あぁやっぱり、やっぱり俺は……)

飛ぶように寄ってきたキタに着物をかけられても、モモはそこに膝をついたままだった。心配そうに「モモちゃん?」と呼びかけてくるキタを、精一杯真っ直ぐに見上げる。

「キタさん」

モモの声に、キタがびくっと指先を跳ねさせた。しかしそれを誤魔化すように「え、なになに、どうしたの?」と笑う。モモはその笑顔をじっと見上げながら、もう一度「キタさん」と愛しい名前を呼んだ。できるだけ優しく、柔《やわ》く、たくさんの愛を込めて。

「俺は、ここでしか咲けません。どこにも、誰のところにも行きません」

ずっと、本当はずっと言いたかった言葉が、するりと口から出てきた。悩んでいた時はあれほど詰まって、止まって、出てこなかったのに、驚くほどにあっさりとこぼれ落ちる。

「モモちゃん……」

キタの手が、視線が、揺れている。おちゃらけた笑顔を浮かべかけて、失敗して、泣き笑いのような顔になっている。

「どこでも、じゃない。俺は、ここで咲きたいんです」

モモもまた、泣き笑いのような顔をしてキタを見上げた。いや、しっかりと泣いている。桃の花弁が舞い散るのと同じように、ほとほとと涙が散る。しかしそれを放って、モモはゆっくりと地面に手をついた。

「北の土地神様、どうか俺を貴方の嫁でいさせてください」

地面についた手に、ぽつぽつと涙が落ちる。モモはゆっくりと目を閉じて、頭を下げた。

「ずっと、お側に、いさせてください」

心の内側にこびりついていた言葉を、全部剥《は》がして吐き出して、モモは「はぁ」と満足の溜め息を吐いた。ようやく言えた。ぐるぐると思い悩んでいた言葉は、口にするととても簡単な内容だった。モモはただ、キタの側にいたいのだ。

「……モモちゃん、馬鹿じゃないの」

上から、震えた声が降ってきた。辛辣《しんらつ》なのに、辛辣じゃない。頼りなく、どこにも寄るべのない小舟のように、不安そうで、頼りなく揺れる呟き。

「死んじゃうんだよ、ここにいたら、モモちゃん。いなくなっちゃう」

顔を上げると、ちょうどキタが膝を折ったところだった。モモの肩を摑んで、優しく持ち上げるようにしながら立つように促して。

その灰色が、きらきらと光っていた。先日見た時の、あの光のない目とは違う。明け方の海の色だ。モモは濡れたそこに、手を伸ばした。

「大丈夫ですよ」

言葉にすると、不思議と本当に大丈夫なような気がした。キタの言う通り、もうすぐモモの命は尽きてしまうのに。いなくなってしまうのに。素直な気持ちを伝えた途端、モモの心はしっかりと強いものに変わっていた。

「大丈夫じゃないよ、嫌だよ、モモちゃんがいなくなるなんて、俺は……」

反対に、これまで「大丈夫だよ」と支えてくれたキタの方が弱くなってしまったようだ。モモはもう一度「大丈夫ですよ」と繰り返した。キタの浅黒く精悍《せいかん》な頰に流れるその涙を親指で拭いながら。

「キタさんも、泣くんですね」

「……っ、泣くよぉ、めっちゃ泣く」

ふふ、と笑いながら言うと、キタも少しだけいつもの調子を取り戻して答えてくれた。それだけでモモは胸がいっぱいになって、頰が緩む。

しかし、その時。ざぁっ、と強い風が吹いて、桃の花弁が一斉に散った。

「……っ、うっ」

途端に、キリで突かれたかのように胸が痛んで、モモは息を詰めた。真っ直ぐに姿勢を保つこともできず、目の前のキタに縋るように体を預ける。

「モモちゃん……、っ、モモちゃん！」

キタが焦ったようにモモを抱きかかえる。そのまま部屋の中へと運ぼうしたところを、モモは「待って」と掠れた声を上げて制止した。

「キタさん、ここに、ここにこのまま……」

震える手を持ち上げると、それはぼんやりと薄れていた。いつかのように、向こう側が透けて見えている。それを見たキタが長く息を吸った。

「モモちゃん、駄目だ、やっぱり駄目だ、嫌だ」

キタはそう言うと、モモに口付ける。いつものように甘やかなものではなく、無理矢理押しつけるような、必死な、それでいて悲しいほどに切ない口付けだった。

「んっ」

合わさった箇所から、キタの力が流れ込んでくるのがわかる。しかしそれは注がれた端からとろとろとこぼれ落ちて、モモの中には留まらない。

「っは、なんで、こんな急に……っ」

キタはぐしゃぐしゃと髪をかき混ぜて、そして何度もモモに口付ける。何度も、何度も、何度も。

「っ、……あ、キタさん……、ねぇ、キタさん」

唇がヒリヒリするほど何度も擦りつけられて、ようやくモモは口を開いて言葉を発することができた。

「多分、俺が、決めたから……、ここで咲くって決めたから、こうなったんです」

急に体調が悪くなった理由を、モモは精霊としての本能で感じ取っていた。モモがここで咲くと心を決めたので、桃の木は、その気持ちを掬い上げてくれたのだ。

「はぁ？　なにそれ、なんで、どうして……おかしいじゃん」

キタの腕の中、モモは仰向けになって天を見る。灰色の空に、桃色の花弁が映《は》えて、とても美しい景色だった。

ぽつ、ぽつ、冷たい雫が落ちてきて。雨かと思ったそれはすべてキタの涙で。どうしようもない愛しさと申し訳なさといじらしさで、モモは胸がいっぱいになった。

「キタさん……」

色々、色々ときちんと伝えたいのに、言葉にならない。消えていくのに、不思議と恐ろしさがないのは、大好きな人の腕に包まれているからだろうか。モモは精一杯口端を持ち上げて、夫を見上げる。

しかし、その気持ちはキタには伝わらない。キタはただ悲しそうに、悔しそうに涙を流している。

「いやだ、いやだよ……モモちゃん、モモ」

キタがその胸にモモを抱き寄せて、モモの視界がキタでいっぱいになる。

「俺を置いていかないで、モモちゃん」

「キタ、さん」

それがあんまりにも切ない声なので、モモも貰い泣きしてしまう。もはやほとんど透明になってしまった腕を、必死に持ち上げて、キタの頬にソッと添える。

「置いて、いかない……どこにも、俺は」

「モモちゃんっ、やだよ、モモちゃん……っ！」

ひらひらと散って見えるのは、桃の花弁だろうか。でも、キタの顔を見ていたはずなのに、おかしいな。そう思った時にはもう、モモの目は何も映していなかった。透き通った瞳には、キタも、桃の花弁も、何も。

「モモ……」

絞り出すような声を、最後に聞いた気がする。モモはできる限りの力を使って、ゆっくり、ゆっくりと言葉を紡いだ。

（大丈夫、ずっと、側にいますから）

その言葉は、きちんとキタに届いただろうか。

キタの返事を確認する前に、すべての音がモモの周りから遠ざかっていく。キタのすすり泣く声も、花弁の散る音も、雪虫の鳴く声も、全部、全部。

　モモはゆっくりと目を閉じた。


　その日、北の土地神の屋敷の中庭から、一本の桃の木が消えた。まるでそこにあったこと自体が、夢まぼろしであったかのように。

　きらきらと光の粒だけが残ったが、北の土地神がそれを捕まえる前に、灰色の空へと昇って消えてしまった。

喪失

　枯れ果ててしまった桃の木と共に、モモは淡い光の粒子となって、さらさらと消えていった。泣きながら光の粒を掴もうとする北の土地神の手をすり抜けて。


「行くな、行かないでくれ」

　と、縋る夫を一人置いて、モモは去ってしまったのだ。北の地で咲いて、そして、北の地で果ててしまった。まだ猶予はあったはずだった。今しばらく、北の地で生きていけるだけの力を、北の土地神はモモに与えていた。だというのに、モモは唐突に力を失い、そして消えてしまった。


　北の土地神は泣いた。泣いて泣いて、毎日を泣いて過ごして。「もっと早く離縁していれば」と自分を責めた。モモの覚悟が決まるまでは、なんて言い訳をしていた自分を。離れたくなくて、ぎりぎりまでこの地に引き留めてしまった自分を。

　何もない中庭を眺めて、桃の花の柄が入った湯呑みを手に取って、卵焼きのない朝餉《あさげ》を前にして。その都度《つど》、北の土地神は暗い気持ちになった。北の土地はどんよりとした天気が続いた。明らかに例年以上の寒さであったが、冬ということもあり、多くの者はその変化に気がついていなかった。が、同じ土地神で親交のある南の土地神はさすがに何か察したらしい。「仕事のついでだ」と言って、時折北の土地神の屋敷に顔を出すようになった。

「洒落者のお前が髭《ひげ》に刃も当てず、どうした？」

とからかうように言われたが、北の土地神は虚《うつ》ろな顔で「あぁ、うん」と答えることしかできなかった。

どうした、と問う南の土地神も、友人が何故そうなってしまったか、よくわかっていただろう。北の土地神の屋敷から、先日までいたはずの「唯一の存在」が忽《こつ》然《ぜん》と姿を消してしまっていたのだから。

「……いくら大きな瘴気だったとはいえ、北の土地神ともあろうお前があれだけ処理に苦しんでいた時点で、この結果はわかっていただろう」

そう言われても、北の土地神は「そうだな」と気力なく答えることしかできない。

南の土地神が言っているのは、昨年秋……巨大な瘴気を呑み込んだことにより気を失ってしまった時のことだ。珍しく助けなどを求めてしまったので、記憶に残っているのだろう。あれはたしかに、モモのために力を注ぎすぎて、神力が衰えはじめていた頃だ。常の北の土地神であれば、あの程度の瘴気で気を失うことなどない。

そう、すでにあの時点で、未来は決まっていたのだ。

「荒神にだけは落ちてくれるなよ」

南の土地神はいつもそう言って去っていった。気まぐれだが、意外と情に厚い神なのだ。しかし北の土地神はそれに対して「是」とも「否」とも答えることができなかった。

荒神とは、神のなれの果てだ。本来この世を守り支えるべき神が、その存在意義を見失い、ただ荒ぶるだけの猛き者になった姿。妄執にとらわれ、意識は手放し、ただただ憎しみや悲しみを吐き出すだけの、力を持った穢《けが》れである。文字通り、荒れ果てた神、だ。

（いっそ、そうなってしまえた方が楽かもな、……なんて）

意識がなくなれば、この悲しみからも解放されるのではないか。そう考えてはみるものの、未だ胸の中に巣食うモモの記憶がそれを許してくれない。モモは、北の土地神が治めるこの土地を好きだと、この土地で咲きたいと言っていた。土地神が荒神になれば、治める土地も影響を受けて荒れてしまう。生き物は住めなくなり、草木も枯れる。そうなればきっと、モモはとても悲しむだろう。

もはやいなくなってしまった存在を慮《おもんぱか》るなど……と思いながらも、北の土地神を踏みとどまらせてくれているのはやはり、モモだった。

＊

「それ」を見つけたのは、北の土地神が、神と荒神の境の本当にぎりぎりのところを揺蕩《たゆた》っていた頃のことだった。ある朝、もはや癖のように中庭を覗き込んだ時に見つけたのだ。桃の木のあった場所に、ころりと丸くなって眠るその小さな存在を。それは「モモ」だった。

裸足で駆け寄って、抱き上げて、北の土地神は愕然とした。そこにいたのは、あのモモとまったく同じ姿、同じ顔に同じ眼差《まなざ》しを持った……しかし、小さな子供のように幼い、幼体の桃の精霊だった。

初めはモモが戻ってきたのかと思った……が、その「モモ」はモモでありながら、モモでなかった。モモとしての記憶を一切持っていないようで、話が通じない。というより、精霊としての何もかもを失ったかのように、真《ま》っ新《さら》だった。

表情に乏しく、言葉を話さない。行動に規則性がなく、かといって本当の子供のように元気よく駆け回ったり、笑ったりもしない。中身だけどこかに落としてきたかのような、不思議な精霊だった。北の土地神は、便宜上その子を「モモ」と呼ぶようになった。というより、モモが「モモ」以外の呼びかけに反応しないのだ。

モモが現れた時、その小さな手の中には種が握られていた。桃の木の種だ。北の土地神は、期待に胸を高鳴らせてその種を中庭に植えた。もしかしてこの木が育てば、北の土地神の知っている「モモ」が戻ってくるかもしれないと思ったからだ。

しかし、桃の木はなかなか育たなかった。北の土地神の力をいくら注いでも、ゆっくり、ゆっくりとしか大きくならないのだ。今やっと、小さなモモの背と同じくらいまで育ったが、本当に「ようやっと」という感じが否めない。

小さなモモのことを、北の土地神は存分に優しく甘やかした。「モモ」と名前を呼び、頼まれなくても抱き上げて、何くれとなく面倒を見て、大きなモモも好きだった甘い砂糖菓子を手ずから与えてみた。

だが、モモはそんな北の土地神の行動に対して、なんの反応も返さなかった。というより、迷惑がっているのかもしれない。抱き上げればじたじたと小さく暴れて降りたがり、同じ寝台で寝てもいつの間にか端っこに逃げている。

「モモちゃん」にしていたのと同じように可愛がりたいのに、モモはそれを拒否する。まるで「自分は『あのモモ』ではない」と言われているような気がして、北の土地神の気持ちは、ずん、と重たくなった。

十八

「モモ？」

北の土地神はモモを探しながら、屋敷の中を歩き回る。しかしどこからも返事はない。北の土地神は「はぁ」と溜め息を吐いて庭に出た。きっといつも通り、彼はキタから離れた場所にいるのだろう。

庭を歩いて、蔵の前を抜けて、裏山の麓《ふもと》に差し掛かる。積もった雪の上に蹲《うずくま》るようにして、小さな精霊が座り込んでいた。

「ここにいたんだ、寒いでしょ」

北の土地神の呼びかけに、小さな精霊がちらりと振り返る。しかしすぐに目線を自分の手元に戻してしまった。白くて丸い……何かを作っているようだが、それが何かは北の土地神にはわからない。そして、彼は絶対に北の土地神には教えてくれない。

「屋敷に入ろうよ、モモ」

モモは自分のことを「モモ」だとわかってはいるようだ。名を呼べばそのたびにこちらを見る。しかし、それだけだ。振り返ってジッと北の土地神を見るものの、すぐに、ふいっと目を逸らし、雪を触り出す。ただ、足元に転がる雪虫には、時折指をやって撫でているようだ。

（なんでだよ）

どことなく拗ねたような気持ちになるのは、いくら分身のような存在とはいえ、雪虫は雪虫でしかないからだろうか。それとも、以前の「モモ」と違いすぎる態度に、どこか虚《むな》しさを感じているからだろうか。

『なんですか、キタさん』

と眉根を下げて困ったように笑うあの子はもういないのだ、と、そのたびに突きつけられているような気持ちになるから。だから……。

「ふわ」

気がつけば、目の前に雪虫がいた。「ふわふわ」と

鳴きながら、モモの方を指す。相変わらず、笑いも泣きも喋《しゃべ》りもしない、小さな「モモ」を。まるで「それでも、あれはモモだよ」と諭すように。

「……わかってるよん」

肩をすくめて、できるだけ明るく北の土地神は答える。目は小さなモモを追っているが、本当に見ているのは「モモ」ではない。その後ろにいる、「モモちゃん」だけだ。

新しいモモとの日々は、とても静かだった。なにしろモモが喋らないからだ。

雪虫たちは、どうやら小さなモモを受け入れているようだった。主人である北の土地神はまだ戸惑っているというのに、だ。

(気楽なもんだな)

元の……北の土地神の嫁である「モモちゃん」はもう永遠に帰ってこないかもしれないのに……と、小さなモモと遊ぶのんきな雪虫たちを羨《うらや》んでしまう。北の土地神であっても、今目の前にいるモモが、過去のモモと同一なのかわからないから、余計に焦って、苛立《いらだ》ってしまうのだ。

北の土地神は、モモに会いたくてたまらなかった。

＊

冬の終わりに現れた小さなモモは、だんだんとおかしな行動をするようになった。

まず、朝は必ず北の土地神の寝台から抜け出す。どれだけ「危ないからやめて」と言っても、必ず北の土地神が起きる前に庭に飛び出すのだ。そして広い庭で迷子になって、毎度北の土地神が探しに行く。禁足地である北の土地神の社《やしろ》にも踏み込もうとしていて、肝《きも》を冷やしたことも一度ではない。あそこに足を踏み入れたら、モモのような小さい精霊など一瞬で消滅してしまうからだ。

あまりにもそれが続くので、北の土地神はモモに眠りの術を施した。北の土地神が目覚めるまでは、絶対に起きられない術だ。それでも、北の土地神が起きるとすぐに外に飛び出すのだから大したものだ。一体その活力はどこから湧いているのだろうか。

それから、裏の山でも迷子になるようになった。春など、何回行方知れずになったか知れない。

夏には、石蔵に入り込んで北の土地神のサーフボードを壊す事件もあった。壊すというより、触れたら倒れた……というのが正しいが、とにかく触って倒して二本のボードに傷をつけた。

「石蔵になんて近づいたこともなかったのに、急にどうしたの」と問うてみたが、返ってきたのはやはり沈黙だった。

この頃からだろう。北の土地神は、「このモモは、モモちゃんではない」と認識するようになった。

モモのように笑わない、喋らない、北の土地神を見て「キタさん」と呼んでくれない。もうあのモモは、どこにもいないのだ。なまじ「モモ」と顔が同じだからこそ、辛さは余計に増すばかりだった。

モモは、秋にもまた山で迷子になった。落ちていたイガ栗をしこたま踏んで怪我をして歩けなくなっていたところを、北の土地神が保護した。

傷だらけのモモの足を手当てしながら、北の土地神はどうにも整理がつかない自分の心を持て余していた。

このままここでモモを育てていく自信すら、失っていた。

（いっそ、花園で他の精霊の子たちと共に生きた方が、この子にとっても幸せなんじゃないか）

モモのことは大切だ。このモモは桃の木の跡地から生まれたのだから、北の土地神の「モモちゃん」となんらかの繋がりがあるに違いない。手放すなんて考えられない、離れるなんて考えられない……はずなのに、見ているのが苦しい。モモと「モモちゃん」の違いを認識すればするほど、「モモちゃん」はもういないのだと見せつけられて、納得しろと迫られているようで辛い。

「モモちゃん」

夜、寝台の上ですやすやと眠るモモの、幼い、ふっくらとした顔を見下ろす。花園で、「モモちゃん」に初めて出会ったのが、このくらいの年齢だったのではないだろうか。そう考えて、元のモモと、目の前で眠るモモの違いをまざまざと思い知る。あの頃すでに、モモの目はきらきらと輝いて、「自分の花を咲かせたい」と言っていた。

「モモちゃん」

会いたい、と言いかけて、その言葉はこの目の前のモモに対してあまりにも悪すぎると口を噤む。

そう、こんな気持ちでモモに接するのは、あまりにも悪すぎる。目の前のモモも、きっとモモには違いないのに。

今のところ、北の土地神がこまめに力を与えなくてもいいほど、モモは元気だ。これには北の土地神も驚きを隠せなかった。昨年はあれほど力を使っていたのに、今年はほとんどモモに力を割いていない。それでも、モモは元気だし、桃の木も小さいながら枯れることなく育っているのだ。おかげで底を尽きかけていた力は回復したが、モモが健やかである理由は未だ知れない。

花園にも現状について連絡を入れてはいるものの、まだ真相は解明されていない。樹木師も「こんなことは初めてです」と首を傾げるばかりだという。

この地で育っていくのに問題がないのであれば、面倒を見てやりたい。と同時に、面倒を見る自信がない、という気持ちも湧き上がってくる。

(いや、俺だって一緒にいたいよ。けど……)

あまり考えたくはないが、モモが悪さばかりするのも、北の土地神の言うことを聞かないのも、馴染もうとしないのも、すべてはこの地や屋敷、そして北の土地神への不満から起きているのではないのだろうか。

「はぁー……」

深く溜め息を吐いて、寝台に座り窓の外を見る。一年前はたしかにそこに咲いていた桃の木の姿はなく、ただ小さな若木が風に揺らぐだけだ。

「モモちゃん」

女々しくも、もう一度愛しい名前を呟いて、北の土地神は肩を落として項垂れた。

「モモを諦めたくない」という気持ちと「あのモモはもういない」という気持ちがせめぎ合って、北の土地神の心を揺さぶる。

無性に「キタさん」と北の土地神を呼ぶあの優しい声を聞きたくて、仕方なかった。

十九

モモが再び怪我をしたのは、もうすぐ冬に入るというある日のことだった。

朝のまだ早い時間に、台所で盛大な音が響いた。鍋や、皿が転げるような音だ。

北の土地神はその時、中庭にいた。ぼんやりと小さな桃の若木を眺めているとそんな音がして、次いで雪虫たちがざわざわと騒ぎながら北の土地神を呼びに来た。

慌てて向かった台所で、モモが片足を投げ出すような格好で蹲り、何かに耐えるように俯いて震えていた。投げ出した足は赤く焼けている。どうやら、熱した鍋が降ってきたらしい。

「モモっ！」

北の土地神は慌てて座り込んで、患部に手をかざす。かなりひどい火傷だったが、モモは唇を噛み締めて声を出さないようにしている。

北の土地神はざっと現場に目を走らせて、モモ自身がその鍋を熱していたということに気がついた。竈《かまど》の前にはどこからか引っ張り出してきたらしい踏み台がある。

「大丈夫？　痛くない？」

患部の赤みが取れるにつれて、モモの顔色が良くなっていく。青ざめていた顔に朱が差してきて、北の土地神は「ほ」と息を吐いた。

気持ちが落ち着くと共に、胸の底の方から、なんともいえない感情が湧き上がってくる。あまりいい色ではない、どろ、とした感情だ。

「どうしてこんな……危ないことしちゃったの？」

口から出てきた言葉があまりにも刺々《とげとげ》しく、北の土地神は途中で口調を変える。

「お腹空いてた？　暇だった？」

無駄だ、と思いながらも矢継ぎ早にモモに問うてみる。案の定モモは黙り込んだまま、ぼんやりと転げた鍋を眺めるばかりだ。足元では、雪虫たちがおろおろとしながら、北の土地神とモモを交互に見つめている。

「それとも」

「危ない」「近付いちゃいけない」と日頃から言ってある台所に忍び込んで、怪我までして、体を傷つけて。一体何がしたかったのか、どうしたいのか、それは何もわからないままで。

「そんなに、俺に迷惑かけたかった？」

とても自虐的で、意地悪な言い方だ。わかってはいたが、どうにも止まらなかった。

モモが、鍋に向けていた視線をゆっくりと北の土地神の顔に移す。その真っ直ぐで純粋な視線を受けて、北の土地神は唇を引き結ぶ。

「モモは、俺のこと嫌い？」

後半が情けなく掠れてしまったその問いかけは、願いでもあった。「違う」と言ってほしかった。それを期待して、じっとモモを見つめる。

「キタさん」「好きです」と、胸の内にしまった幻覚の「モモちゃん」が笑う。しかし、現実のモモはぼんやりと北の土地神を見上げるだけだ。

モモは終始無言で、足が治るとすっくと立ち上がった。そして転がった鍋や皿を片付けようとする。

「……」

虚《むな》しいとはこういうことだろうか、と北の土地神は座り込んだ体勢のまま俯く。最愛の人の形はそこにいるのに、そこにいない。打っても何も響かない。北の土地神の愛だけが空中に浮いて、行き場を失ったまま未練がましく漂っている。

「モモ、やめて。片付けなくていいよ」

静かに制止する。が、モモは止まらない。北の土地神は床を見つめたまま、拳を握った。

「やめて」

先ほどより強めの言葉が出てしまって、ハッと顔を上げる。モモはぴたりと動きを止めて、手に持った鍋をそのままに北の土地神を見ている。そして、踵《きびす》を返して駆け出した。たっ、と走って台所を出て行ってしまう。

「あ……」

謝ろうかとも思ったが、引き留める言葉が出てこない。

北の土地神は静かに「はぁ」と息を吐いた。

(ヤバいな、俺、全然駄目、最低)

このままでは、モモのことも傷つけてしまう。あんなに小さくて無垢な子供に当たろうとするなんて、最低としか言いようがなかった。

しばらくその場から動けないまま、北の土地神はぼんやりと座り込んでいた。

そしてようやく、膝に手をついて立ち上がる。自己嫌悪に苛《さいな》まれながらも、さて、と散らばった鍋や皿を拾う。と、食材も土間の方にバラバラと散らばっているのが見えた。

「あーぁ、もう」

竈の近くには、卵がいくつも転がっている。中には割れてしまっているものもあって、北の土地神は溜め息を吐く。

（……卵？）

そこでふと、それがモモに繋がる食材であったことを思い出し、北の土地神は姿勢を正して、台所を眺めた。

竈の近くには、先ほどモモに火傷を負わせた鍋が転がっている。長方形のそれは、卵焼きを作るためのものだったのではなかっただろうか。

はっ、として足元を見る。卵がいくつも転がって、竈の近くの台の上には雑に混ぜられた黄身と白身の入った皿がある。およそまともな料理が作れるとは思えないが、それはもしかすると……。

北の土地神は顎に手を当てて、忙しなく目を動かす。

（まさか）

そんなまさか、とは思いながらも、心臓は痛いほどドクドクと脈打っていた。

モモは、卵焼きを作ろうとしていたのだろうか。おそらくは、北の土地神のために。

（いや、だってあのモモは……）

北の土地神のために何かしようなんて、思うはずがない。と、思いながらも、北の土地神は頭の中で過去のモモの行動を振り返っていた。

モモは毎朝外に飛び出していた。庭の中で迷ってしまってはいたが、あれはもしかして、北の土地神の社に参ろうとしていたのだろうか。思えば過去のモモは毎朝欠かさず、北の土地神の御神体に向かって手を合わせていた。

（だけど、そんな）

春や秋、山に入ったのは、山菜や栗を採ろうとしたのではないだろうか。体が小さいが故にかなわなかったが、それを採って、喜ばそうと思ったのではないか。それを喜ぶ人がいると、わかっていたのではないだろうか。

北の土地神は、顎に当てていた手で口元を覆う。そうしないと、何か叫び出してしまいそうだった。

足元で「ほわ」と雪虫が鳴く。

北の土地神の分身である彼らが、モモから離れなかったのは何故か。記憶を失っても、小さくなっても、モモが彼らを可愛がっていたのは何故か。

(モモ……、モモちゃん)

夏に、石蔵に入ってサーフボードを触ったのは。もしかしたら、覚えていたのだろうか。北の地の短い夏に、共にそれに乗って笑い合った日を。自分もそれに乗りたくて、触れてみたくて、誤って倒して傷つけてしまったのではないだろうか。

北の土地神は、床を蹴って台所を飛び出した。モモの気配を辿って、屋敷の廊下を飛ぶように駆ける。

モモに、本当にその意志があったのかどうかはわからない。モモはたしかに以前のモモと違ったし、意志も薄弱に見えた。どちらかというと、無意識下の行動かもしれない。しかし、それでも。その行動の中にはたしかに、北の土地神への愛があった。

硝子戸を開け放って、廊下から中庭に飛び出す。

中庭の真ん中、小さい体を、さらに小さく丸めている人影が見えた。その前には、これまた小さな木が植わっている。握って、少しでも手に力を入れれば折れてしまいそうなほどに、細く頼りない木だ。その木と、そしてその前に蹲る人影に向かって、キタは声を張り上げた。

「……っモモちゃん」

小さな影が、顔を上げて振り向く。

「……」

無言のままのその影……モモの目が少しだけ潤んでいるのを見て、北の土地神の胸が、張り裂けそうなほどに痛んだ。

「モモ……、……モモちゃん」

もう一度、たしかめるように、北の土地神はモモを呼んだ。「モモ」ではなく「モモちゃん」と。

「ごめん……、いや」

謝るのも違う気がして、北の土地神はその場で膝を折る。震える手で、こわごわと小さな体を包んだ。びくっ、とモモが身をすくめるのは、嫌がっているからだと思っていたが、多分違う。

「モモちゃん、……モモちゃんだったんだ」

モモは、自分に自信のない子だった。いくら愛していると伝えても、いつもどこか「自分なんかが」と自身を卑下していた。しかしそれでいて人の気持ちに敏感で、察しがよくて。

このモモも、きっと同じだ。自分に自信がなくて、愛されていいのかわからなくて、戸惑っている。そして、北の土地神が自分を見ながら、自分ではない誰か、を探しているのも気づいていた。

いや、そこまではっきりとわかっていたかどうかはわからない。だが、たしかに北の土地神への愛を心に持っていたのだろう。

「姿が変わっても、モモちゃんはずっと俺の側にいてくれたんだね」

北の土地神は、モモを抱き締めながら、ゆっくりと語りかける。モモは「なんのことだろう」というようにこてんと首を傾げている。多分、わかってはいない、記憶があるわけではないのだ。ただ無意識のうちに、北の土地神を愛してくれていた。

『大丈夫、ずっと、側にいますから』

不意に、モモの言葉が耳の内に蘇《よみがえ》る。きらきらと光るように消えていきながら、それでもキタに手を伸ばして伝えてくれた。

小さなモモは、無意識のうちに、モモが最後に言ったその言葉を、一生懸命守ってくれていたのだろう。

「モモちゃん……」

堪えきれず、北の土地神の目から涙がこぼれた。跪く北の土地神と、抱き締められるモモのその隣では、頼りない桃の木がそよそよと揺れていた。

桃の木が育たないのはきっと、注がれるその愛情が少ないからだ、と北の土地神はようやく気がついた。愛したモモがいなくなったという現実を受け入れられず、今目の前にいるモモを愛せなかった北の土地神の、その心の表《あらわ》れだ。

(ごめん、ごめんね、モモちゃん)

綺麗に咲かせ続けると約束したのに、自分はすっかりとそれを破ってしまっていた。北の土地神は涙を流しながらモモを抱き締め、そして歪む視界の中に桃の木を捉えた。

「君がどんな姿でも、俺を愛してくれるように」

モモは小さくなっても、モモだった。北の土地神のために、ただ、自分にできる精一杯を与えてくれる。

「俺も、どんな姿の君も、愛する……愛してる」

北の土地神の言葉と共に、桃の木の細い幹が、枝が、みるみると育っていく。幹は太く、枝葉はぐんぐんと繁り、やがてそれは、大きな桃の木になっていく。

「愛してるよ、モモちゃん」

緑の葉を散らし、何もなくなった枝に小さな蕾がつく、ひとつ、ふたつ、そのうちに数えきれなくなるほどたくさん。

やがてそれは、ふっくらと開いて、薄桃色の花弁を覗かせた。

満開に咲いた桃の花が、風に揺れて、北の土地神とモモの上に降り注ぐ。

「愛してるよ」

満開の花を見ることもなく、北の土地神はただただ、目の前の愛しい存在を抱き締める。

抱き締められるばかりであったモモもまた、その小さな手を、おずおずと北の土地神の背中に回した。回して、熱に触れたようにパッと離して、そしてまた、そろそろと腕を回して、今度こそギュッと抱き締める。

「……さ、ん」

これまで言葉を紡ぐことのなかった薄い唇が、震えながら開く。

「き、た、さん」

そして、ひとつの言葉が、ほろりとこぼれた。

二十

夏の、海の中にいるようだった。

モモはぷかぷかと浮かびながら、薄らと目を開ける。上か下か、右か左かもわからない。どこをどう漂って、何を見ているのかもわからない。けれど、たしかにモモはここにいる。

(俺は……、何を)

ぼんやりとしながら、それでもゆったりと体の向きを変える。くるりと体が回るのと同時に、ちゃぷん、と水が揺れる音がした。やはり、海の中にいるようだ。

そのままゆらゆらとしていると、遠くの方に光が見えた。光が見えたことによって、モモは自分のいる場所がとても暗いところであったことに気がつく。

(ここは、暗くて嫌だな)

そう思って、モモは歩き出した。

いつの間にか足はしっかりと地面を捉えており、ちゃぷちゃぷと揺れる水の音は遠ざかっていった。

モモは、暖かな庭に立っていた。

「モモは男体だから、お嫁に行くなんて無理だよね」

「ねー!」

「無理じゃ、ないよっ」

からかうような甲高い声の後に、涙まじりの必死な声が聞こえた。モモの足元を、小さな影がぱたぱたと走っていく。

所狭しと花の咲いた、広い、広い庭。

（あぁ、ここは、花園だ）

そう、モモが立つそこは花園だった。モモは庭にぼんやりと立ち尽くしていて、周りには小さな花の精霊の幼体が何人か集まっている。しかし誰にもモモは見えていないらしく、気づいた様子もなくすり抜けていく。

「モモの花なんて、咲かせられないわ」

「諦めなさいよ」

意地悪な声がそう言い捨てて、きゃっきゃと笑いながら遠ざかっていった。

ざぁ、と風が吹く庭には、小さな精霊がぽつんと一人残っていて、ぐしぐしと顔を拭っている。

「むりじゃないもん」

しきりにしゃくりあげながら、その精霊は自分に言い聞かせている。無理じゃない、諦めない、絶対に咲かせるんだ、と。

モモがぼんやりとその子を見下ろしていると、ふわ、と風に乗って、何かが飛んできた。

綿の切れ端のように、小さくて丸いそれは、ふわふわと空中を漂ってから、ぺそ、と地面に落ちた。ちょうどモモと、泣く子供の間に。

モモが膝を屈めてその「綿」に手を出そうとする前に、子供が涙を止めてそれを拾った。小さな手のひらに、ころん、と転がすと、小さな目が見える。綿ではなく、生き物だ。

「なんだろう……。元気、ない」

子供の手の中で、その生き物はぐったりとしている。どうやら何かの「御使《みつか》い」のようだ。主人とはぐれでもして、力を失いかけているのだろう。

子供はおろおろと周りを見渡す。が、主人らしいものの姿は見当たらない。子供は、生き物を手にぱたぱたと駆け出した。

　渡り廊下を歩いていると、こそこそと囁き合う精霊の一団に出くわした。

「今、……の土地神様がいらっしゃってるらしいよ」

「えぇ～！　やだっどこにいるの？　近づかないようにしなくちゃ」

「私池のほとりで見たわよ！　毛むくじゃらで大きくて、恐ろしい化け物みたいだったわ」

「あぁやだ恐ろしい。あんなのが土地神だなんて……信じられないわ」

　柱の陰に隠れてその話を聞いていた子供は、しばし考え込むように立ち止まる。どうやら、手の中の白い生き物が、誰の御使いであるか見当がついたらしい。幼体の自分より誰かちゃんとした精霊に託すべきか、と思ったらしいが、どうも誰も行ってくれそうにはない。

　手の中の白いものを、どうしようかと持ち上げ、下ろしかけて……そして優しく両手で包むと、きっ、と顔を上げる。

　子供の精霊は、ててて、と廊下を抜けて庭に戻り、端にある池を目指す。

　さわさわと揺れる草の間を抜けて、池のほとりに出る。

（あ……）

　その後についていったモモは、少し離れたところに座る、黒くて大きな……まるで獣のような「誰か」の姿を見て目を細めた。

　座り方に覚えがある。子供が「あ、あの」と声をかけた時に振り返った、その動きに覚えがある。被った面の、その目元の穴から見える灰色の目に覚えがある。わざと堅苦しい声を出しても、その声にも覚えがあって……。

「……キタ、さん」

そう名前を呼んだ瞬間、ざぁ、と風が吹いて、モモは目を閉じた。風は止まず、顔の前で腕を交差させてなんとか防ぐ。

何も見えなくなって、あたりは暗くなって、そろそろと腕を下ろすと、目の前にあったはずの池は綺麗に消えていた。

「……あ、え？」

何もわからないまま、モモは目を瞬かせる。

と、向こうから「モモちゃん」と声がした。振り返ると、そこにはキタがいた。

その顔を見るだけで、モモの胸がどきどきと高鳴る。

（キタさ……）

「キタ様」

しかし答えたのは、モモではなかった。いや、モモはモモなのだが、今ここで浮かんでいるモモではない。地に足をつけて歩いているモモだ。

きょろきょろとあたりを見渡すと、そこはキタの屋敷の庭であった。まだしっかりと雪が残っているので、嫁に来て間もない頃だろう。

モモが戸惑っているうちに、キタが話し出した。

「あのね、はいこれ」

はい、と差し出されたキタの手の中には、小さな白いものがあった。一瞬、雪虫かと思ったが、形や色が若干違う。

「これは……？」

「懐炉《かいろ》、雪兎のケース付き。可愛いだろ？」

「懐炉……、けぇす？」

キタは半ば押しつけるように、モモの手の中にそれを入れる。そして、モモの手ごと包み込むように、ぎゅ、とそれを握らせた。

「わ、温かい」

モモは驚いたように目を丸くして、しげしげと手を見下ろす。ゆっくりと手を開くと、赤い目をしたふわふわの兎が、じっとモモを見ていた。

「可愛い……」

ぽつ、と下を向いたままモモが漏らす。そんな自分を見下ろしてから、モモは正面に顔を向けた。と、キタが懐炉をしげしげと眺めるモモをジッと見ていた。懐炉に気を取られているモモは、まったく気がついていない。

(キタさん、俺のこと、こんなに優しい目をして見ていてくれたんだ)

キタは、目を細めていた。愛しい、とはっきりその目が告げている。見ている方が恥ずかしくなりそうなほど、愛情のこもった視線だった。

「俺からの贈り物。使ってくれる？」

「……っ、はい、大事にします」

大事に、とモモが言った時の、キタの嬉しそうな顔。

(どうして俺は、こんなにも温かな視線に気がつかなかったんだろう)

手のひらの懐炉ケースと同じくらい、モモを見るキタの目は温かい。けれど、そのキタが見つめるモモは、まったくそれに気づいていない。

(俺は、本当にもう)

自分が情けない、が、もしこの場に戻ったとしても、モモはやはりキタの視線に気づかないのだろう。大きな愛情で包まれていることも、ずっとずっと、愛されていたということも。

(キタさん)

おそるおそる、キタに手を伸ばす。モモの透けた手が、浅黒い肌に触れる前に、キタがふいと顔を上げた。

「モモちゃん？」

どこか不思議そうにそう呟いて、キタが首を傾げる。

「え？」

反応したのは、懐炉を手にしたモモだ。きょとんとキタを見上げて「えっと、はい」なんて返事をしている。キタはぱちぱちと目を瞬かせてから、にへら、と嬉しそうに笑った。

　その笑顔の行方を見る前に、ぽかりと空中に浮かんだモモは、どこかへと飛ばされた。


「あっ」

　ぽちゃん、と水の中に沈められる。いや、そこが水かどうかは定かではない。しかし、たしかに水音がした。目覚めた時と同じ場所だ。

　しかし先ほどと違うのは、周りに景色があることだ。暗闇の中にぼんやりと色々な場面が映っている。

　それは、山菜ご飯を頬張るキタだったり、サーフボードに乗るキタだったり、春の朝に布団に包《くる》まるキタであった。どの場面にも見覚えがあるのに、その表情は初めて見るものばかりだ。モモも同じ場所にいた。山菜ご飯をよそったのはモモだし、サーフィンをするキタを浜辺から見ていたし、布団に包まれたキタを起こした。けれど、どのキタの顔も、とても新鮮に見える。

（多分俺が、キタさんの顔を真っ直ぐに見れていなかったから）

　キタはいつでも、モモを見ていた。モモだけを見て笑い、モモだけを見て話し、モモだけに寄り添っていた。

「キタさん、キタさん」

　どこもかしこもキタで溢れているのに、どのキタにも触れることができない。そこにいるのは、モモのキタではないからだ。みんなみんな、「キタの目の前にいるモモ」のキタだ。

（キタさんに会いたい、俺のキタさんに、会いたい）

　モモは浮かんできた涙を手の甲で拭いながら、水の中を泳いだ。いや、泳ぎ方なんて知らないので、ただ一生懸命に目の前の水をかくだけだ。

　力を抜いて、浮かんで、波に身を任せる。

『ほらモモちゃん、大きな波が来るよ。一緒に乗ろう』

頭の中で、いつか聞いたキタの言葉が蘇る。と、うつぶせるモモの体の下にボードが現れた。石蔵で、キタが大事に磨いていたたくさんのボードの中のひとつ。あの夏の日、モモが乗ったボードだ。それはモモの体を優しく乗せて、沖へと運んでくれる。

「はい……。はい、キタさん」

モモは涙を払って背筋を伸ばし、細く頼りない板の上で顔を上げる。両手を緩く広げて、力を抜いて、行きたい場所に顔を向けた。

ざぁ、と波が来る音がして、モモは「キタさん」ともう一度だけ名前を呼んだ。きっとこの波は、モモをキタのところに運んでくれると信じて。

「モモちゃん」

しばらくすると、波の先から声が聞こえてきた。まるで包み込まれているかのようにくぐもって、響いて、耳に届く。

「愛してるよ、モモちゃん」

俺も愛してる。

その言葉を口にする前に、ざぶんっ、と音がして、モモは海の中へと飲み込まれた。

＊

「キタさん」

名前を呼ぶ。と、ひどく背中が痛んだ。

怪我でもしたのかと一瞬驚いて、その痛みの原因が、背中に回った腕によるものだと気づく。

「……は、けほっ、あれ？」

ひどく喉が痛んで、モモは咳き込んだ。あ、あ、と何度か喉の調子を整えるように声を出して、ようやく息を吐く。

「あれ、キタさん……キタさん、ですよね？」

覆い被さられたままなので、自分を抱き締めている相手の顔が見えない。モモは自分の腕が相手の背中に回っていることを確認してから、そこを、とんとんと優しく叩いた。

「え、キタさん……？」

だんだんと自信がなくなってきて、声が弱々しくなってしまう。それでも相手は動かない。

（あれ、え、っていうかここは……）

ふ、と視線だけ上げると、はらはらと桃色の花弁が降ってきた。

「あ、わぁ……」

見上げた先には、桃の木が大きく育っていた。こんなにも大きなものは、モモも見たことがない。モモと、モモを抱き締める相手を覆うように、桃の花が咲き誇っている。

「綺麗」

自分の花だろう、と本能で嗅ぎ取る。その花びらを浴びながら、もう一度「綺麗」と呟いて、モモは目を細めた。幸せな気持ちなのに、何故か泣きたくなってツンと鼻の奥が痛む。

「……モ、ちゃん？　本当に、モモちゃん？」

と、その時。ようやく耳元で声がした。やはりモモを抱き締めるのは、夫であるキタだった。

「え、キタさん。キタさ……わっ、え？」

ガシッと肩を摑まれて、体が離れる。

ようやく見られたキタの顔は、ぐしゃぐしゃになっていた。なんというか、喜びと驚きと後悔と切なさと、もう、何もかもをごった煮にしたような、そんな表情だ。しかも目元がかすかに濡れており、キタが泣いていたことがわかる。

「ど、どうしたんですか？」

「モモちゃん、モモ……、モモちゃんっ」

「キタさん？」

モモの胸に頭を潜《もぐ》り込ませるように、キタが抱きついてくる。モモは驚いて仰け反って、どうにか後ろに倒れないように腰に力を入れる。そして、わずかに震える朝日のようなその金髪に、指を入れた。

「……キタさん」

よし、よし、と柔らかな髪を撫でて、それがずいぶん伸びていることに気づく。お洒落な神であるキタは定期的に髪の毛を整えていたのに、今は何故か伸び放題だ。自慢の「つーぶろっく」もなくなってしまっている。

どうして、と思わないでもなかったが、モモは口を噤《つぐ》んで、ただ優しく手を動かした。寄せては返す波のように、前から後ろに。

「大丈夫ですよ」

モモはキタに言い聞かせるように、ゆったりとした口調で囁く。わからない、わからないことが多いのに、キタが不安がっているように感じたのだ。そのくしゃくしゃの髪も、震える背中も、縋るようにモモの着物を摑むその手も、全身で「ここにいてほしい」と叫んでいるように見えたのだ。


「一生ここで咲くって、約束したじゃないですか」

穏やかに、いつかの約束を口にする。それがいつの約束だったか、どうしてかすぐに出てこなくて、モモは内心首を傾げる。が、そんな考えはすぐに消えてなくなった。

どこでいつ言ったかなんて、そんなことどうでもいいのだ。

モモの言葉を聞いたキタが「うぅ」と声を漏らして、背中を跳ねさせる。う、う、と苦しそうな声と共に、モモの胸元がじわりと濡れる。

「キタさん、大丈夫」

モモは、とん、とん、とキタの揺れる背中を叩き続けた。桃の花散る薄桃色の中庭で、ずっと、ずっと。

二十一

「えっ……！　じゃあ俺、一年も小さくなってたんですか？」

「そだよぉ」

驚愕に声を張り上げるモモに、キタが「うんうん」と頷く。モモは愕然としながら自分の手を見下ろした。そこには、記憶の中となんら変わりのない手があって、モモはごくりと息を呑んだ。

「なんだか、信じられません」

「俺も信じたくなかったよ〜！　でもマジで小さかった。こんな、こんなしかなかったもん」

こんな、とキタが親指と人差し指を使って大きさを示す。みかん二個分くらいしかないその大きさに、さすがにモモも笑ってしまう。

「それは、ちょっと誇張しすぎじゃないですか」

「うん、まぁ、もうちょっと大きかったかな」

キタの言葉に、モモは今度こそ口を開けて笑ってしまう。話の内容もそうだが、この何げないやり取りがなんだかとても嬉しかったのだ。

屋敷の居間、キタとモモは二人で炬燵《こたつ》に入ってぬくぬくと暖まりながら会話をしていた。この炬燵は、今年から導入したものらしい。

たしかに、去年はなかったな……と思いながら、それでもなんとなく肌に馴染むというか、入ることにまったく抵抗や違和感がないことに首を捻る。と、そんなモモを見て、キタが含み笑うように微笑んだ。

「やっぱりモモちゃんもその端っこのところに入るんだね」

「俺、も？」

誰と比べているのだろうか、と疑問符をつけると、キタが「モモだよ」と言った。

「モモも、いつもそこに座ってた。ぼうっとして何考えてるかわからなかったけど、みかんを剝いてやるといつの間にか食べてたなぁ」

「モモって、その、俺が小さくなった時の……」

小さくなったモモのことを、キタは「モモちゃん」ではなく「モモ」と呼んでいたのだという。わかりやすいようなわかりにくいような、と思いながら、モモは自分が自然とみかんを口に運んでいたことに気がついた。

「あ、あれ?」

見下ろせば、机の上に剝かれたみかんがきちんきちんと並んでいる。わざわざ一房ずつ、だ。どうやらキタが剝いて置いていったみかんを、モモは無意識に端からむしゃむしゃと食べていたらしい。

「あ、えっ、すみませんっ」

もごもごとみかんを飲み込みながら謝る。と、耐えらない、というようにキタが吹き出した。

「やっぱりモモはモモちゃんで、モモちゃんはモモだったんだねぇ」

嬉しそうに腕に顔をのせて、キタが笑う。その眼差しの優しさに少しだけ怯んでから、モモは「そう、みたいです」と頷いた。

モモ自身に記憶はないが、小さなモモは、モモだったらしい。キタはそれが嬉しいらしく、こうやってたしかめるようなことをしては満足そうに笑っている。

無意識にこういうことをしてしまうくらいなので、いつかモモもその時の記憶を思い出すのかもしれない。

(思い出してみたい気もするけど)

モモは心底嬉しそうに笑うキタを見ながら、同じように笑みを浮かべる。

思い出したい、けれど、思い出さなくてもいい。それは、今が一番幸せだとわかっているからだ。

モモが「目を覚まして」から十日経った。

キタの腕の中で「消えてしまう」と思ってから、目を覚ましたら、なんと一年近く経っていたというのだから驚きだ。モモとしては、よく寝たなぁ、というくらいの感覚しかない。

ぐっすりと眠って、たしか色々な夢を見ていた気がするが、その夢の内容ははっきりしない。花園での思い出だった気もするし、嫁に来てからの出来事をなぞっていた気もする。そして、たしかに小さくなってキタと暮らしている夢も……見ていたような気がするのだ。キタから話を聞いたせいで頭の中で物語を作り上げた、だけかもしれないが、今よりずっと低い身長で、屋敷を走り回っていたような記憶が、ふと頭に浮かぶのだ。

夢の中の話も、小さい時の記憶と同じで、ほとんどはっきりしないが、ひとつだけたしかなことがある。モモはいつだって「キタ」を想っていた。

(何がなんだかわからないけど、キタさんのことを考えてたってのは覚えてる。覚えてるっていうより……感覚が、こう、残ってる)

小さなモモが何を考えていたかはわからないが、多分、キタのことを想っていたのだけは間違いない。

モモが戻ってきて、一番喜んでくれたのは、もちろんキタだ。キタはモモがいない間、本当に落ち込んでいたらしい。髪はぼさぼさだったし、なんと無精髭まで生えていた。あの「お洒落大好き」のキタが、だ。

「あのミナミにさぁ、『もうちょっと身嗜《みだしな》みに気をつけろ』とか言われちゃったりしてさ〜。まぁめちゃくちゃ荒《すさ》んでたよねぇ」

なんてからからと笑っていたが、本当に塞ぎ込んでいたらしい。屋敷はかなり荒れていたし、庭も草木が伸び放題だった。キタに元気がないと、雪虫も満足に仕事ができないらしい。

「なんかもう最低限仕事をこなすので精一杯だったなぁ。自分がそんなふうになるなんて、思ってもいなかった」

案外真面目な顔でそう言って、キタは腕を組んでいた。

大切に思ってくれて嬉しい、という気持ちもあったが、かなり肝が冷えたのも事実だ。もしあのままモモが戻ってこなかったら、キタはどうなっていただろうか。

もちろん、キタは神としての責任感はしっかりと持っているので、きちんと土地は維持しただろう。平和なままの北の土地と、荒れていく土地神。

ゾッ、として、モモは自身の腕を擦った。

(もう、いなくなったりできないな)

それだけは絶対に、と心の中で誓って、モモは拳を握った。

桃の木が一度消えて、そこから新しい種が生まれて、またモモが戻ってきた。この不思議な一連の流れには、キタだけでなく花園の管理人や樹木師たちも首を傾げていた。一応、モモの体の状態を見てもらうため、目覚めてすぐにキタに連れて行ってもらったのだ。


管理人たちはモモの話を聞いても、「何が起こったか、私たちにもわからない。初めての現象だ」と言っていた。

ただこの現象が、モモを良い方へと導いてくれたことは間違いない。モモの、桃の木としての体質が改善されたのだ。

モモはもともと寒さに強くなく、一度消滅しかけたのもそのせいだ。が、目覚めてからこっち、桃の木はすくすくと元気に育って咲き誇っている。キタの力を食い潰すことなく、だ。桃の木自体が「寒さに強く」なったのだ。

「おそらく、人間の世界でいうところの、品種改良に近い現象が起きているのだろうと推察されます」

と、花園の樹木師は予測を立ててくれた。

寒さに弱ったモモが一度駄目になって、そこから新たに生まれた、モモの種。その種は、万全とはいかないまでも、寒さに耐えうるだけの力を身につけていた。

桃の木としての種が変化したのだ。しっかりと、自分の力で寒さに耐えうる種へと。

一度枯れてしまわなければこうもいかなかっただろう、やぁよかったよかった。と管理人は言っていた。キタは「よくねぇよお気楽じじいども」としきりに悪態をついていたが、実は、モモとしても「よかった」と思っていた。何故なら、これでモモが北の地で長く生きていけるようになったからだ。

土地神の力なしでは生きていけないのは変わりないが、モモの変化次第ではこの北の地にいずれ順応できるかもしれない。管理人たちはそう告げて、モモに「夫である土地神に、これからも大事にしてもらいなさい」と言ってくれた。

今回は一度枯れてしまったがゆえに大きな変化がもたらされたが、枯れないで変化を得る……というのであれば、長い長い時間がかかるかもしれない。それでも、どれだけ時間がかかったとしても、ここでキタと生きていけるのであれば頑張れる。

生きていれば、変わっていけるのだ。モモの背筋がしゃんと伸びたように、笑顔が増えたように、自然とキタに寄り添えるようになったように、きっと変わっていけるはずだ。

「がんばる、ぞ」

気合いを入れるように、モモは目の前にあったみかんを口に放り込む。と、それがキタが剝いてくれたものだったことを思い出し、また「あっあっ、すみません」と向かい合うキタに頭を下げた。

「いいのいいの。俺ぁモモちゃんに食べてほしくて剝いてんだから」

キタが新しいみかんを手に取って、その皮にチュッと口付けする。

モモはまるで自分が口付けされたような心地になりながら、「へへ」と笑って熱い頰を指先でかいた。

二十二

　モモの体も変化して、キタも元通り髪を整え髭を剃って、雪虫たちも元気に活動を始めた。屋敷もすっかり綺麗に片付き、キタとは「雪が解けたら海に行こうか」と約束も取りつけた。

　万事順調……ではあるのだが、モモには一点気になることがあった。

「キタさん、あの、口付け以上の氣のやり取りの方法については……いつ教えていただけるのでしょうか」

「ぶっ」

　雪虫たちも寝静まった、夜。向かい合って横になった寝台の、その布団の中。モモはおずおずとキタに問うてみた。キタは顔を背けて荒い息を吐き出し、次いでゲホゲホと咳き込んだ。

「だ、大丈夫ですか？」

「げほっ、大丈夫大丈夫。あ、氣ね、うん、氣のやり取りね」

　心配になってもぞもぞと体を起こしたキタを覗き込む、と、キタも体を起こした。姿勢を正して寝台の上に正座したモモの前で、キタは片膝を立てて額に手をやる。

「いや、あの、あー……、いつかはって思ってたんだけど、モモちゃんがいなくなって、その、あれがあれで」

「？　はい」

　何がどうなのかよくわからなかったが、モモは素直にこくりと頷く。キタは「あー」や「うー」を繰り返した後に、両手に顔を埋めた。そして、その長い指の隙間からモモを見つめる。

「いいの？」

「はい」

植物にとっての死である「枯れる」という事象を乗り越えてキタの元に戻ってきたのだ。何を躊躇うことがあるだろうか、とモモは顎を上げる。

「ちょっと後悔してたんです。あの、消える瞬間」

手が透けて、自分の体越しにキタの腕や手が見えて、彼のその灰色の目から涙がこぼれ落ちるのを見ながら、モモは「あぁ、せっかくなら」と心の片隅で考えていた。

「キタさんと、ちゃんと氣のやり取りをしておけばよかった、って」

氣のやり取りは、夫である神のため。キタのために何かできることがあるのなら、モモはなんでもしたかった。それが、心残りだった。

「キタさんとできることは、サーフィンでも、氣のやり取りでも、なんでもしてみたかったって、思って……」

そう言った途端、モモはキタに強く抱き締められていた。久しぶりの、背が仰け反りそうなほどに力強い抱擁《ほうよう》だ。モモはその心地いい息苦しさに目を細めながら、自分もキタの背にしっかりと手を回した。

「今度こそ、教えていただけませんか？　俺に」

かすかに声を震わせながらそう言うと、キタが「うん」と頷いた。うん、うん、と何度も何度も頷いて、そして無防備なモモの耳に口付ける。

「いくらでも教える。いいことも、悪いことも、いやらしいことも……全部俺がモモちゃんに教える」

耳元で囁かれたその声は、とても小さいのに何故だかずっしりと重く感じる。モモは「あ」と生理的な声を漏らしながら、キタの体に縋りつくように、背中から肩へと手を移した。

「えっ、服を脱ぐんですか？」

「……まぁそこからだよねぇ～」

喚《わめ》くようにそう言って、キタがあぐらをかいた足にパンッと手を置く。

「あのね、今から俺は氣を高めます」

「はい」

キタによる解説が始まった。モモはそれを察して、居住まいを正す。

「で、モモちゃんにも氣を高めてもらいます」

「はい」

互いに氣を高める必要があるのだ。モモは「なるほど」と心の帳面に書き記す。忘れないように、後で実際に書いておかねばならない。

ふんふんと真面目に話を聞くモモに、キタが何故か「あぁ～」と嘆く。

「なんかもう悪いことしてる感が半端ない」

「悪いこと？」

氣のやり取りはどう考えても「良き行い」だろうに。キタは「こっちの話ぃ」と苦笑いをこぼしてから、話を続ける。

「氣を高める一番の方法は気持ちよくなることで、やり取りは肌や粘膜を通すと一番効率がよくて、……まぁ、つまり肌と肌の触れ合いが手っ取り早いです」

「へぇ……」

たしかに、今少しだけ行っているモモとキタの氣のやり取りは、口という粘膜を通したものだ。言われてみれば、口を合わせるとほわほわ気持ちのいい気分になるし、口腔《こうこう》を舌でまさぐられると胸がぞわぞわと高鳴る。あれがいわゆる「氣を高めている」ということなのだろう。

少し理解できてきたぞ、とモモは内心ひそりと頷く。つまり口と口だったのが、体と体になるということだ。範囲が広がるのだ。

「神様はさ、ほら気持ちいいこととか楽しいことが好きだからね、うん。決してこう悪いことしようってわけじゃないよ。そりゃあ気持ちよくなりたいし気持ちよくさせたいってのもあるけど一番はお互いの氣をより良きものにしようっていうのがさ、ほら、うん……」

なにやら後ろめたいことでもあるように、キタが早口で捲《まく》し立てる。

「あー……一番いいのは、俺がモモちゃんの中に氣を注いで、そしてそれをモモちゃんの中で循環させて、濾過《ろか》させて、なんていうか……混じり気のない清い氣にする。で、俺はそれを受け取る、っていうの、なんだけど」

「なる、ほど」

キタの言葉を正しく理解しようとしたが、言葉が頭の中で上滑りしてうまくまとまらない。つまりどういうことをすればいいのだろうか、と顎に手を当てる。と、モモの思考を読んだらしいキタが「……だぁっ！」と喚いた。

「つまりねっ、俺のこのちんぽをモモちゃんの穴に入れて精を放って、それをモモちゃんがお腹の中で留めておくってこと。あとはさらさら綺麗になっていくから、それを毎日チュッて口付けでもして渡してもらえれば、俺は……」

怒涛《どとう》の勢いで説明されて、モモは寝台に手をついて仰け反る。理解するより先に、とりあえずキタの言葉尻だけ捉えた。

「えっと、……キタさんは？」

ぜぇ、と息を吐いたキタが、秋の稲穂のように神々しい髪をかき上げた。

「最高ハッピー」

ついでに親指を、びっ、と立てられて、モモは「なるほど」と頷く。そして先ほどのキタの言葉を思い出した。

「えっと、じゃあつまり、キタさんの男根を俺の尻穴に……？」

「しり……、まぁ、そう。そういうこと」

疲れたように「そう」と繰り返すキタを見ながら、モモは思わず尻をきゅっと締めた。そして、自分の腹に手をやり、すりすりと撫でる。

「俺の尻で、うまく受け止められるでしょうか？　その、キタさんの男根はとても大きいので……」

風呂場で見るキタの陰茎はかなり大きい。思わず想像しながら、手で輪っかを作りその大きさを再現する。

「こう、ほら、太さがこれぐらいあって、長くて……」

「あっ、わぁ～！」

上下に擦るように手を動かすと、キタが叫んでモモの手を摑んだ。

「やっ、それは効く。俺のちんぽに効くからやめてっ」

効く、ならいいのではないかと思ったが、キタの目がかすかに血走って見えたので、黙って従っておく。

「でも……やはりかなり慣らさないと入らないのではないでしょうか？」

モモは体も硬いし、よく柔軟さが足りないと言われてきた。尻穴をどうすれば柔らかくできるかわからないが、何かしら処置が必要だろう。

「そこらへんは……、んっ、任せといて」

キタは途中咳払いを挟みながらそう言うと、寝台の側にある小さな棚の引き出しを引いた。

「これは……」

引き出しから出てきたのは、色々な薬（だと思う）だった。記されている文字は人間が使っているものだ。

しげしげと見下ろしていると、キタがそのうちのひとつを手に取る。パチッと蓋を開けると、中から透明で粘度の高そうな液体……というより粘液が出てきた。

「これね、人間の世界から貰ってきたの。ローションっていうんだよ。ほら、便利そうだなぁって」

「へぇ……ろうしょん」

「いや、俺の力を使えば大丈夫なんだけどさぁ、雰囲気作りたいじゃん？」

とろぉ、と指先にそれを絡めながら、キタが「うんうん」と頷く。モモは理解できないながらも同じように頷いた。

「じゃあ、……服脱げる？」

「はい」

モモはキタの言葉に従って着物を脱ぐ。きちんきちんと片付けてから、もう一度寝台に上がった。

裸で、多少すぅすぅするが、部屋が暖かいので平気だ。

「これでいいですか？」

「うん。あー、うん……ベッドの上の裸のモモちゃんは、破壊力すごいね」

別に何を壊しているわけでも暴れているわけでもないのだが、と思いながらモモは「えっと」と片膝を立てた。

「ぎゃっ」

「こうした方がいいですかね？　お尻って、どうやったら触りやすいですか？」

正面からだとやりにくいか、と体を反転させて尻をキタに向ける。あまり突き出すのも失礼かと思い、膝立ちの姿で。

「わっ、わぁ……」

キタが片手を口に当てて、わなわなと震えている。強く握り締めたせいだろう、ローションの中身が、ぶびゅるっと飛び散った。

「あっ、キタさん、ろーしょんが溢れてますよ」

「えっ、あ」

キタが慌ててローションを放り出す。そして、モモの腰にこわごわと手を添えた。

「触っていい？」

「はい、もちろん」

キタの手が、するりと腰を撫でて、臀部《でんぶ》に向かう。緩く、回すように手を動かして、左右の肉を持ち上げる。もに、と揉むように手を窄《すぼ》められて、モモは「ふっ」と笑ってしまった。くすぐったかったのだ。

キタは無言でそのまま何度も尻を揉む。これも尻穴を解す準備だろうか、と思っていると、いきなり腰を抱かれて引き寄せられた。

「わっ」

「っはぁー、たまらんのだけど」

手足を投げ出したままキタの膝の上に乗っかるかたちになって、モモは慌てて姿勢を正す。背後ではごそごそと音がして、キタが着物を脱ぎ捨てたのがわかった。

「ねぇモモちゃん、モモちゃんは自分の『ここ』いじったことあるの？」

後ろから回ってきた大きな手が、モモの陰茎に触れる。キタのものに比べると太さも長さも頼りないそれを指先でつままれて、モモはもじもじと膝を擦り寄せた。

「いじる？　いえ……」

「花園では、何か教えてくれた？」

「ん、ここは不浄の場所なので、清潔にするように……としか」

先端に親指を当てられると、なんだかぞわぞわと変な感覚が走る。モモは、ひく、と喉を震わせながら正直に答えた。

「そっか～……。不浄の場所だよね、うんうん」

くにくにと指先で弄《もてあそ》ばれて、陰茎がだんだんと芯を持ちはじめる。

「……あっ」

キタが、ぐ、と力を入れて手を下げるので、皮を被っていた先端が剝き出しになってしまった。薄桃色のそこを見るのが、いや、キタに見られているのがなんだか恥ずかしく、モモは頰を染めた。

「や、あの……」

「本当に清潔にしてるんだね。どこもかしこも綺麗だ」

剝き出しのそこをふにふにと触られて、モモの内腿が震える。思わず両手で口を押さえると、キタが何事かを思い出したらしく「あ」と声を上げた。

「ローション使おっか」

「は、え？　……ひゃっ」

陰茎から手を離されたと思ったら、今度はどろりとしたローションをかけられた。冷たくて思わず悲鳴を上げると、キタが「ごめんね」と謝る。

「冷たいよね、あっためてあげる」

そして、両手でモモの陰茎を握ると、片手で先端を、片手で幹の部分をいじり出す。先端は指先でぐるぐると円を描くように撫で、幹はごしごしと上下に擦られて。

「ひぁっ？　あっ、あっ？」

尾《び》てい骨のあたりに、ぞぞぞっと未体験の感覚が走って、モモはわけがわからないままに声を上げた。

「なにっ、えっ、キタさん……キタさんっ」

「ん〜〜？」

キタの手の中、モモの股間は、ぐちゅぐちゅぐちゅ、と雨の日のぬかるみのような音を立てている。あまりに激しくて、耳を塞ぎたくなるほどだ。

「こっ、これっ、これなんですかっ、なにっ、やぁ……っ！」

初めての刺激にモモは恐慌状態になって足をぱたぱたと跳ねさせる。が、キタはそんなモモを体で押さえ込むように、ぐっ、と身を屈めた。キタの腕の中にとらわれたモモは必然的に逃げ場を失ってしまう。

「大丈夫、大丈夫だから、ね。このまま気持ちよくなって」

「ふっ、ぐ……んんんっ」

生理的に浮かんだ涙の向こう、自分の足先がピンッと張ったりクッと丸まったりを繰り返すのが見える。そしてぴくぴくと震えたかと思うと、ぐぅーっと反るように伸びる。

「んぁ……っ！」

同時に、下腹から陰茎にかけて、きゅううと絞られるような快感を感じて。モモは「あ、はぁっ」と情けない声を出しながら、陰茎から「何か」を放った。

　その心地よさといったら。モモは顔を下向けたまま「あー……あぁ」とだらしない声を涙と共に漏らす。口端からは飲み込みきれなかった唾液が、つ、と溢れていた。

「モモちゃん、大丈夫？」

「あ、え？」

　脳みそが沸騰しているかのように頭が熱い。思考がまとまらず、ただ「気持ちよかった」に支配されていた。

「初めての……は刺激が強かったか」

　途切れ途切れに聞こえるキタの呟きに、返事すらできない。しょぼ、と垂れてしまった陰茎を見下ろしながら、モモは「すみません」と謝った。

「粗相《そそう》を、粗相をして……俺……」

　この歳で漏らしてしまうなんて、とんでもない失態だ。モモは手拭いを取りに行こうと立ち上がる。と、膝に力が入らず、さらにそこで腕を引かれて、後ろに座り込んだ。

「あっ」

「違うよモモちゃん、これはおもらしじゃなくて、射精」

　モモはもはや体から力を抜いて、くて、とキタに身を預けながら「しゃ、せ？」と繰り返した。

「射精。ちんぽから精液が出ることだよ。おしっこじゃないの、ほら」

　キタが指でモモの太腿を撫でて持ち上げる。そこには、白くてとろりとした液体が付着していた。

「これが精液。気持ちいいが極まると出ちゃうんだよ。……んで、俺はこれをモモちゃんの尻穴に注ぐ」

「あ、え？」

「なんていうかまぁ、氣の塊《かたまり》みたいなもんだから」

　なるほど、と納得できるようなできないような。こんな粘ついた液体を腹に注ぎ込んでいいのだろうか、とモモはキタの指に自身の指を絡ませる。ぬち、と濡れた音がして、なんとなく気恥ずかしい。

「あ。でも、俺は精液を出してよかったんですか？　氣を漏らしちゃって……」

「いいのいいの。モモちゃんが入れとかなきゃなのは、俺が出した精液だけだから。自分のはいくらでも出していいからね」

いくらでも、なんて言われて、モモは思わず頬を引きつらせる。

「あんなの何回も出しちゃったら、頭、おかしくなりそうで怖いです……」

「射精」はとんでもなく気持ちよかったが、同時にとても恐ろしかった。このためならなんでもする、と言いたくなりそうな強烈な快感。モモは自分を失ってしまいそうで怖かったのだ。

キタの腕の中で身を縮める。と、キタが「うーん」と唸った。

「おかしくなっていいんだよ。モモちゃんが気持ちよくなってくれれば、俺の氣もめちゃくちゃ高まるし」

「え……、え？」

優しいキタのことなので、「怖い」と言えば「そっか、じゃあそれはやめとこう」と言ってくれるかと思っていた。が、まさかの快感全肯定にモモは「あれ、あれ？」とキタを振り返る。

「大丈夫。モモちゃんが本当に辛いこととかは絶対にしないから。俺、神様だから。そこらへんの見極め得意」

いぇい、と人差し指と中指を立てて見せられて、モモは呆然とそれを見やる。未だふにゃふにゃと力の入らない体に無理をさせ、キタのあぐらの上から、とすん、と寝台に降りる。

「ん？　モモちゃんどうしたの？」

精霊としての本能なのかなんなのか、モモは四つん這いになって、寝台の端の方へと進んだ。が、片足を摑まれて、あっという間に引き戻される。

「あ、わっ、……い、いや、その、今勉強したことを帳面に書き記さなければと思いまし、て」

どう考えてもその言い訳は通らないと思ったが、咄嗟に出てきたのがこれしかなかったのだ。モモは冷や汗をかきながら、キタから視線を逸らす。

キタは「ふぅん」と返事をしてからにっこり笑った。

「モモちゃんは勉強熱心だなぁ。後でちゃんと思い出せるように、しっかり体に教えてあげるからね」

ね、と言いながら、キタは摑んだモモの足に口付ける。ちゅ、ちゅ、と爪先や足裏、くるぶしまで口付けられて、モモはくすぐったさに「ひ、ひ」と情けない声を上げた。

「モモちゃんが言ったんだもんね、全部教えてほしいって」

言った。たしかにモモはそう言った。何も知らない自分に全て教えてほしいと。言われたことはなんでもやる、と。

「そんで、俺言ったよね。神様は気持ちいいことが大好きだし、欲深いんだよ……って」

それも聞いた。キタは何度かそう言ってモモを諫《いさ》めてくれた。しかしモモは「平気だ」とそれを突っぱねた。

四つん這いで足を引かれ、無様《ぶざま》に寝転んだ姿で、モモはちらりと背後を振り返る。

モモのくるぶしに唇を押しつけたままのキタが、にこ、と笑っていた。

「……ひ、ぃ？」

どうしてだろうか、その笑顔が妙に恐ろしく見えて、モモは喉を鳴らして息を呑む。

「神の御業《みわざ》でもって、モモちゃんを気持ちよくしてあげましょう」

それはまるで、神の啓示。後光さえ差しそうなほど煌びやかな笑みを浮かべ、キタが薄い唇の間から濡れた赤い舌を覗かせた。

「ひっ、いっ、あ、いぃっ」

ぷしゃっ、と精液……というには色の薄い液体が陰茎から迸《ほとばし》り、モモは「あひ」と情けない声を漏らして、ひくひくと喉を震わせた。

「あ、また出ちゃった？」

うつぶせで、腹の下にクッションを敷かれて少し尻を上げさせられた体勢。そんな情けない格好で、モモはびくんびくんと尻を跳ねさせていた。尻の狭間では、キタのしなやかな手がひっきりなしに行き来しており、ぐちゅぐちゅと水音をさせている。

「あっ、キタさ、それ、もう、もうっ」

「ん～……もうちょっと解したいから、ちょっと我慢してね？」

キタは器用に口でローションの蓋を開けると、中身をモモの尻に滴《したた》らせた。ぶびゅる、と情けない音がして、ローションの容器が空になったことを教えてくれる。

「あー、もうなくなっちゃった」

キタがそれを寝台の向こうに放る、と、屑籠《くずかご》がカタンッと情けない音を立てた。しかしそんな小さな音は、モモの尻をいやらしくいじる音にかき消されてしまう。

「あっ、んっ、んんっ」

そう、モモの尻は先ほどからキタにいいようにされていた。いや、いいようにというか、指を使って念入りに解されていた。

尻穴の縁を優しくふにふにと撫でるところから始まり、皺の一本一本にまでローションを塗り込まれ、揉まれ、指の腹で揺すられ。それからようやく指が一本侵入してきたと思ったらゆっくりゆっくりと抜き差しされ、そして尻穴の中にもローションをたっぷりと搾《しぼ》り出されて。

ついでに、「尻穴だけじゃ申し訳ないから」と何に対する配慮かわからないが、会陰《えいん》や陰嚢《いんのう》、陰茎に至るまで余すところなく触られ、撫でられ、揉まれまくって。一時間、二時間……どれほど時間が経ったかわからないが、ようやくキタの指が三本、モモの尻の中を行き来するようになった。

性的な意思を持って股間に触れることすら初めてだったモモは、もうすっかり、その快感に押し流されていた。もう何回射精したかわからないし、射精しないまま絶頂を迎える方法まで教え込まれた。

「んぐぅ、んっ」

今もまた、「前立腺」という尻穴の中の気持ちのいい場所をトントンと指先で刺激されて、モモは精を放たずに絶頂していた。股の間でひくひくと震えるだけの陰茎が虚《むな》しい。

「あー……モモちゃんが気持ちいいのが伝わってくる」

どういう仕組みかはわからないが、キタはモモの氣の昂《たかぶ》りを感じ取っているらしい。纏《まと》う空気が最高、と言っていたのでモモの周囲にそういった氣が巡っているのかもしれない。

「最高、めちゃくちゃ、いい」

射精しすぎて、気持ちよくなりすぎて、何がなんだかわからない。体を作り変えられているような恐怖もあった。が、キタが頬を赤らめて「気持ちいいよ」と言うと、それだけで嬉しくなってしまう。

モモは思わず、尻穴をきゅうと窄めてキタの指を食い締めてしまう。

「はぁ、モモちゃんは尻穴まで可愛い」

ぬちぬちと指を抜き挿ししながら、キタが満足そうに息を吐く。

「あ、の……、んっ、キタさん、キタさ、あっ」

「ん？　どしたどした」

淫らな指遣いはある意味意地悪だが、キタ自身が優しくないかと言われるとそうでもない。モモが切なげに名前を呼べば、すぐに優しい声で反応してくれる。

「そろそろ、はっ、あの、……お情けを」

射精してほしい、と声に出して願うのはさすがに恥ずかしいものがあったので、モモは心持ち尻を持ち上げて、ねだってみる。

「あの、俺の腹に……、お情けを注いでください」

精液のことをなんと呼べばいいかわからず、モモは「情けを恵んでほしい」と頼んだ。これであれば、直接的すぎずちょうどいいと思ったのだ。

「つぐぁ、……んんん～！」

「ひぁっ、ああ？」

途端、キタが呻きながら指を引き抜いた。ぬぽっ、と間抜けな音がして、モモの尻が跳ねる。

「そ、の言い方は股間にくる。めっちゃくる」

「う、う？」

キタの股間に訪れたものの正体もわからぬまま、モモは切なく鼻を鳴らした。くぅ、と犬の鳴き声のような音が漏れて、情けなくて涙が浮かんでしまう。……というより、涙がほろほろと溢れてしまった。

「うっ、ぁ」

「どぇえっ！　モモちゃんっ、モモちゃんどうしたの？　嫌だった？」

途端、キタが焦ったようにモモの体を持ち上げる。

「気持ちよさそうだからってネチネチ変態親父みたいに責めたのが嫌だった？　イキすぎてきつい？　ごめん、そこらへんの管理はしてるつもりだったんだけど……っじゃなくて、あぁもう、泣かせてごめん。大丈夫？」

モモはキタの言葉にふるふると首を振る。たしかに射精をしすぎて足は重いし、陰茎はじんじんと痺れているが、それで涙が出たのではない。

「は、はず……恥ずかしくて」

「……んぇ？」

モモはそう言って、手の甲で顔を隠す。もちろん片手で顔のすべてが隠れるわけもなく、口元以外は全部丸見えだ。

「す、好いてる人に、な、情けない姿をさらけ出すのが、こ、こんなに恥ずかしいことだって、知らなくて」

モモは今まで、裸をさらすことに抵抗なんてなかった。恥ずかしいという概念がなかったからだ。しかし、こうやってキタに裸をさらし、射精する姿をさらし、尻穴やその周辺を触られてびくびくと体を跳ねさせる姿をさらしているうちに、モモの中に「恥ずかしい」という感情が芽生えてきた。

「キ、キタさんは冷静なのに、俺は、俺ひとり恥ずかしげもなく悶《もだ》えて、うぅ」

初めての感情に戸惑う気持ちが臨界点を超えて、そして羞恥の涙となって溢れてしまったのだ。氣の昂りが目から涙となって迸ってしまって、それもまた恥ずかしくて、モモはひんひんと鼻をすすりながら泣いた。

「モモちゃん」

キタが汗で額に張りついたモモの前髪を指先で払って、剝き出しになったそこに唇を落とした。

「そっかそっか、恥ずかしいか」

「ん、はい」

膝を擦り寄せて頷けば、キタが頰に鼻先に、何度も口付けをしてくる。まるで、そうせずにはいられないとでもいうように。

「あぁ、モモちゃんにそういう情緒が育ってってるんだ……なんか感慨深いんですけど」

「え？」

首を傾げると、キタが「いいや」と首を振って、目を細めた。

「恥ずかしくていいんだよ。俺だって恥ずかしいよ、全然冷静じゃない。ってかどっちかっていうと興奮しまくってる。……でもさ、その恥ずかしいのも嬉しいじゃん」

「嬉しい？」

閉じていた目を薄ら開くと、涙の膜の向こう側にゆらゆらと揺れるキタが見える。ぎゅっと目を閉じてぽろりと涙を流せば、その姿がはっきりとした。

「こうやって恥ずかしいところを見せ合えるのが、嬉しい」

曇りのなくなった視界の中で、キタはそれは嬉しそうに笑っていた。

「俺はモモちゃんだから、恥ずかしいところも見せるし、見たいし、氣を注ぎたいって思えるんだ。それをすごく、実感できる」

「俺、だから?」

モモが繰り返すと、キタは「そうそう」と軽い調子で頷いた。いつもどおりのキタだ。いつもと同じ、モモに変わらぬ愛情を注ぎ続けてくれる、キタだ。

「モモちゃんだから。……モモちゃんだけだ、俺をここまで昂らせてくれるのは」

キタが、自分の下腹部に手を当てる。そこにしかと氣が溜まっているのだと、モモに教えるように。

「好きだよ、こんなに小さい時から」

こんなに、と親指と人差し指を使って小ささを表現して茶化すように笑って。そして、一拍おいて「好き」と繰り返す。その声はとても澄んでいて、真っ直ぐにモモの胸を貫いた。

「今この瞬間まで、ずっと、ずっと大好き」

「っあ、……うぅ」

ぶわっ、と頬が熱くなる。先ほどまでとは違う種類の恥ずかしさに、モモは言葉を詰まらせた。そして、右から左にうろうろと視線を彷徨《さまよ》わせた後、観念したように目を閉じて、代わりに口を開いた。

「……俺も、大好きです、キタさんが。キタさんだから、大好きです」

世界でたった一人、モモを咲かせてくれる伴侶。唯一無二の存在。そんな人に熱烈に愛を説かれて、どうして嫌と言えようか。

モモは恥ずかしいと口元に当てていた手を離し、ゆるゆるとキタの肩に回す。

「キタさんの、氣を、俺に注いでください」

モモがそう言うと、キタは蕩《とろ》けそうな笑みを浮かべて「ん」と頷いた。

「……痛くないようにするから」

キタの手がモモの太腿を撫でて、ぐっ、と強く摑む。抱きかかえられていた体をゆっくりと仰向けに倒されて、そして、そのまま軽く脚を開かれた。

「ん、ぅ」

羞恥が消えたわけではない。しかし、それを上回るほどの感情が胸の中からこんこんと湧いていた。恥ずかしい、けれど受け入れたい。

「モモちゃん、いい?」

「は、はい……はい」

こくこくと頷くと、キタの腕がモモの腰を支えた。と、モモにしっかりと覆いかぶさるように、キタが上半身を倒す。そして、尻穴のあたりに熱い昂りの気配を感じる。

「ひっ」

しっかりと硬い陰茎の先っぽで、尻穴のあたりを、ぐに、と押される。十分に柔らかくなっていたらしいそこは、キタの陰茎の先端を、くぷ、と軽く飲み込んだ。

「あっ、あっ」

キタがゆっくりと腰を進めるのに合わせて、圧迫感が増していく。穴を割り開かれている感覚に、モモは片脚を跳ねさせた。

「は、大丈夫……?」

優しく問われて、一度首を横に振りかけたモモは、うん、と顔だけを動かして頷く。

「だい、だいっじょぶです、いたくない」

ぬっ、ぬぐっ、と押し進められて、途中声が裏返ってしまったが、モモは「はっ、はっ」と荒い息を吐きながらそれに耐えた。

キタの陰茎はとても大きかった、というのは、もちろん知っている。が、終わりの見えない侵入に、モモは涙を目に溜めてキタを見上げた。

「あっ、い、今どのくらいですか？　んっ、半分？　半分はいきましたかっ？　あっ」

とにかく終わりが知りたくて必死に問いかけると、一瞬きょとんとした顔をしたキタが、「んぁー……」と気の抜けたような、それでいて切羽詰まったような声を出した。その声すら陰茎を通して尻穴に伝わって、モモはひくひくと尻を震わせる。

「かっわいい……、あ、じゃなくて、ごめん、まだ半分もいってない」

「っ！」

モモは絶望に似た感情で青ざめる、も、そのまま諦めるわけにはいかないと、キタの首に腕を回す。

「モモちゃん？」

「ひっ、……ひと思いに、挿《い》れてください、うっ」

いっそその方が自分も、そしてキタも楽だと思ったのだ。しかし、少しだけ黙り込んだキタに、ぺち、と軽く尻たぶを叩かれた。

「んひっ」

刺激に声が上がり、ひく、と腰が持ち上がる。

「なぁに言ってんの。痛くしない、気持ちよくする、って言ったでしょ」

優しくするに決まってんじゃん、と囁いたキタは、怯えたように少し項垂れていたモモの陰茎に手を伸ばしてきた。

「あ？　……ぁんっ」

まだ残っているローションの粘り気で、ねちねちと音がする。くに、と揉まれて、先端を撫でられて、自然と腰が持ち上がった。

「いいね、いい感じ」

「あっ、んっ」

モモが喘ぐのに合わせて、キタの陰茎が尻穴に侵入してくる。違和感が、陰茎を触られている気持ちよさにかき消されて……というより、混ざり合って、陰茎と尻穴、どちらが気持ちいいのかわからなくなってくる。

「あっあっ、キタさんっ」

突然襲ってきた快感が怖くなって、キタに縋りつくと、キタがとんとんと腰を撫でてくれた。が、それすら刺激になって、モモは怯えたように仰け反る。

そのタイミングで、尻穴の中を進んでいたキタの陰茎が、モモの「気持ちいい箇所」をかすめた。

「あ、ひぃ、ひっ」

腹側の、ちょうどキタの人差し指と中指が届くくらいの場所にあるそこは、前立腺だ。先ほど慣らされる時に散々擦られたせいか、体はその快感をしっかりと覚えていた。

「ここ、気持ちいい場所だよね」

「んっ、んんっ」

思わず下唇を噛み締めると、「怪我しちゃう、だめ」と諌《いさ》めたキタが、口付けでもってそれを解放させた。ぴちゃぴちゃと唇を端から端まで舐められ、開いた隙間から舌を入れられ、口腔を舐めしゃぶられて。モモは、ひぐ、と喉を鳴らしながらそれを受け入れる。淫らな声は、すべてキタの口の中へと消えていった。

「ん、んんっ、ふ、ん」

ちゅ、ちゅ、と最後に何度か軽いキスをしてから、キタの唇が離れていく。つ、と二人の間を唾液の糸が繋いで、やがてふつりと途切れた。

「あー……、中、めっちゃうねってる」

いつの間にか、モモの陰茎はキタの手から解放されていた。が、そこは変わらずしっかりと立ち上がって先走りを流していた。

「あっ、キタさんっ、キタさ……っき、た、あぁっ！」

尻に、ごわついたものが擦れる。キタの陰毛だ。そのままぐりぐりと円を描くようにそれを擦りつけられ

て、モモは「ひぁっ」と喚いた。

「はいっ、入った？　あっ、入りまし、た？」

じんじんと痺れる指先でキタの頬に触れる。キタの顔もしっかりと熱く、しっとりと汗ばんでいて、モモは不思議な高揚感に包まれる。

「入った、俺の全部……モモちゃんの中に」

「んっ」

その言葉が何故だかとても嬉しくて、モモは涙を堪えてこくこくと頷く。

「今日は、ゆっくり出し挿れするだけに、するから」

キタはそう宣言して、言葉通りゆるゆると腰を動かす。本当に、ただ少し出し挿れするだけの、緩やかな動きだ。むしろモモの体の方が過剰に反応していて、尻穴の奥の方がきゅうきゅうと締まっているのが自分でもわかった。

まるで、そこを突かれているのが嬉しいんだ、と言わんばかりの、淫らな蠢動《しゅんどう》だ。にゅくにゅく、と絶えずキタの陰茎を搾り上げている。

「はっ、キタさん、あっあっ」

散々慣らされたからだろうか、痛みはほとんどなく、あるのは圧迫感くらいだ。モモは尻穴から尾てい骨を通ってぞくぞくと背筋を上ってくる快感に、びくっと背中を反らせる。

「モモちゃん、気持ちいい？　ごめん、氣が滲んじゃってるから、モモちゃん辛いかも」

たしかに、挿入されている陰茎の先っぽが……それを受け入れている腹の中が、驚くほど熱い。ぐちぐちと奥を突かれると、あられもない嬌声《きょうせい》が迸りそうなほどだ。

「き、もちいいです、気持ちいいぃ、っうぅ」

素直にそう答えると、キタが「っは」と切羽詰まった吐息を漏らした。

「っやば……、俺もそう持たないかも」

ずっ、ずにゅ、にゅっ、と深いところを何度も何度も突かれて、モモの目に滲んだ涙が飛び散る。動きは激しくないから、そのぶん陰茎の大きさや硬さ、そして熱さをまざまざと感じてしまう。

「やば、今出したら、……氣が、濃すぎるかも」

キタが眉間に皺を寄せてそんなことを言う。濃い氣を注がれると一体どうなるのか、それはわからない。が、キタが腰を引いて精を外に放とうとしているのはわかった。

「んんっ、やっ、いやですっ、やっ」

モモはひくひくと震える脚を持ち上げて、キタの背に絡ませる。それ以上腰を引かせないためだ。抜け出ようとした陰茎を追いかけて尻を上げ、自分から陰茎を奥まで突き刺す。

「はっ……！　あ、ぐぅっ」

衝撃に、足が震える。

「こら、モモちゃん……っ、だめだって」

そんなモモを諫めるようにキタが首を振る。が、その顔にあまり余裕がないことは、モモにもよく見てとれた。モモはごくりと息を呑んで、キタを見上げた。

「っ、ください、……キタさんの氣を、んっ、俺の腹に、中に……っ」

「モモちゃん」

キタの気遣わしげな、それでいて苦しそうな顔を見て、モモは脚にぎゅうっと力を入れた。自然と、キタの腰がモモに引き寄せられて、挿入が深くなる。

「ほし……欲しいです、キタさんの、氣……、っあ、ぃいいいっ？」

言葉の後半は、ほとんど言葉にならなかった。モモの腰を両手で摑んだキタが、最奥《さいおう》まで力強く突いてきたからだ。モモは脚を絡めた間抜けな体勢のまま、びくびくと仰け反る。

「あげるっ、いくらでもあげるから……っ、モモちゃん、モモちゃんっ」

「はっ、あっあっあっ！」

今までの挿入は本当にキタの気遣いあってのものだったのだ、とわかるほど、激しい動きに、モモは目を見開いて寝台のシーツを必死に掴む。

しかし、いくら激しくともモモが傷つかないようにと優しく腰を掴むキタの気遣いに、モモの目に快感から来るものではない涙が浮かぶ。

「好き、すきっ、っキタさん……すきぃ」

もはやそれしか寄るべがないかのように、必死に愛の言葉だけを繰り返す。「好き」と言うたびに、キタの動きが速くなり、押されるようにモモの尻や腰が浮かぶ。

「モモちゃん、モモ……っ、んっ」

一層激しくなった動きに翻弄されて、波間に浮かぶ木の板のように渦に巻き込まれて、もみくちゃにされて。そして、キタの陰茎がモモの最奥を突いた。

「あぁあっ、……ぅ、あ、あっ？」

じわっ、と腹の中が熱くなる。熱を浴びたところから、ぐつぐつと疼《うず》き、それは体全体に広がっていく。

「はっ……ぁあ……っ！」

手足の先まで痺れるような快感に包まれて、モモの体が小刻みにひくひくと震える。開いたままの口からは飲み込みきれない唾液が、つぅ、と垂れて、目は恍《こう》惚《こつ》にとろんと緩む。全身が蕩けないのが不思議なくらい、体はめちゃくちゃな快感にとらわれていた。

「キタさ、キタ……あっ、ひっ」

過ぎた快感に震えるモモを、キタが優しく包み込む。

「モモちゃん、愛してるよ」

耳元で囁かれた声のなんと甘美なことか。モモは「ひぁ、あ」と声にならない言葉をこぼしながら、ちかちかと眩しい光に包み込まれていた。

二十三

春の気配のする中庭。柔らかい風に吹かれながら、モモは大きな桃の木を見上げた。

この中庭も、以前はキタの力によりいつだって暖かい空気が漂っていたが、今は違う。この北の地の気候そのままの空気が流れている。なので、冬は寒いし、春が来ればこうやって暖かい。これも、桃の木が逞《たくま》しくなった証拠である。

（こんなに立派に咲けて）

所狭しと見事な花を咲かせた木は、そよそよと風に枝を揺らしている。すぅ、と鼻から空気を吸い込むと、淡く良い香りが鼻腔を満たした。

モモは懐《ふところ》に手を入れて、雪兎の懐炉ケースを取り出す。丁寧に扱ってはいるが、何度か洗濯したせいで尻尾のあたりの毛が少し毛羽立っている。

（今年もお世話になりました）

すっかり暖かくなってきたので、最後にきちんと洗ってから簞笥にしまわなければならない。名残惜しい気持ちで、モモは雪兎の額のあたりに唇を押しつけた。

と、目の前に白いほわほわが漂う。雪虫だ。

「ほわほわ」

「ふわ～」

まるで、自分たちがいるからいいじゃないか、と言っているようだ。どうやら、モモの寂しさを敏感に嗅ぎ取ったらしい。雪虫たちは主人に似て、とても察しがいい。

ほわほわと跳ねる彼らに、モモは「そうだね」と優しく返した。彼らがいるから、寂しくはない。彼らと、それから……。

「モモちゃ～ん、モモちゃん、モモちゃん」

「はぁい」

遠くからドタバタと足音がして、次いでモモの名前を連呼する声が聞こえてきた。モモは思わず「ふっ」

と吹き出してから素直に返事をした。

「おっ、ここにいたんだ。探しちゃったじゃん」

モモの夫であるキタが、それこそ寂しそうな顔をして廊下から中庭に飛び出してくる。最近モモへの愛情表現がますますわかりやすくなってきて、今も近づくなり腕を取られて手を繋がれてしまった。雪虫たちがころころと転がって主人であるキタの肩に乗る。目線が近くなって、モモは笑って雪虫を見た。

「お前たち、最近俺よりモモちゃんの近くにいない？　俺の勘違い？　え？」

たしかに、キタにくっついていた雪虫より、モモの側にいた雪虫の方が数が多い。雪虫たちは「ほわ～？」と首（というか体）を傾けて、誤魔化すようにふわふわと飛んでいった。

モモは今度こそ口を開けて笑ってからキタの手を、きゅ、と握り締めた。

「キタさんに似て、俺のことが大好きなんですよね？」

以前なら言えなかったようなことも、今はさらりと言える。が、やはり照れは隠せずに、若干顔が赤くなってしまった。キタは浅黒い顔をパァと輝かせて「うん」と心底嬉しそうに頷いた。

「そだよ。俺がモモちゃん大好きだから、こいつらもモモちゃん大好きなの。俺のせいなの」

自分の気持ちが伝わっていることが嬉しかったのか、キタがモモの肩を抱かんばかりに体を傾けて寄せてくる。そしてハッとしたようにモモの顔を覗き込んできた。

「てか、体きつくない？　もー、した次の日はゆっくりしてていいんだからね？　朝から社に詣《まい》りに行ってたっしょ。無理しないでね」

「あっ……、はい」

キタの言葉に、モモは控えめにこくこくと頷く。そして「した」という言葉で昨夜のことを思い出して、頬どころか顔全体を赤くして俯く。

「思い出しちゃった？」

そんなモモの様子を見てどう思ったのか、キタが含み笑うように微笑んで、モモの腰に手を当てる。そして、くすぐるように人差し指で尾てい骨のあたりをカリカリと撫でた。

「キタさん」

モモは困ってキタを見上げて、そしてその着物の袖を摑んだ。


した、というのはもちろん「氣のやり取り」のことだ。初めて行為に及んでから二ヶ月ほど経って、行為も両手では足りないほどの回数こなしたが、モモは未だに慣れない。

「からかってごめん。……てか最近、俺マジでがっついてるもんね。無理な時は無理って言ってね」

「う……」

初めの頃こそ、初心《うぶ》なモモに合わせて優しく丁寧に氣を注いでくれていたキタだったが、最近は少しずつ遠慮がなくなってきた。というか、余裕がなくなってきたように見える。もちろん、根底にモモを大切に扱う、という気持ちはあるようだが、神としての欲も隠しきれないようだ。

「や、無理な時はちゃんと無理って言ってますよ……」

先日、一度氣を注いだキタが、抜かずそのまま抜き挿しを再開した時は「抜いてっ、抜いてくださいぃ」と泣きながら願ってしまった。その時は結局腹の中ではなく、外、腹の上に精を放ってもらった。ぬるつく精液を腹、そして臍《へそ》の中までくぷくぷと指先で押し込まれて「恥ずかしい」と泣いたのを覚えている。

この間は初めて口でキタの陰茎を舐めさせてもらったし、そのまま喉で精を受け止めた。なにかこう、色事について着々と進化していっているような気がする……。


とにもかくにも、嫌なことを「嫌です」「無理です」

と言えば、キタは大抵受け入れてくれる。なによりモモの涙に弱いキタだ。口では言わずとも涙を浮かべると、すぐに「うわぁ〜！　やりすぎたっごめんっごめんねっ」と謝って大事に抱き締めてくれる。モモ自身よりもずっと、モモを大事にしてくれているのだ。

「そう？　まぁでも、今日は無理しないでね」

ゆっくりしてよ、とつむじに口付けを落とされて、モモは「今日は今から山菜を採りに行く予定です」とは言えなくなってしまった。こっそりと出かけても、夕飯で山菜ご飯や天ぷらを出したらバレてしまうだろうか。

そんなことを考えていると、キタが笑った。

「モモちゃん、今何か悪いこと考えたでしょ」

「えっ、……えっ？」

顔に出ていただろうか、と慌てて頬を押さえると、キタがますます笑う。面白くてたまらない、とでもいうように。

「モモちゃん、モモちゃんは本当に可愛いね」

「？　そうですか？」

可愛い、の定義はよくわからないが、愛しいと同義語のようにキタは使う。モモは少し悩んでから、「キタさんも」とキタを見上げた。

「キタさんも可愛いですよ。笑った顔が、すごく好きです」

キタの笑顔を見ると、胸の内側の……一番柔らかい場所を羽根でくすぐられているような心地になる。いや、胸の内側で雪虫たちが跳ねているような感覚だろうか。どちらにしても、とてもくすぐったくて、笑い出したくなる。

少し目を見張ったキタが、ゆったりとその目を細めた。

「ありがとう、とっても嬉しい」

好きという言葉に、ありがとうと返してくれるキタが好きだ。モモは心の中でそう呟いて、キタの逞しい

肩に頭を預けて、桃の木を見上げた。薄桃色の花弁が
「そうだね」と同意するようにひらひらと落ちてくる。

雪虫がキタの分身であるように、桃の木はモモの映し鏡だ。モモの気持ちを代弁するように、ひらりひらりとキタの上に花弁を散らす。まるで、好きです、大好きです、と言うように。

「じゃ、そろそろ仕事に行こうかな」

一度、ぎゅ、とモモを抱き締めてから、キタが体を離す。モモは「はい、お気をつけて」と行儀良く返事をしてから、目を閉じて顔を上向けた。

ちゅ、と軽い音がして、唇に柔らかな何かが触れて、離れていく。それはもちろん、キタの唇だ。キタはこうやって毎日モモから澄んだ氣を受け取っていく。

「んー、元気出たっ」

目を開くと、キタはすでに大きな雪虫を呼び出したところだった。ひらりとそれに飛び乗ったキタは「モモちゃん」と明るい声を上げる。

「もうちょっと暖かくなったら、一緒に海に行こうね」

「はい」

雪虫がふわりと浮き上がる。モモはさらに顔を上向けながら大きく頷いてみせた。何げない未来の約束ができるのが、とても嬉しい。

「いってきます、モモちゃん」

舞い散る桃色の花弁を背景に笑うキタ。モモはその幸せな光景を見て、幸せで胸をいっぱいにしながら「はい」と何度も頷いた。

「いってらっしゃい、キタさん」

いってきます、いってらっしゃい。そして、ただいま、おかえりなさい、と伝えることができる幸せを、ぎゅっと噛み締める。モモはふわふわと遠くなっていく雪虫とキタを見ながら、大きく手を振った。

幸せな夫婦を祝福するように、桃色の花弁はひらひら、ひらひらと紙吹雪のようにいつまでも舞っていた。

北の土地神と桃の祝言

一

「モモちゃん……俺、ヤバい事実に気づいちゃったんだけど」

キタがそんなことを言い出したのは、日差しも眩しい春の昼下がりだった。

二人並んで縁側に座り「暖かくなりましたね」「だねぇ」なんてのんびり話をしながら茶を飲んで。雪虫を膝の上で遊ばせながら、うつらうつらと微睡《まどろ》んでいると、キタがえらく低い声を出したのだ。

「え……、や、やばい？」

いっぺんに目が覚めてしまったモモは、しぱしぱと瞬きながらキタを見上げた。なんのことだか心当たりはないが、キタは切れ長の目を見開いて、どこか呆然としているようにすら見える。顎に当てられたその手はわなわなと震えていて、モモはギョッと目を見開く。その「事実」とやらは、かなりの衝撃をキタに与えているらしい。

「モモちゃん、俺たち……」

「は、はい」

何を言われるのだろうかと身構え、モモはごくりと息を呑む。

「結婚式、してなくない？」

「はい、………はい？」

力強く言い切られ、思わず頷いたその後すぐ、モモは首を傾げた。

「やべぇでしょ？」

「……はい」

肩を摑まれ断言するように問われて、モモは首を傾けたまま頷かせる。結婚式、と言われてもすぐにはピンと来なかったからだ。

「モモちゃんの白無垢《しろむく》姿見たい…っ！」

キタの目はいたって真剣……というより、目の奥でめらめらと燃える炎の幻影が見えるほどの熱意がこもっていた。モモは、ひく、と頬を引きつらせる。別に悪いことはしていないのだが、そのめらめらと輝く目を見ていると、追い詰められた獲物のような気持ちになってしまう。

「見たいっ！」

「は、はいぃ」

先ほどから「はい」としか答えられていないことに気づきながらも、モモはそれ以外何も言えなくなっていた。

＊

結婚式、というのは婚姻の契りを結ぶための儀式だ。花の精霊の結婚は、土地神に貰われ、種を彼の地に植えた時点で成立している。中には盛大に式を行う者もいるらしいが、全員ではない。南の土地神などは嫁を受け入れすぎて「全員と式を挙げたら、毎日結婚式になっちゃうよ」と式自体諦めている、らしい。たしかに彼は嫁をたくさん得ているので、そのたびに式を執り行うのは難しいだろう。

「俺ぁね、ミナミと違ってモモちゃん一筋だから、絶対式挙げるつもりだったんだって！　ね、見てこれ！」

縁側でのんびりしていたはずが、あっという間に部屋の中に連れ込まれてしまった。椅子に座らされて待っていると、雪虫たちがえっさほいさと本を運んできて、目の前にどさどさっと積み上げる。モモは「こ、これは」と言葉を詰まらせながら目を丸くするしかない。

見て、と言われたからには確認しなければならない。一番上の冊子に手を伸ばしおそるおそるめくってみると、派手な洋装を着込んだ男女が現れた。

「こ、これは……」

「あ、それはね衣装のコレクション。他にも、式場、飾りつけに料理に花までそれぞれまとめてあるからさ、気になるやつから読んでね。いやぁ人間の世界に降りるたびに集めてたんだよね」

「は、はぁ、なるほど」

「衣装は和装でいこうとは思ってるんだけど洋装もいいかな〜って。やっぱウェディングドレスって良くない？　お互いタキシードって手もあるしさ。モモちゃんが白いタキシード、俺が黒とか灰とかでもいいよね？　ね、ね？」

「うぇでんどれす……、たきしど……？」

まだ頁を一枚めくっただけなのに、捲《まく》し立てるようにそう言われて、モモは思わず仰け反ってしまった。

その間に手元には雪虫が降り立って、ふわふわと鳴きながら積み重なった冊子を開いていく。

「ふわ、ふわ」

開かれた本の中には、着飾った男女の写真だけでなく、どこかの城のような宴の会場、それに花に料理、小道具の数々。たしかにキタの言う通り、冊子ごとにそれぞれ綺麗にまとめられている。キタがこれをちまちまと集めてまとめたと思うと、その努力に思わず涙も滲むというものだが……。それよりなにより、キタの情熱に圧倒されてしまう。

「あ、えー……っと」

雪虫がモモの手の甲にのって、冊子の頁をめくらせる。まるで「さぁどれにする？」と言わんばかりの動きに、モモは情けなく眉尻を下げた。そういえば、雪虫はキタの力を注がれた分身のような存在だったのだ。心なしかその「ふわっふわっ」が「けっこんしきっ、けっこんしきっ」という声に聞こえないでもない。いや、どう考えても幻聴なのだが。

「でもさぁ、や〜っぱ和装だよね？　式場はどうする？　家でもいいけどガーデンウェディングってのもお洒落じゃん？　いっそ花園でする？　いや、やっぱ花園は却下。ミナミんとこの庭園借りてもいいなぁ。あ〜、夢が膨らむ」

なぁ、とキタが雪虫たちに視線をやると、彼らはほわほわと飛び跳ねて盛り上がる。モモは一人「は、はは」と笑いながら、肩からずり落ちた羽織りを戻した。

結婚式というのが何かというのは知っていたが、まさかキタがここまでの熱意を傾けているとは思わなかったのだ。

「き……」

あれがいい、これがいい、いやそれもいい、と雪虫と話し込んでいるキタに、モモは曖昧《あいまい》な笑みを向けた。

「キタさんの、一番良いと思われるもので」

あまりにも無責任かとは思ったが、おそらくそれが一番いい。モモがそう言うと、きょとんとした顔をしたキタが、にっこりと満面の笑顔を浮かべた。

「任せて……！　最っ高の結婚式を演出するから」

ぐっ、と片手に冊子を持ち、肩と頭の上に雪虫をのせたキタが拳を握る。モモは「はい」と頷きかけてから、ふるふると首を振る。

「あ、あの」

「ん？」

「あまり派手すぎたり、華美すぎるものは……、その、少しだけ苦手かもしれません」

曖昧《あいまい》ながらも自分の意思を伝えてみると、ぱちぱちと瞬いたキタが相好《そうごう》を崩した。

「うん、わかった」

いくら夫婦とはいっても、キタは神だ。精霊であるモモとは比べ物にならないくらい位の高い存在である。しかし、そんな貴い神であるキタは、どんな時もモモの意見を大切にしてくれる。手を繋ぎ、足並みを揃えて、モモの言葉に耳を傾けてくれるのだ。

「テンションぶち上がっちゃってごめんね。モモちゃんとの結婚式、ずっと楽しみにしてたからさ」

ずっと、というのはおそらく、モモがまだ嫁に来る前からということだろう。キタは幼いモモと花園で出会って、そこで「嫁にする」と誓ったと言っていた。

それから長いこと、結婚式についてあれやこれやと考えて、こうやって仰け反るほどの資料を集めて……。人間界から資料を持って帰って、わくわくと切り抜きを作るキタの姿を想像すると、なんだか温もりが胸に満ち満ちてきた。モモは「ふ、ふふ」と吐息のような笑みを漏らす。

「それにさ」

キタが言葉を区切った。どうしたのか、と見上げると、キタは目を細めてモモを見ていた。その灰色の目に滲むのは、愛しさだ。

「去年はぶっちゃけ、どうやってモモちゃんに力を注ごう、ここで長く生きてもらおう……ってことで頭がいっぱいでさ」

「あ……」

昨年、モモは一度消えてしまった。いや、実際には完全に消えてしまったわけではなく、新しい「モモ」としてある意味生まれ変わったのだが……。とにかく、そのことでどれだけキタがモモのために手を尽くし、力を使ってくれていたかはよく知っている。切ない思い出に、モモの胸がきしきしと軋《きし》んだ。

「だからこうやって、のんびり結婚式のことについて考えられる今が、すごい幸せ。すごい、嬉しい」

キタが、きゅっと目を細めて笑う。その笑顔がどうにも胸をついて仕方なく、モモは笑い返そうとして、しかし泣きたいような気持ちにもなって、結局笑顔とも泣き顔ともつかない微妙な顔で「はい、えぇ……わかります」と何度も頷いた。

「結婚式、あの、正直……不安なこともありますけど」

「うん」

もともと自分に自信のない性質であるモモは、人前に立ったり注目されるのが苦手である。自分が主役になる結婚式なんて、考えるだけで胸が悪い意味でいっぱいになって、苦しいほどだ。しかしキタの笑顔を見ていると、それだけではなくなってくる。

「でも、楽しみです。……いや、楽しみに、なってきました」

キタさんのおかげで、と小さく拳を握って持ち上げてみせる。

「モモちゃん……！」

それを見たキタの顔がみるみる明るくなっていく。パァ、と音がしそうなほどのその変化に、モモの顔にも笑みが浮かぶ。

「よっしゃ燃えてきた！　雪虫！　これはもう気合いを入れて計画するぞっ、よし、雪虫！　まずは招待客を早急にリストアップだ。招待状の文面は俺が考えるからあとは日取りと場所だな、料理の内容は任せたっ」

俄然《がぜん》気合いの入ってしまったキタに、モモは「あわ」と手を伸ばしかける……が、同じく気合いの入った雪虫の「ふわ〜っ」という掛け声にかき消される。ももも、とひとつの大きな塊になっていた雪虫たちは、しゅばっ、とばかりに飛び散った。各々任された仕事に取りかかるらしい。モモは右を見て左を見て、あわ、あわ、と声にならない声を出して、そしてがくりと項垂れた。

＊

結婚式の準備は主にキタが進めた。神が直々にそんな……とモモが引き受けようとしたが、キタは滅多《めった》にしない真面目な顔をして「いいんだ」と首を振った。

「これはね、俺が楽しくてやっているんだから。むしろやらせてくださいお願いします」

固く決意したような顔でそう言われてしまえば、もはやモモには何も言えるはずもなく。「が、頑張って、ください？」とキタと同じく主役であるにも関わらず、頓珍漢《とんちんかん》に応援なんぞしてしまった。

とにかくキタは、もともとこういったものを取り仕切るのが好きらしい。雪虫たちとああでもないこうでもないと額を合わせて相談しながら計画を進めているようだった。

「これだけはモモちゃんがいないと」と言われモモが唯一参加したのは、衣装選びだった。白無垢に色打掛、紋付袴《もんつきはかま》にタキシードに、念のためにとドレスまで。ありとあらゆる婚礼衣装を、これでもか、これでもか、とばかりに着せられた。花嫁衣装を式の前に見るのは良くないからと、衣装は基本的に雪虫と相談して決めた。最終的には慣れた和装でいきたいとモモが決め、白無垢で落ち着いたのだが、今度はその生地や織り方、刺繍《ししゅう》の内容でなんだかんだと揉めて、モモは「ゆ、雪虫に任せます」と一歩退いた。別に衣装選びに消極的なわけではなく、白熱する雪虫の間に座っているのがどうにも、こう、気まずかったからだ。普段「ふわ～」とゆるゆる漂っている雪虫が「ふわっ！」「ふわっ！」ところころ激しく転がり、ぽわっと別の雪虫とぶつかり合っている様は……なんというかとても迫力があった。

それでも精一杯自分の主張は伝えて、モモの衣装選びは終わった。キタがどんな衣装を選んだかはわからないが、多分モモに合わせて和装だろう。

式はひと月後、水無月《みなづき》の吉日に決まった。もう初夏といってもいい頃ではあるが、北の地でいえばようやく大地がしっかりと暖まってきた頃だ。家にしろ外にしろ、暑くて汗ばむということもない、ほどよい気候だ。

「忙しい神様方がそんな急に集まれるのでしょうか？」と首を傾げてみたが、キタは「え～、当たり前じゃん」と笑っていた。

「神なんてみんな暇だよ。絶対一人も欠けることなく出席するから見てなって」

キタの自信満々の言葉通り、神たちは一人残らず「出席」の返事を早々に返してきた。キタは「ね？」

と肩をすくめて、「ほら暇って言ったでしょ」と笑っていた。頷くにはさすがに恐れ多く、モモは「お忙しい中時間を割いて来ていただけて、ありがたい限りです」と神妙な顔で答えておいた。

式場はモモたちの住むキタの屋敷、招待するのはごく近しい神や精霊のみ、ということになった。具体的に言うと、キタの神友達（と、キタ本人が言っていた）と、花園の管理人、それにモモが花園にいた当時仲良く（と言っていいのかどうか微妙だが）していた花の精霊たち数名……南の土地神の嫁になった者が、彼に付き添う形で出席するらしい。

（なんか、馬鹿にされそうな……）

そんな卑屈なことを思ってしまうのは、彼女たちのことを思い浮かべると、どうにも思考が花園の時代に戻ってしまうからだろうか。

あの頃はたしかに何かとからかわれることが多く、モモ自身卑屈になっていた。

（でも、今は）

自分との結婚式のために奔走《ほんそう》してくれるキタや雪虫を見て、モモはゆるゆると首を振った。こんなにも愛されていながら、「どうせ俺なんて」と背を丸めるわけにはいかない。というより、丸めようがない。彼らを見ていると、彼らが見守ってくれていると思うと、自然と背筋が伸びるのだ。

だから大丈夫。そう思いながら、モモもまたキタや雪虫と共に準備に取り組んだ。所々、神であるキタの力も借りながら、ゆっくり、ゆったり、しかし着実に。

キタから借りた結婚式の資料（とにかくたくさんの本があったので全部は読めていないが）の中に、結婚式の中で大きな甘味に夫婦手を携えて刃を入れることを「夫婦初めての共同作業」と呼ぶと書かれていた。モモにとってはこの結婚式の準備こそが、共同作業だ。キタとモモ、そして雪虫が力を合わせて作り上げる初めてのものだ。

「なんだか、すっかり楽しみになったなぁ」

衝立《ついたて》型の衣桁《いこう》にかかった白無垢を眺めながら、モモはにっこりと微笑む。その近くでは式の準備でへとへとになった雪虫がころころと転がりながら眠っていた。その頬（らしき場所）を撫でながら、モモは正座をして身を正す。

明日はいよいよ、キタとモモの結婚式だ。

二

空はすっきりと晴れ渡り、雲ひとつない晴天に恵まれたその日……北の土地神の屋敷は、朝から上を下への大騒ぎだった。なにしろ主人であるキタが「あー！こっちこっち、庭石はここが見栄えがいいから」「料理は、うん、これでいい。よく頑張ったね」「演出の準備準備。あー忙しい」と御使いの雪虫と共に、せっせと晴れの舞台の準備に励んでいたからだ。雪虫はあっちへ膳を運びこっちへ座布団を運び、廊下が白い毛玉でいっぱいになるほど総動員で走り回っていた。

「ふわ」

「ああはいはい、そろそろ時間だな。うん行く行く」

庭を眺めて腕を組み「あ、そこの玉砂利はそれくらいで」と指示を出していたキタは、背後から雪虫に話しかけられてひらひらと手を振るう。

はっきり言って、「結婚式をする」と決めてから今日の今この瞬間まで、目の回るような忙しさだった。キタはしゃかりきになって神の仕事をこなすタイプではないが、土地が広いためそれなりにやることは多い。それに加えて結婚式の準備ときたら……のんびりサーフィンを楽しむ時間もないくらいには余裕がなくなってしまった。

（んー、さすがに全部自分でしちゃおうってのは、張り切りすぎたか？　っていうか、モモちゃん嫌じゃなかったかな？）

キタはハッとして腕を組んだまま眉根を寄せる。目の前の玉砂利も大事だが、キタにとって一番重要なのはモモ、モモの気持ちだ。

この数ヶ月、弾けるほどにはしゃいでいた自覚はある。モモに呆れたり嫌がったりするような素振りはなかったが、その態度がすべてとは言えまい。

「いや、当日になって今さらぁ？　って話だけど。いや、だけど、ん――――？」

ねぇどう思う、と雪虫に相談したいが、生憎《あいにく》と皆準備でそれどころではない。

「キタさん」

ごちゃごちゃと悩んでいると、不意に名前を呼ばれた。この屋敷で、いや、この世で自分を「キタさん」と呼ぶのはただ一人だけだ。

「あっ、ちょうどよかった。モモちゃん。あのさ今さらだけど……」

と、謝罪の言葉を口にしようとして、途中で言葉に詰まる。雪よりもほのかに淡く柔らかな白を纏った美しい嫁が、廊下の向こうに立っていたからだ。

「……っ！」

打掛から掛下《かけした》、帯や帯締め足袋《たび》に至るまで白一色。特に打掛の白は見事で、日差しの加減できらきらと光の粒子を放ってすら見えた。分厚く上等なその布は、金襴緞子《きんらんどんす》だ。よく見れば桃の花の刺繍が入っているのがわかる。

呆然と見惚れていると、薄らと頬を、それこそ桃色に染めたモモが恥ずかしそうに唇の端を上げた。

「キタさん」

花がほころぶように微笑まれて、キタは短く息を呑んだ。胸に、ぐっ、と込み上げるものがあったからだ。熱い何かを何度か飲み下して、キタはようやく笑ってみせた。

「モモちゃん、……とっても綺麗だ」

少し泣き笑いのような、情けない顔になっていたかもしれない。が、モモは決してそれを茶化したりからかったりしない。真っ黒な目をゆるりと潤ませて、感極まったように小さく何度も頷く。

「ありがとう、ございます」

雪虫の鳴き声よりか細いその声を聞いて、キタは思わず「ううぅ」と唸ってしまう。目尻に浮かんだ涙を逃すためにか、しぱしぱと瞬くモモは「キタさん？」と可愛く首を傾げている。

「今すぐ抱き締めたいけどっ、さすがに、着物が崩れるよなぁ」

両手を開いてわきわきと動かしてみせると、モモが笑った。そして、きょろきょろとあたりを見渡して、雪虫たちが他のことにかかりきりになっているのを確認してから、そそ、とキタに近付いてきた。

「……あの、少しだけ屈んでください」

「うん？」

モモにせがまれて軽く膝を曲げる。腕に手を置かれたと思ったら、頬に温かく柔らかな何かが触れた。モモの唇だ。

「へへ」

モモの吐息が耳朶をくすぐり離れていく。言葉なく固まっていたキタは、ぎぎ、と音がしそうな速度でモモに顔を向ける。

「これなら、着物も崩れないかな、と」

少し恥ずかしかったのだろう。モモはほんのりと頬と額を赤く染めてそう言うと、はにかむように口元を隠した。

「……え、キタさん？」

不意に、モモがギョッとしたように目を丸くする。何を慌てているのかと思ったら、頬に手が伸びてきた。

「ど、どうして泣いているんですか？」

「え、え」

言われてみれば、キタはほろほろと涙を流していた。無意識の涙だ。モモが袂《たもと》から布を取り出して目元を拭ってくれる。キタは素直にそれを受け入れながら、首を傾げた。

「え、え、わかんない。多分、嬉しくて、幸せすぎて……涙腺がバグった」

キタも戸惑っているが、モモも戸惑ったのだろう。「ば?」と首を傾げてから、そして、笑った。

「キタさんが嬉しいと、俺も嬉しいです」

優しいその微笑みに、胸が詰まる。キタはぐっと唇を引き結んでから「ね、モモちゃん」と伴侶の名を呼んだ。

「結婚式嫌じゃなかった? なんかバタバタだったし」

モモの目を真っ直ぐに見つめながら、先ほど心に浮かんだ疑問を問いかけてみる。と、モモは目を丸くして「まさか」と驚いたような声を上げる。

「嫌じゃないです。だって、大好きな人との結婚式なのに、そんなの……」

嬉しいに決まってます、ともごもご小さな声で呟いて、モモは頬を赤く染めた。その表情を見て、キタの胸がきゅうんと引き絞られる。今度こそ思い切り抱き締めたかったが、それを我慢して、キタは「んんっ」と咳払いした。柔らかな布で優しく目元を拭ってくれるモモの手を摑んで、その指先に優しく口付ける。

「ありがとう、モモちゃん」

素直に礼を伝えると、モモが頬を染めたままこくりと頷いた。

「いいえ、キタさん」

モモちゃん、キタさん、と呼び合えるこの関係が好きだ。

モモの屈託のない笑顔を見ながら、キタは心からそう思った。そして、はぁ、と大きな溜め息をひとつ吐く。

「泣いたの、結婚式の最中じゃなくて良かった」

「どうしてですか？」

「絶対ミナミに馬鹿にされるから」

キタの言葉に、モモがきょとんと目を丸くする。

「南の土地神様ですか？」

「うん。向こう百年は馬鹿にしてくるね」

南の土地神とは、人間の言葉に当てはめるのであれば「友」の関係だ。神の良識を超えない範囲ではあるが、良いことも悪いことも一緒にしてきたし、お互いの性格や本性もよくよく心得ている。

「仲がよろしいんですね」

ふにゃ、と柔らかな笑顔でモモがそう言って、キタは思わず前のめりに倒れかける。モモなりの冗談かと思ったが、なんの悪意もない笑顔を見る限り、そうではないらしい。

「んんー、どうしてそんな評価になったのかわからないけど、まぁ、うん、まぁね」

腕組みして頷くと、モモはにこにこ笑顔のまま、嬉しそうに頷いた。南の土地神に「俺ら仲良しらしいよ」と言ったら「なんの冗談だ」とからから笑われそうな気がするが、まぁいい。キタにとって大事なのは神仲間の呆れ笑いではなく、嫁の朗らかな笑みなのだ。

＊

北の土地神と桃の花の精霊の結婚式は、粛々《しゅくしゅく》と執《と》り行われた。屋敷の大広間にずらりと席を設けて、雪虫が作った料理を振る舞い、酒を振る舞い。宴席では品の良い雅楽が流れており、硝子《ガラス》戸からは中庭の桃の花がよく見えた。キタが「雰囲気作りにこだわりました」と職人のように腕を組んで頷いていたが、たしかに会場はとても素晴らしい雰囲気だった。

ちなみに、雅楽は雪虫たちが演奏しているらしい。笛を吹き和琴を爪弾《つまび》く雪虫が見たい……と思ったが、「見えないところで弾いてるから」とその姿を見ることはかなわなかった。せめて後でたくさん労《ねぎら》いたい、とキタに言うと「式が終わったら屋敷のみんなだけでお祝いしようね。まぁ明日か明後日にでも」と請け負ってくれた。モモはホッとして頷いた。

キタとモモは高砂《たかさご》席に座っていたが、次から次へと神々が挨拶に来た。精霊より位の高い神に「おめでとう」と言われ、モモは恐縮しきりだったが、キタは「はーいありがとありがと」と機嫌よく盃《さかづき》を持ち上げていた。しかしどんなに上機嫌でも、モモに対する気遣いは忘れない。あまり酒を嗜《たしな》まないモモの手元からさり気なく酒を注がれた盃を掠《かす》めて飲んだり、「疲れてない？　困ってない？」と耳打ちするように何度も尋ねてくれる。モモはその都度「ありがとうございます」「大丈夫です」と笑ってみせた。

「相変わらず仲の良いことだな」

そんなことを言いながら南の土地神が現れたのも、キタがモモに「これモモちゃん好きでしょ」と桃の花の形の練り菓子を差し出してくれた時だった。

「もしかしたらその子の横に座っているのは私だったかもしれないのにな」

色紋付《いろもんつき》を上品に着こなした南の土地神は「ね」と同意を求めるようにモモに向かって首を傾げてくる。

「ミナミ、お前なぁ」

剣呑《けんのん》に目をすがめて、キタが腕を組む。モモはその横でぱちぱちと瞬いて首を振った。

「いいえ、南の土地神様。何があろうと、お……私は北の土地神様の隣にしか座れません」

こういう場なので、と一人称に気をつけつつ正直に伝えてみると、一瞬目を丸くした南の土地神が口を大きく開けて「ははは」と笑った。

「ずいぶんはっきりとものを言えるようになったな、なぁ北の」

笑われて、何か変なことを言っただろうかとキタを見やる。と、キタは大きな手のひらで額を押さえて顔を俯けていた。失望させるようなことを言っただろうかと、咄嗟に「すみません」と謝りかけて……ふと、その耳の先と首筋が赤く染まっていることに気づく。

「感極まって泣くなよ。五百年先まで馬鹿にしてやるぞ」

「わかってるよ」

ようやく顔を上げたキタが、じと、とした目で南の土地神を睨《にら》む。そしてそのままモモの方へと顔を向けて、へにゃ、と目尻を下げた。その頬はやはり桃色に染まっていた。

「俺も、モモちゃんの隣にしか座れないや」

「キタさん……」

じわ、と喜びが胸に染み入って、モモは口端を持ち上げた。

「はぁ～暑い暑い。ここは本当に北の土地か?」

「南の土地よりはマシだろうよ」

南の土地神が軽口を叩き、キタが応えて、二人でわいわいと話をしだした。なんだかんだ言い合ってはいるが、結局のところ仲は良いのだろう。

その様子を見て微笑んでいると、「モモ、ねぇモモったら」と横からこそこそと囁くような声が飛んできた。

「あ、ツバキの、とシラユリにスミレ」

そちらの方に顔を向けると、美しく着飾った花の精霊がモモの横に並んでいた。椿、白百合、そして菫《すみれ》の花の精霊だ。彼女たちは皆南の土地神の妻である。式には南の土地神の嫁を数人同伴してもらうようにしていたが、どうやら彼女たちが選ばれたらしい。

「わぁ、久し……」

「ちょっとちょっと、なんなのよ」

「ぶり?」

ずいっ、と顔を突き出してきた彼女たちに詰め寄られて、モモは言葉を途切れさせながら首を傾げる。

「なんなの、って?」

花園にいた頃の気安さで問えば、彼女たちを代表して椿の花の精霊が「北の御方《おかた》よっ」と小さな……しかし力のこもった声でキタの通称を呼んだ。

「え、キタさん?」

「そうよ! すんっごい見目麗しいじゃないの。冷酷な化物じゃなかったの?」

そこでようやくモモは合点《がてん》がいって、「あぁ」と片手で拳を握ってもう片方の手のひらに打ちつけた。

「そうなんだよ。北の御方は化物じゃなかった」

そういえば、キタは花園でそんなふうに噂されていたのだった。それは嫁を貰いたくないキタが変装をして花園を訪れたり、そういう噂が広まるよう自ら吹聴していたせいなのだが……。そのままのキタに慣れてしまっていたので、そんな噂があったことすら忘れていた。

「なかった、ってそんなあっけらかんと」

赤い唇をひくっと引きつらせて、椿の精霊が「はぁ」と溜め息を吐く。

「ほんのちょっとは心配してたのよ。化物のところに嫁に行って、苦労してないかって」

「そうよ。スミレなんて、南の御方に『北の御方に嫁いだ子がいるんです。大丈夫でしょうか?』なんて聞いたりしてさぁ」

やいやいと文句(なのか心配なのか)らしきことを言われて、モモは「あ、ありがとう」「えっと、ごめんね」と礼と謝罪を繰り返した。花園にいた頃は何かとからかわれたりすることが多かったが、彼女たちなりにモモを思っていてくれたらしい。

「お祝いの品も御使いに預けておいたから、後で受け取っておいてね」

「う、うん」

ツンとすました顔の椿の精霊にそう言われて、モモはこくこくと頷く。なんというか、妙に面映《おもは》ゆい。

「それにしても」

白百合の精霊が、声を潜《ひそ》めたまま膝でにじり寄ってきた。

「本当に素敵な御方ね」

こそこそと耳元でそう言われて、モモはなんとなく気恥ずかしい気持ちで「うん」と頷き、ちらりと隣のキタを見やった。

紋付袴姿のキタは髪をきっちりと撫でつけており、いつもよりも凛々《りり》しく見える。まさに、神らしく神々しい雰囲気だ。金髪は窓から差し込む陽の光に透けてきらきらと輝いているが、顔面の美しさはそれにも負けない。浅黒い肌に高く通った鼻梁、千里先も見通せるような灰色の瞳は静かな湖面に似ている。薄い唇が笑みの形を取れば、見惚れぬ者は誰もおるまい。

花の精霊は自分が美しいということもあり、人の容姿の判定が厳しい。が、その彼女たちがうっとりとキタに見惚れている。モモはどことなく誇らしい気持ちで、「でも」と続けた。

「見た目だけじゃなく、中身も、どこもかしこも素敵な方なんだよ」

しみじみとそう言えば、白百合の精霊が「んまぁ」と目を丸くした。

「あなた、本当にモモ？」

「え、うん」

驚いたように問われて、モモは戸惑いながらも頷く。

「いつも自信なさげに背を丸めていたモモの言葉とは思えないわ」

「あ、え……そうかな」

褒められているのか貶《けな》されているのか、喜ぶべきか怒るべきかと思案しながら、とりあえず情けなく微笑んでみせる。と、椿と白百合と菫の精霊はそれぞれに上品に微笑みを返してきた。

「まぁ、幸せそうで何よりだわ」

「私たちの夫もとても素敵な方よ」

「今度お互いの夫自慢でもし合いましょうか」

ほほほ、と高笑いする彼女たちのなんと逞しいことだろうか。その強さはきっと、彼女たちの夫である南の土地神の愛に裏打ちされたものだろう。夫の愛は、妻である精霊を強くする。

「みんなも、しっかり幸せなんだな」

モモが確信を持ってそう問いかけると、三人はそれぞれ「当然」「もちろん」と頷いた。

「夫婦のことで悩んだら相談にのってあげるわよ」

なんとも頼もしい言葉を残して、彼女たちはしゃなりしゃなりと南の土地神と共に席へと戻っていった。

気高く誇り高く、美しく。まさしく花の精霊というべき彼女たちの姿に、モモは「はぁ」と感心したような吐息を漏らした。

「花の精霊って感じだね」

まるで心の中を読まれたような言葉に、はっ、として隣を見る。どうやらこちらの会話も聞いていたらしいキタが、モモの方に顔を向けていた。

「ええ、本当に」

モモはそう言って、ツンと美しい佇まいで南の土地神の横に座る彼女たちを見やった。昔は彼女たちの態度も話す言葉も苦手だと思っていたが、今日は全くそう感じなかった。かといって、彼女たちに昔と変わった様子はない。

(変わったのは、俺の心の持ちようかな)

ゆっくりと袖を持ち上げて、揃えた手を胸元にあてる。こうやって強くなれたのは、一度消えて、生まれ変わったからだろうか。

(いや……)

きっとそれだけではない。キタと結婚してからの日々の中で少しずつ、少しずつ変わってきたのだ。

「キタさん」

「ん？」

祝いの席で楽しそうに談笑する招待客の面々を見や

る夫に、モモは静かに声をかける。

「結婚式って素晴らしいですね。格好いいキタさんも見られて、皆さんに祝ってもらって、嬉しくて……心がぽかぽかします」

素直な気持ちを伝えて笑いかけると、もにょもにょと口を蠢《うごめ》かせたキタが「んんん〜」と唸って目を細めた。

「それは、うん……よかった」

膝に置いた手の上に、キタの手が重なる。モモは俯くようにしてそれを見下ろし微笑んだ。

三

「はぁ〜、さすがに疲れたね」

「はい」

滞《とどこお》りなく式は終わり、最後の招待客を見送って。キタとモモはようやくひと心地ついていた。

片付けは雪虫たちが請け負ってくれたので、ありがたく任せてそれぞれ風呂に入り、ようやく自室に戻ってきたところである。もうとっくに日は暮れて行燈《あんどん》に火を灯す時間ではあるが、式で散々飲み食いしたので腹は空いていない。

なんとなく高揚した気持ちで、モモは寝台に腰掛けたまま「ほう」と溜め息を吐いた。

「最後のあの……、雪と花びらが舞っていたあの景色は、とても美しかったです」

「ん？　あぁ、よかったっしょ？」

式が終わり皆がぞろぞろと外に出た際、晴れ渡った空から雪と花びらが降ってきた。青い空に、白くひんやりとした雪の結晶と、薄桃色の花弁がひらひらと舞って、それはもう幻想的で美しい光景だった。客たちは皆どよめき笑い、大いに喜んでいる様子だったが、モモもしっかり驚いた。

「キタさんの『さぷらいず』にはいつも驚かされます」

きっともう、一生忘れることはないというくらいにその景色は、モモの胸にしかと刻まれた。

モモは「そう?」と笑うキタの顔をしばしジッと見つめてから、すっと背筋を伸ばした。そして寝台を降りると、膝を折って床に三つ指をつく。

「わ? モモちゃん何してんの、床冷たいでしょ」

「北の土地神様」

おろおろとモモを立たせようとするキタに微笑みを向けてから、モモはゆっくりと頭を下げる。

「吉日良辰《きちにちりょうしん》、神々の御前で夫婦の契《ちぎり》を結び固めましたことは、尊《たっと》き神慮によるものと喜びまつります」

この屋敷にやってきた当初、雪に埋まり凍《こご》えかけたモモは、このキタの部屋で目を覚ました。あの時は色々と混乱してまともな挨拶も出来なかったが、今は違う。

「この八百万《やおよろず》の神の世において、北の土地神様と終生の伴侶として結ばれた喜びは、真に無上の幸福」

幾多の神がいるこの世において、モモを娶ろうと受け入れてくれたのはキタだけであった。そして、モモを愛し、自身の力のすべてで守ろうとしてくれた。一度存在が儚《はかな》くなってしまった時には、心からの涙を流してくれた。

「今より後」

これから先、どうなるかということはただの精霊であるモモにはわからない。それでも今、モモはこれから先のすべてを夫である神に誓いたかった。

「永く久しく夫婦の道に背かず、真心を尽くすと誓います」

見下ろす自分の指先に、浅黒い手が重なる。モモは頭をさらに深く下げて、その指に額を触れさせた。

「千代に八千代《やちよ》に幾久しく、どうぞよろしくお願いいたします」

祈るようにそう言って、目を閉じる。今のモモにできる、精一杯の感謝の言葉と誓いであった。

一瞬、しん、と部屋が静まり返り、わずかに身動《みじろ》いだモモの衣擦れの音だけが響く。三度、震える息を吐いたその時、頭上から「あいわかった」と声が降ってきた。

「相和《あいわ》し相睦《あいむつ》び相敬《あいけい》し、終生苦楽を共にしようぞ」

いん、と余韻が耳朶を撫でるような、深く静かな声。耳を通して直接心に語りかけてきたようなその声に、モモは思わずびくりと肩を跳ねさせる。

おそるおそる顔を上げると、そこにはいつものように優しい笑みを浮かべるキタの顔があった。

「……キタ、様」

まさしく神の声を聞いて、どくどくと胸を高鳴らせながらキタを呼ぶ。思わず敬称を「様」にしてしまったのは、わざとではなく無意識だった。と、キタは「ちっちっ」と指を振った。

「キタさん、ね。モモちゃんの様呼び久しぶりに聞いちゃった」

おちゃらけたように笑うキタの顔には、神々しさはない。いつもの、ちゃらついたキタだ。モモは「ほ」と息を吐いて、次いでへたりと力を抜いて座り込む。そんなモモの前で、キタが「にひ」と笑みを浮かべた。

「モモちゃん、ありがとうね。……嬉しかった」

鼻先が触れそうなほど側に、キタの顔がある。

「モモちゃんのサプライズは、いつも刺激的だ。胸にぎゅんって突き刺さる」

吸い込まれそうなその灰色の目を見ながら、モモはぱちぱちと瞬いた。

「ぎゅん、ですか？」

「ぎゅんです」

謎の言葉の応酬の後、モモは思わず笑ってしまった。

「ふふ」

口元に手を当てて、堪えきれない笑いをその隙間からこぼす。キタはそんなモモを見ながら、柔らかく目尻を下げた。そして、自身の後ろ頭に手をやって「あー」と間延びした声を上げた。

「結婚式の後といえば」

「……いえば？」

なんと続くのだろうとそわそわと待ってみれば、キタは何故か視線を上にやって下にやって、何かを誤魔化すように咳払いした。そして、最後には観念したように「後といえば、うん」と繰り返す。

「初夜です」

「初夜」

初夜といえば、夫婦が結婚後初めて行う性行為のことだ。モモは、なるほど、と手を打つ。

「たしかに初夜ですね」

そういえば、何かの書物で読んだことがある。何かの問答もしたり、枕元に置物を置いたり、手を洗ったり床に入る順に気をつけたり、色々と決まり事があった気がする。

「あっ、えと……、俺、ちゃんと初夜の作法がわかっていなくて、その」

式に来た客に行為をしたことがわかるように、といった決まり事もあった気がする。いや、立会人一人が必要だっただろうか。なんにしても今さら客を呼び返すのもおかしいだろうし、どうすればいいのだろうか。

「何をどうしましょう」

散々おろおろと狼狽《うろた》えた末に、モモはキタに助けを求めるように肩を落として首を傾げた。キタは目を丸くした後、ふはっ、と弾けるように笑う。

「何をどうしなくてもいいよ。俺とモモちゃんとでいつもどおり気持ちよくなればいいんだって」

「え？　でも、決まり事が……わっ」

決まり事があるのでは、と言いかけたところで腰に手を当てられ、ぐっ、と持ち上げられる。慌ててキタの肩に手を回すと、そのまま寝台に下ろされた。

「決まり事は誰が見届けるの？　神？」

ころんと転がされ、ちゅ、ちゅ、と頬に口付けを落とされ覆いかぶさられて。モモは「は、ひ」と照れた情けない声を上げながらキタを見上げる。

「神は俺だから、俺が見てれば問題ない？」

「えっと、あの」

しゅるしゅると着物の帯を解かれながら、モモは右に左に視線を彷徨わせる。

「じゃああの、はい。キタさんがしっかり見ててくださ、い？」

よくわからないまま、とりあえず頷いておく。少々語尾が上がってしまったことは、許してほしい。

神であるキタが「よし」とするならそれでいいのだろう。モモはそう結論づけて、するりと着物を脱いだ。

「任せて」

モモの腰を持ち上げて着物を払いながら、キタは自身の着物の前をはだけた。しっかりと筋肉のついた分厚い胸板が現れて、どきっ、とモモの胸が高鳴る。


「モモちゃんのすべて、あますところなく全部見てあげるから」

「えっと……、はい」

疑問は残るものの、キタが嬉しそうなのでモモも嬉しくなって微笑む。なんにしても、キタがモモを苦しめることはないし、モモだってキタと「初夜」をしてみたい。今日から改めて、二人は夫婦なのだから。

キタの唇がおとがいに触れて、撫でるように首筋を辿る。モモは「ん」とあえかな吐息を漏らして、首を反らした。

*

「や、あの、全部見るって言いましたけど、けど……」

胸の前で手を交差させようとする、が、その手首を摑まれて、ぐぐ、と開かれてしまった。

「うう。その……、ちょっと恥ずかしいです」

いつもの氣のやり取りの時のように、口付けをして、裸になった体を擦り合わせて、抱き締め合って。すぐにでも挿入されて氣を受けるのか、とそわそわしていたのだが……何故かなかなかキタがそちらに手を伸ばさない。なんというか、妙にモモの体を眺めている。

「なんで？　恥ずかしいことないよ、どこもかしこもとっても綺麗だし、可愛い」

よりによって、今日は行燈に火を灯している。煌々《こうこう》と明るい光に照らされて、モモの頬は先ほどからカッカと熱いままだ。

キタは気にした様子もなく、すり、とモモの胸を撫でた。

「モモちゃん、いつも惜しみなく肌をさらしてくれてるじゃん」

「そ、それはそうなんですが」

たしかに風呂であれ、こういった行為の最中であれ、モモはあまり肌を隠したりしない。モモのすべては夫であるキタのものだ。どこをどう見られたとて恥ずかしいことはない。……はずだった。

今日だって、服を脱がされたところまでは平気だったのだ。しかし、キタがあまりにも、じぃ、とモモの体を見てくるので、だんだんと気まずくなって、しまいには恥ずかしくなってしまった。

「白無垢を着たモモちゃんも、この世のものとは思えないくらい綺麗で可愛かったけど、裸のモモちゃんってやっぱりいいよね」

「は、え？」

何を言うのか、と瞠目《どうもく》するモモに構わず、キタはその長い指でモモの頬を撫でた。

「モモちゃんのさ、このシュッとした輪郭《りんかく》も好きだし、つぶらな黒目も好き。困ると八の字になっちゃう眉がまた、めちゃくちゃキュートだしさ」

「きゅ、……って、キタさん」

キタの手はモモの顔を、もにっ、と挟み込んだ後、片方は頭に、もう片方は下の方にと下がっていく。

「髪の毛も、さらさらでいいよね。この黒髪がまたたまらなく好き。何回でも撫でたいしキスしたくなる」

真剣に語るキタの顔をいよいよ見ていられなくなって、モモは視線を逸らす。が、キタはそれを許さないとばかりに、ずい、と顔を近づけてきた。

「白い肌もいいよね。つるっとした陶器みたいに手触りがよくて、手のひらに吸いついてくるみたい」

胸元を撫でられて、モモは思わず「ん」と声を漏らしてしまった。モモの体をいじることに懸命なキタは、その声に気づいているのかいないのか、ますます手を動かす。

「乳首も、俺が触りすぎたせいか最近ふっくらしててさ、まぁたまらないよね。寝乱れた朝とか、ちらっと着物の隙間から覗くとむしゃぶりつきたくなる」

「ひぁっ」

つん、と弾くように乳首を突かれて、モモは今度こそはっきりと声を出してしまった。キタはそんなモモの反応を確かめるように、親指の腹で乳首を撫でて、くにっと潰す。それだけでモモは「ひぁ、あ」となんとも情けなく喘いでしまう。たしかにキタの言うとおり、撫でられ吸われ続けたそこは、以前より大きく育っていた。たまに着物に擦れると「ん」と声が漏れてしまうほどだ。

「キタさん、キタさ……あ」

「しっかり運動もしてるから、腹も引き締まってるよね」

胸を撫でていた手が、腹に下りて、臍のあたりをくすぐる。以前はそんなところ触られてもなんとも思わなかったのに、今はなんとも変な気持ちになってしまう。変というか、ぞわぞわと気持ちがいい。

「お臍の形も好き。モモちゃんの穴、ってだけでなんかむらむらしちゃう。俺、モモちゃんのおかげでだいぶ変態になった、っていうか、性癖が開花した気がする」

「ん、ん、それはぁ、俺のおかげじゃないん……じゃっ」

つぷ、つぷ、と臍の穴をいじられて、モモの足の指先が丸まる。キタはチュッとモモの腹に口付けをすると、そのまま顔を下げた。

「キタさ……あっあっ」

止めようと思ったが、間に合わない。キタはモモの薄い下生えのあたりをさりさりと顎で撫でながら、その下にある陰茎を指できゅうと握り込んだ。

「ここもね、びっくりするくらい綺麗でさ。色素は薄いし、亀頭なんてまさに桃色だし」

「ん、ぃっ」

体を撫でられただけなのに、モモの陰茎はすでにしっかりと力を持っていた。亀頭を親指でくにくにと刺激されて、モモは思わず尻を持ち上げてしまう。

「できるなら、口に含んで一日中でも舐め回してたいんだけど」

「えっ！」

感じ入って荒い息を吐いていたが、ぼそ、と呟かれた言葉がどうしても聞き捨てならず、モモは大きな声を上げてしまう。

「お、俺の……俺のを、ですか？　一日中？」

陰茎を、とはなんとなく言いづらく、もごもご誤魔化すように問うと、キタは「うん」と大きく頷いた。

「口に含んで舐め回して、モモちゃんが『もうだめです』って言うくらい気持ちよくしたい」

「……ひぅ」

珍しく真顔で淡々と語るキタを見て、モモは引きつるように喉を鳴らす。そして、じわじわと目尻に涙を溜めながら、ゆっくりと首を振った。

「だ、駄目で、駄目ですよ」

「えー、……駄目？」

まるで人質のように陰茎を手のひらで包んだまま、

キタは可愛らしく口を尖らせる。そして、ちろ、と覗かせた舌で、モモの陰茎の先を舐めた。途端、どうしようもない快感が湧き上がって、モモは腰を跳ねさせる。

「んっ、う、ぅー……だめ、あっ」

かぷ、と亀頭のあたりを咥《くわ》えられて、モモは「あっあっ」と声を上げげた。熱くぬるついたものに陰茎が包まれて、じゅう、と吸われて、搾《しぼ》られて。さらに陰嚢の方にまで手を伸ばされて、もにもにと揉まれて撫でられて、ふっくりと膨らんだ会陰を押されて。

「ひぁっ、あっ、キタさんっ、きっ」

ぞくっと全身を駆け巡った快感に、モモは背筋を反らせる。そのまま涙目で夫を見やるが、キタはモモと目を合わせたまま、鈴口をちろちろと舌先でいじめた。手で押し退けたいが、そんなことできるはずもない。モモは羞恥と快感とよくわからない恐怖とでぐちゃぐちゃになりながら、情けなく眉尻を下げげた。

「モモちゃん、気持ちいいの好きでしょ？　駄目？」

たしかに、気持ちのいいことは嫌いではない。最近はキタのおかげで、氣のやり取りうんぬんを抜きにしても、こういった行為が好きになりつつある。だが、だがしかし……。

「だって、っ、そんなに舐められたら、おかしくなっちゃう」

「え？」

うく、と言葉に詰まりながらどうにかそう言って、モモは耐えきれずにじわりと涙をこぼした。

「それに、俺の陰茎……と、溶けちゃうかもしれません。気持ち良すぎて……うっ」

こうやって舐められるだけでも気持ちが良くてどうにかなりそうなのに、それが一日中なんて続いたら、きっとモモはどうにかなってしまう。そして舐められ、吸われ、散々精を吐き出した陰茎はきっとどろどろに溶かされてしまう。

う、う、とすすり泣きながら泣き言を漏らすと、キタがむくりと体を起こした。そして、モモの腰を掴むと、座る自分に向かい合うように抱き上げた。

「溶け……、ふっ、溶けちゃうかと思ったの？」

「は、っい。……いつも、キタさんに舐められると溶けそうなくらい気持ちがいいので」

笑いを噛み殺すキタに気づかず、モモはこくりと頷く。

「っあぁ～、もう」

途端、キタがモモを抱き締める。ぎゅうぎゅうと、まるでお気に入りのぬいぐるみか何かのように、きつく。

「溶かすわけないじゃん！　モモちゃんの体の一片でも失いたくないのに。あぁもう可愛い、可愛い。気持ち良すぎて怖かったんだね」

頭や背中や腰をナデナデされて、モモは「はい、はい」と何度も頷く。


「俺に見られて恥ずかしがるモモちゃんが可愛くて意地悪しすぎた。ごめんね」

「ひっ、ひく、……はい」

キタが慌てたようにモモの目尻を親指で拭う。それだけでは足らないというように、両頬を挟んで目尻に口付けを落としてくる。モモは鼻をすすりながら何度も頷いた。

「んー、ごめんごめん。泣かないで、モモちゃん」

キタはモモに何度も口付けてから、ぽんぽんと背中を叩いてあやしてくれる。

「せっかくの初夜なのに、泣かせちゃってごめん」

「や、俺こそ、すみません」

ようやく少し落ち着いたモモは、鼻をすすってから、おずおずとキタの体に手を回した。

「キタさん」

「ん？」

「俺は、その……キタさんに触ってもらうのも、舐め

てもらうのも、舐めるのも好きです」

落ち着いて、素直に気持ちを伝えるとキタが「モ……っ」とひと声漏らしたまま、固まってしまった。

しかしモモは、構わずに続ける。

「でも、一番好きなのは腹の中に、キタさんの氣を……精をたっぷりと注いでもらうことです」

モモはそう言うと、キタの手を取って「ここに」と、自分の下腹部のあたりにそっとのせた。

「俺の中で、キタさんの氣が力になるのが、好きなのです」

そう言って、モモは自分の脚をキタの腰に絡めた。挟み込むようにギュッと抱きつけば、キタとモモの手を腹のあたりに挟んだまま、体が密着する。唇がちょうどキタの耳のあたりに来たので、モモはこそこそと小さな声でそこに向かって囁いた。

「キタさんの男根が、はやくナカに欲しいです」

素直に気持ちを口にすることができて、ふぅ、と安堵の吐息が漏れる。と、それが耳朶にかかったのだろうか、キタがぶるっと身を震わせた。

「モモちゃん」

「はい？」

「それはヤバい、ってか……、すぐにでも、挿れたくなる、んですけど？」

何かに耐えるかのように、ぎぎ、と歯を食いしばるキタに、モモは「はい」と頷く。

「尻穴は解してありますので、いつでも挿れてください」

「そっか、解して……っ、って、解したの？　自分でっ？」

びくっ、とキタが身を揺らしたので、抱えられたモモも合わせて揺れる。モモは目を丸くしながら「は、はい」と頷いた。

「今日は風呂場に、ろーしょんが置いてあったので、その……、そうした方がいいのかと」

「あー……雪虫か。初夜だから気ぃ遣ったってことね、あー、ああー」

キタが噛み締めるようにそう言って唸る。何かまずかっただろうかと、モモは慌てて言い募る。

「あの、解したのですが、キタさんのようにうまくできたかは自信がなく……。指が二、三本入るようにはしてみたのですが、どうにも自分の指だと気持ちよくなれず。何度も出し挿れしてようやく柔らかくはなったのですが……」

「ちょおっ、……待ってモモちゃん、それ以上は、マジで、ちんちん痛い」

「えっ！　だ、だ、大丈夫ですか？」

痛いだなんて、とおろおろ膝から下りようとすると「勃起しすぎて辛いだけだから大丈夫」と早口で言われてしまった。

しばらくその体勢のままキタにしがみついていると、唸ったり、「やべぇ出そう」と呟いたりしていたキタが、モモの尻を優しく掴んだ。

「たしかめて、いい？」

「はい。触ってみてください」

少し腰を落として、キタに触りやすいようにと脚を開く。キタはモモが何かするたびに「うぅ」だの「くぅ」だのと呻きながら、ようやくモモの尻穴に触れた。

「んっ」

「わ、ほんとだ。やっわらか……」

くにくにと尻穴を指の腹で押されて、モモはわずかに声を出す。キタの指はそのままゆっくりとモモの中に入って、そして出て行く。キタの指に慣れ切ったモモの尻穴の肉が、吸いつくようにきゅうきゅうと窄まる。そのいやらしい動きを自覚しながらも、止めることができない。

キタは何度か指を出し挿れして、そしてモモを抱えたまま枕元の棚からローションを取り出して追加で足して、さらに尻穴を解した。元から柔らかくなっていたそこは、今やとろとろに蕩けて、ちゅばちゅぱとキタの指を舐めしゃぶるように受け入れていた。

「はぁ、……んっ、んん」

「モモちゃん、痛くない？」

三本の指を根元まで入れられて、モモは尻朶《しりたぶ》にきゅうと力を入れながら「ん、はい」と頷いた。痛いどころか、気持ちよくて「もっと」とねだってしまいそうなほどだ。

「し、初夜……嬉しいです。早く、もっと……キタさんのものにしてほしい、です」

震える声で必死にそう言うと、キタが無言で指を引き抜いた。

「あっ……！」

「モモちゃん、……っ、はっ、挿れるよ」

腰を持ち上げられたと思ったら、尻穴に熱い何かが触れる。キタの、陰茎だ。

「あっ、あ、はぁっ……んんっ！」

いつもの行為の時より、比較的早急に挿入されて、モモは思わず足を伸ばして仰け反ってしまう。後ろに倒れそうになる体を、キタがかき抱くように受け止めた。

「んっ、あっ、あぁっ」

自重でもって、キタの陰茎がずぷずぷと埋まっていく。本能的に逃げ出したくなるが、足が床についていないので、それもかなわない。ただただ、熱い肉棒によって穴が割り開かれていくのを感じるしかなかった。

はっ、はっ、と震える息を繰り返していると、キタがモモの腰をまたゆっくりと持ち上げる。

「んぁあ……っ、やっ、ぬけちゃっ」

せっかく入った陰茎が抜けそうになって、モモは焦ってキタにしがみつく。尻穴の肉はまるで「離さない」とでもいうようにキタの陰茎に絡みついて、抜かれるのに合わせて縁が盛り上がる。

「大丈夫、っ、抜かない……からっ」

「はっ、あぁっ！」

声に合わせるように、キタがモモの腰を持つ手の力を緩める。と、モモの体は下に落ちて、穴には陰茎が深く刺さる。ずるるるっと肉壁を刮《こそ》がれて、モモは目を見開いてひくひくと喉を鳴らした。

「んぐぅ、んっ、あっあっ」

思わず吐精してしまいそうな衝撃だった。モモは開いたままの口端からとろりと涎《よだれ》を垂らして「ひぐ、ひっ」と情けない声を漏らす。

もう一度腰を持たれて、今度は数回、上下に揺さぶられる。奥まで刺されて、かと思ったら穴から陰茎が抜けそうになるギリギリまで持ち上げられて、また奥まで刺されて。モモだってそれなりに体重があるのに、キタはまるでそんな重さなど感じさせない力強さで、モモの体を動かす。

「んぁっ、抜か、ないで……っ、あっ、やっ、奥は、あっ」

抜かないでほしい、けれど奥を突かれると気持ちよさでおかしくなりそうになる。その繰り返しで、モモの頭の芯がじわじわと痺れてきた。もはや、自分が何を言っているのかもよくわからない。ぐちゅぐちゅと濡れた音、汗ばむ肌がぶつかり合う音、重なる荒い吐息。音が、熱が、湿り気が、モモをおかしくさせていく。

「んっ、んっ、キタさん、あっ、キタさんっ」

「モモ、ちゃん……っ、ん」

怖くなってキタの名を必死に呼べば、間髪いれず熱い口付けが降ってきた。厚い舌で口腔を弄《まさぐ》られ、舌先で上顎を撫でられ、歯列をなぞられて。モモは必死でそれに吸いつきながら「ふぐ、んっ、んぅ」と濡れた鳴き声を漏らすしかない。

「つは、……っ、中に、注いでいい？」

モモを見つめる灰色の目の中に、どろどろと溶けそうなほどの熱を見つけて。モモはごくりと喉を鳴らしながら、必死に頷いた。

「そ、注いで、出して、ナカ、いっぱい……っ、いっぱいぃ」

もはや恥も外聞もない。モモは全身でキタにしがみつきながら、がくがくと顔を揺さぶるように何度も頷いた。早く、一刻も早く腹の中にキタの、夫の精が欲しかった。

「出してぇ……っ」

涙で掠れた声でそう言うと、キタが「くっ」と呻いて、一際激しく腰を打ちつけてきた。その力強さで腰が跳ね上がりそうになり、モモは慌ててキタの腰を脚で強く挟み込む。

「モモちゃん、っ、くっ」

「あっ、あっ、あぁ……っ」

ビュクッ、ビュッ、と体の中に飛沫を感じて、モモはぶるりと身を震わせた。中に迸ったそれを喜ぶかのように、モモの尻肉はいやらしく蠢動する。にゅぐ、にゅぐ、と精を味わうかのようにナカが動いているのがわかり、モモは恥ずかしさでキタの肩に顔を埋めた。

「ふっ、は……はぁ、んむ」

断続的に中に精を注がれて、モモの体からだんだんと力が抜けていく。神の精は、モモの体をぽかぽかと温めて、気持ちよくしてくれる。

ふ、と短く息を吐いたキタが「モモちゃん、大丈夫？」と問うてくれたが、モモはほとんど声にならない言葉で「らい、じょぶ、れす」としか言えなかった。何度か深呼吸して、息を整えて、まだばくばくと鳴る心臓の音を感じながら、モモはゆっくりと首を傾げた。傾げるより倒れる、といった方が正しいくらい力の抜けた動きではあったが。

「俺……ちゃんと、初夜、できましたか？」

唇をわななかせるようにそう問えば、キタが驚いたように瞬いて、そして「あぁ、もう」と笑った。

「最高の初夜だったよ、モモちゃん」

キタのその言葉を聞いて、モモは「ふへ」と間抜けな笑みを浮かべて……そしてゆっくりと目を閉じた。力の抜けた体を、キタがぎゅっと抱き留めてくれる。モモはこの上ない安心感に包まれながら、夢とうつつの境で、同じようにキタの背中に手を回して、ぎゅっと抱き締めた。

*

北の土地で行われた婚礼は、豪華絢爛《けんらん》というほどの派手さはなかったものの「あれはとても良い式だった」と神や精霊たちに語られるほど素晴らしいものだった。特に、夫である北の土地神からの妻である桃の花の精霊に対する気遣いが手厚かった。花嫁衣装から料理、引き出物の焼き物に至るまで花嫁である精霊の花の模様があしらわれており、大事にしているということがそこかしこから窺えた。

神は「あそこまで愛せる妻に巡り会えるのは幸せなこと」と楽しそうに笑い、精霊たちは「あそこまで愛されるなんて精霊冥利に尽きるわね」と羨んだ。

花園でも「北の土地神様は、実は大変見目麗しい」という噂が広まり、嫁に貰ってほしい、と望む花の精霊が増えたが、北の土地神が「嫁は一人」と公言して憚《はばか》らなかったので、やがて精霊からの求婚の申し出も数を減らしていった。

なんにしても「北の土地神は愛妻家で、嫁の桃の花の精霊をとても大事にしている」という噂は絶えず花園や、その他の土地でも囁かれ、おしどり夫婦として有名になった。どのくらい有名かというと、八百万の神の世で仲の良い夫婦といえば、というと必ず「そりゃあ北の土地神様のところだろうね」と名前が上がるくらいには。

そんな噂の二人はというと、今日も今日とて仲良く暮らしていた。

「キタさん、いい波来そうですか？」

朝日にきらきらと輝く海を眺めながら、モモは夫であるキタを見上げた。

「うんいい感じ。……よっしゃ、すんごい格好良く波に乗ってくるから見ててね」

砂浜に敷いた敷物の上に座るモモに手を振って、ボードを脇に抱えたキタが波に向かって走り出した。

あっという間に海に入り、ざぶざぶと波を漕ぎ沖へと進むキタを見ながら、モモは目を細める。膝の上では今日のお供である数匹の雪虫が「ふわふわ」と鳴きながら転がっていた。

「もうあんな遠くまで行っちゃった」

力強く逞しい腕で海の水をひとかきするごとに、キタはぐんぐんと進んで小さくなる。時折波がキタの体を持ち上げ、そして下ろして運んでいく。

「キタさん、格好いいなぁ」

雪虫を指でつつきながら、モモは含み笑うように「ね？」問いかけてみる。雪虫は「そうだね」と同意するように飛び跳ねて、モモの腕を登り肩にのった。その柔らかい毛で頬をくすぐられ、モモはくすくすと笑った。

「あ、大きい波」

沖の方から、モモが見てもわかるくらいに大きな、いい波が寄せてくる。キタもそれを見たのだろう、ボードに乗って準備をしている。

「あ」

ザァ、という音に合わせてキタが波に乗る。金色の海を滑るその姿は、美しく眩しく、そして凛々しい。モモは胸を高鳴らせながらキタを見守った。

（あぁ、なんて……）

目の前に広がるのは、胸が締めつけられるような美しい光景だった。ぎゅう、というその甘い痛みはやがて優しい鼓動に変わる。とく、とく、と鳴る胸の上に手を置いて、モモはゆったりと微笑む。

　ボードから下りたキタが、波間から顔を出して、モモに手を振ってくる。モモも手を上げて大きく振りながら「キタさん」と夫の名を呼んだ。おそらく声は聞こえていないだろうが、キタが笑っているのは見えた。その口が何事かを伝えるように動いているのを見て、モモは「はい」と頷く。

「モモちゃん」

　声は聞こえずとも、キタがモモを呼んでいるのがわかった。お互い、声は聞こえずとも伝わるものがある。モモは何度か手を振ってから、さて、と膝を叩いた。モモの動きに合わせて、雪虫がころりと肩から落ちてくる。

「お弁当の準備して待っていようか」

　もう何度か波に乗ったら、キタが戻ってくるだろう。そうしたら一緒に弁当を食べるのだ。その後はのんびりと昼寝をしてもいいし、モモも一緒に海に入ってもいい。雪虫たちと砂遊びをするのも楽しいかもしれない。

（あぁ、なんて幸せなんだろう）

　心の奥から湧き出てくる幸福感を噛み締めながら、モモはゆったりと立ち上がって持参した風呂敷包みを解く。重箱の中には雪虫が作ってくれたおかずやおにぎり、そしてモモが作った卵焼きが入っている。きっとキタは今日も「うん美味しい。モモちゃん天才」と言いながら食べてくれるだろう。その笑顔を心の中に思い浮かべて、モモは「ふふ」と笑った。

　海の方を見れば、キタがもう一度沖へと向かっているのが見えた。モモはそちらを眺めたまま「きっと」と胸の内で呟いた。

　きっとこの幸せは、途切れることなく続いていくだろう。寄せては返すこの金色の波のように、きらきらと煌めきながら。モモの胸を淡く高鳴らせながら。

「きっと、ずっと」

海の向こうに、波に乗ったキタが見える。モモは目の上に手をかざして、それを見ていた。ずっと、ずっと見つめていた。

あとがき

初めまして。伊達きよと申します。この度は『北の土地神と桃の嫁入り』をお手に取ってくださり、ありがとうございます。

今作は「結婚」をテーマに書いた作品になります。これまで「ひとつ屋根の下で暮らす二人」という作品はいくつか書いてきたのですが、物語の序盤から婚姻関係を結んでいる二人を書いたのは初めてになります。一緒にいるとは、添い遂げるとはどういうことか、と考えながら二人の結婚生活を楽しく綴らせていただきました。

花の精霊にしては珍しい男体のモモと、彼が嫁ぐことになった北の土地神ことキタさん。二人の穏やかでありつつ、小さな問題や大きな問題が大波小波のように寄せては返す騒がしい日々を楽しんでいただけましたら幸いです。

物語はここで終わりとなりますが、登場人物達の人生はこれからも続いていきます。

モモとキタさんはこれからも八百万の神が住まう世界の有名おしどり夫婦として暮らしていくと思います。春は桃の木の下で花見をして、短い夏には海に繰り出してサーフィンを楽しんで、秋には栗を拾って芋を焼いて、冬には並んでこたつに入ってみかんを食べて。もちろん側には雪虫がいて、仲睦まじい二人の間や肩の上でほわほわと跳ねて転がって、そしてみんなで笑っていると思います。南の土地神は変わらずたくさんの嫁を迎えて、そんな嫁たちは温暖な土地ですくすくと己の花を咲かせて。

それぞれが、それぞれの場所で生きていきます。そんな彼等の未来に、ほんの少しでも思いを馳せていただけましたら、嬉しい限りです。

最後になりましたが、どんな時も的確なアドバイスをくださった優しい担当様、キタとモモ、そして可愛い可愛い雪虫を魅力的に描き上げてくださったコウキ。先生、校正、印刷、営業の各担当様方、この本の作成に携わってくださった全ての方、そして、数ある作品の中から、本作を手に取り、このあとがきまで読んでくださっているあなた様に、心からの感謝とお礼を申し上げます。

またいつか、どこかでお会いできましたら幸いです。

伊達　きよ

弊社ノベルズをお買い上げいただきありがとうございます。
この本を読んでのご意見、ご感想など下記住所「編集部」宛までお寄せください。

リブレ公式サイトで、本書のアンケートを受け付けております。
サイトにアクセスし、TOPページの「アンケート」から
該当アンケートを選択してください。
ご協力お待ちしております。

「リブレ公式サイト」
https://libre-inc.co.jp

北の土地神と桃の嫁入り

著者名　伊達きよ

発行日　2023年5月19日　第１刷発行

発行者　太田歳子

発行所　株式会社リブレ

〒162-0825 東京都新宿区神楽坂6-46
ローベル神楽坂ビル
電話03-3235-7405（営業）　03-3235-0317（編集）
FAX 03-3235-0342（営業）

印刷所　株式会社光邦

装丁・本文デザイン　伊南美はち

Printed in Japan
ISBN978-4-7997-6226-4